Vielleicht fühlt sich Liebe so an

Antonia Becker

Vielleicht fühlt sich Liebe so an

Roman

Krug & Schadenberg

Sascha Langner lag auf dem Sofa und hörte ihrem Atem zu. Sie spürte, wie ihr Herz klopfte. Es klopfte zu schnell. Manchmal stolperte es kurz. Die Lichterkette am Weihnachtsbaum zuckte wie eine Warnblinkanlage. Der Fernseher lief noch. Der Tölzer Knabenchor sang *Süßer die Glocken nie klingen.* Darauf hatte die Mutter bestanden. Weihnachtslieder mussten sein, unter allen Umständen.

Sie nahm die Fernbedienung und schaltete aus. Ruhe. Balsamische Ruhe. Sie schloss die Augen und rechnete nach, wie viele Bilder es sein müssten. Zehn ungefähr. Vielleicht sollte sie doch noch in den Keller gehen und sie entwickeln.

Wie lange sie auf dem Sofa gelegen hatte, wusste Sascha nicht. Sie musste eingedöst sein. Jemand klingelte an der Haustür. Sie fuhr zusammen und sah gähnend auf die Uhr. Sie hatte keine Lust aufzumachen. Wer sollte das schon sein, am Heiligen Abend nach elf? Wahrscheinlich nur wieder einer, der zu Christina wollte. Einer von diesen Typen, die in Jogginganzügen aus Ballonseide steckten und nicht in ganzen Sätzen sprechen konnten. An jedem Sonntagmorgen kam ein anderer aus Christinas Zimmer und wollte ins Bad. Sascha hielt nicht viel von den Schwachköpfen, mit denen Christina in die Kiste stieg. Aber für Christinas Ego bedeuteten sie unglaublich viel. Und so führten sie sich auch auf, fand Sascha.

Sie war müde, kam aber nicht hoch, um ins Bett zu gehen. Sie blieb auf dem Sofa liegen und beobachtete das Blinken des Weihnachtsbaums. Er war aus Plastik. Eigentlich ein Wunder, dass es überhaupt einen gab in ihrer Familie.

Sie nahm die Kamera vom Tisch und machte noch ein Foto von ihm. Vielleicht sollte sie wieder auf Polaroid umsteigen. Dann hätte sie die Bilder sofort. Aber sie wäre um den Effekt beim Entwickeln geprellt, den Moment, in dem der ganze Kram in der Entwicklerflüssigkeit langsam und gespenstisch Konturen annahm. Der Moment, in dem die Realität sich in ein Standbild verwandelte, in dem die Wirklichkeit einfror und irreal wurde. In diesem Moment verspürte sie jedes Mal eine tiefe Ruhe und Befriedigung. Von da an hatte sie mit alledem nichts mehr zu tun. Die Fotos sammelte sie in einem Schuhkarton unter dem Bett.

Immer wenn der Familienstress wieder überhandnahm und sie diesen Druck im Magen spürte, machte sie Fotos. Heute war es mal wieder so weit gewesen. Kai hatte beim Essen die ganze Zeit ohne zu blinzeln in den Fernseher gestarrt und sich mechanisch eine Gabel nach der anderen eingefahren. Irgendwas stimmte mit ihm nicht und keiner wusste, was. Seit er acht war, sprach er nicht mehr. Nur manchmal noch mit Sascha. Er war jetzt elf.

»Hey, Idiot«, sagte Christina, nahm eine leere Chipstüte und ließ sie mit einem lauten Knall platzen.

Kai fuhr zusammen und stach sich mit der Gabel in die Backe. Das Bockwürstchen fiel auf den Boden, und seine Backe blutete.

»Ey, der erschreckt sich echt bei jedem Scheiß!« Christina lachte. Ihr Lachen klang grell und krank. Kai hielt sich die Ohren zu.

»Lass es sein, du selten dämliche Kuh!« Sie versuchte Christina die Chipstüte aus der Hand zu reißen und stieß dabei eine Weinflasche um. Christina hielt die Tüte fest, lachte weiter und strampelte mit den Beinen.

»Lass ihn verdammt noch mal endlich in Ruhe!« Sascha sprang auf und packte mit der rechten Hand Christinas Arm, mit der anderen riss sie ihr die Tüte aus der Hand.

»Aua, autsch, du tust mir weh!«, schrie Christina.

»Hör auf, Sascha, hör auf damit, lass Christina!« Die Mutter sprach leise japsend, als hätte sie was am Herzen oder Asthma.

Sascha ließ Christinas Arm los. Christina rieb sich ihr Handgelenk. Sie grinste.

Sascha nahm die Kamera und machte ein Foto von ihr.

»Bleib so, Baby, ja genau so – du hast ein Grinsen wie Jack Nicholson.«

Christina zeigte ihr den Mittelfinger.

Kai stand auf und ging in sein Zimmer. Dort spielte er Pacman. Wie immer.

»Hör auf mit dieser dämlichen Fotograficrerei!« Jetzt konnte die Mutter wieder richtig laut schreien und musste nicht mehr japsen.

Sascha machte noch ein Foto. Diesmal von der Mutter.

»Hör endlich auf, diese schwachsinnigen Fotos zu machen!«, schrie die Mutter, und die Adern an ihrem Hals schwollen an. »Ich kann das nicht mehr ertragen! Du machst mich krank. Du bringst mich noch ins Grab!«

Sascha drückte lächelnd immer wieder auf den Auslöser. Die Mutter versuchte ihr die Kamera wegzureißen.

»Schönen Abend noch.« Christina stand auf.

Die Mutter hielt inne und musterte Christina. »So willst du am Heiligen Abend vor die Tür?«

Christina drehte sich um. »Was heißt ›so‹?«

Sie trug einen pinkfarbenen Ballonrock zu schwarzen Netzstrümpfen. Ihre Füße steckten in Cowboystiefeln. Ihre blonden Haare waren in alle Richtungen geföhnt und mit Haarlack fixiert.

»Was willst du mir sagen, hä? Wie sehe ich aus?«

Die Mutter winkte ab.

»Billig«, sagte Sascha grinsend.

Christina holte tief Luft. »Du sagst mir, wie ich aussehe?«, schrie sie. »Du!?«

Es war bemerkenswert, fand Sascha, wie schnell Christina aus der Haut fuhr, wenn es um ihr Äußeres ging. Beim Austeilen war sie nämlich nicht zimperlich.

»Ausgerechnet du, wo du rumrennst wie 'n abgefuckter Hausbesetzerpunk? Und dazu noch wie ein Kerl?«

Sascha trug in diesen Jahren meist Lederjacken und Springerstiefel, dazu schwarze Metallica-T-Shirts und zerrissene Jeans. Mit ihren Haaren machte sie gar nichts mehr, sie hingen ihr ins Gesicht. Der Friseur hatte beim letzten Mal so lange an ihrem Kopf herumgefriemelt, bis sie den Laden mit einer lächerlichen Föhnfrisur wieder verlassen hatte. Nie wieder, hatte sie sich geschworen. Nie wieder!

»Da hat Christina allerdings recht.« Die Mutter piekste ein Stück Bockwurst auf ihre Gabel und wendete es in Senf. Dann schob sie Kartoffelsalat darüber und steckte die Gabel in den Mund. Beim Kauen stand ihre Unterlippe immer leicht vor, so dass sie ein wenig beleidigt aussah.

Sascha stöhnte auf. In dem Punkt waren sich die beiden mal wieder einig.

»Geh wenigstens zum Friseur«, sagte die Mutter.

Sascha machte noch ein Foto. Immer die gleiche Leier.

»Wenn ich in solchen T-Shirt-Säcken rumrennen würde, würde mich auch kein Typ angucken«, sagte Christina.

»Halt doch die Fresse!« Sascha legte die Kamera weg. Es war genug für heute.

Christina warf den Kopf in den Nacken und ging.

Das war der Mutter alles zu viel. Sie ging ins Bett. Manchmal stand sie auch gar nicht erst auf. Gründe dafür gab es genug. Ihr Leben war eine einzige Enttäuschung.

Sascha stand auf und klopfte an Kais Zimmertür. Es kam keine Antwort. Sie öffnete die Tür.

»Kai«, sagte sie leise, und er sah kurz auf.

»Darf ich?«

Kai antwortete nicht. Aber er war einverstanden. Wäre er nicht einverstanden gewesen, hätte er einen Wutanfall gekriegt.

Sascha kniete sich hin und machte ein Foto von ihm. Im Seitenprofil. Das machte sie seit drei Jahren. Inzwischen hatte sie fast vierzig Bilder. Alle gleich, nur die Kleidung wechselte und die Haarlänge. Sie wurden immer länger. Er ließ sie auch nicht mehr abschneiden. Er könne es nicht ertragen, wenn der Friseur so nahe kommt, sagte er einmal. Der letzte Friseur, bei dem er war, hatte ihn angezeigt, weil Kai nach ihm geschlagen hatte. Danach ging er nicht mehr zum Haareschneiden. Kai starrte auf den Bildschirm und machte die Pacman-Geräusche nach.

»Hey, Kai«, sagte Sascha und hatte auf einmal einen Kloß im Hals. »Frohe Weihnachten!«

Kai gab keine Antwort. Aber er hörte kurz auf, die Geräusche nachzuahmen.

Es klingelte wieder, jetzt dreimal hintereinander. Sascha seufzte und stand vom Sofa auf, um die Tür zu öffnen.

Es war Katja. Sie sagte nichts, blieb einfach im dunklen Hausflur stehen.

Sascha sagte auch nichts. Was hätte sie sagen sollen? Katja hatte ein fettes Veilchen und dunkelrote Augenlider, Nase und Mund waren blutverschmiert. Ihr Alter war Saisontrinker und über die Feiertage war er wieder fällig und zerlegte alles, was ihm unter die Hände kam. Auch seine Tochter, wenn es sein musste.

»Komm rein«, sagte Sascha, und Katja ging an ihr vorbei. In der Diele blieb sie unschlüssig stehen.

»Im Bad sind Waschlappen, du musst das kühlen.« Sascha vermied es, Katja anzusehen. Ihr niedliches Gesicht war so verwüstet. Katja tat alles, um wie Madonna auszusehen. Trug fingerlose Handschuhe aus schwarzer Spitze, ein aufgemaltes Muttermal über der Oberlippe, in die Haare verknotete Tücher und lauter Ketten mit Kreuzen um den Hals. Madonna war ihr besseres Ich.

Sascha kannte Katja vom Spielplatz, wo sie als Kinder gespielt hatten und später als Teenager mit den anderen abhingen, die auch nicht so recht wussten, was sie mit ihrem Leben anfangen sollten.

Katja ging ins Bad und Sascha suchte im Eisfach nach Eiswürfeln. Sie fand nur tiefgefrorenen Wirsing. Im Kühlschrank stand Klarer. Sie gab Katja den Wirsing und die Flasche. Alkohol desinfiziert. Vielleicht auch die Seele, hoffte Sascha. Katja nahm einen großen Schluck und wischte sich den Mund ab.

»Lass uns fernsehen«, sagte sie, und sie sahen die ganze Nacht fern. Bis Herr Langner von der Nachtschicht kam. Er fragte nicht, warum Katja da war.

»Frohe Weihnachten«, sagte er nur und sah um Katja herum. Seine Art von Höflichkeit. Er machte die Lichter am Weihnachtsbaum aus. »Abtreten.« Mit ausgestreckter Hand forderte er die Fernbedienung, ließ sich in den Sessel vor der Glotze fallen und öffnete mit einem leisen Zischen ein Pils.

Sascha stand auf, gab ihm die Fernbedienung und ging in ihr Zimmer. Katja folgte ihr.

Im Bett hörte sie Katjas Atem und roch den fremden Geruch, den ihre Sachen verströmten. Nach Weichspüler, ziemlich aufdringlich. Und dann war da auf einmal das Gefühl, sie festhalten zu müssen, damit sie sich nicht aufgab. Ein überwältigendes Verlangen, ihr irgendwie nah zu sein, irgendwie diesen ganzen beschissenen Abend aus ihrem Kopf zu löschen. Doch sie wusste nicht wie. Sie sah Katja an, wie sie dalag, die Arme hinter dem Kopf verschränkt, ihre Brüste zeichneten sich unter dem T-Shirt ab.

»Was ist?«, fragte Katja.

»Nichts«, sagte Sascha.

Katja kicherte und zog ihr die Decke weg.

»Du guckst genau wie Dominik!«

»Hm«, sagte Sascha. Das war nicht sehr schmeichelhaft. Dominik war Katjas Freund. Sascha hielt ihn nicht gerade für den Hellsten.

»Komm her, wenn du deine Decke wiederhaben willst.«

Es sah aus, als müsse es weh tun, wenn Katja lachte.

Sascha grinste und zerrte an der Bettdecke.

»Bist du sicher?«

Katja nickte und zog sie zu sich. Ganz dicht. Bis Sascha über ihr lag und ihre Brüste spürte. Katjas geschwollenes Gesicht sah furchtbar aus. Aber das durfte Sascha sie jetzt nicht merken lassen.

»Hat dir eigentlich schon mal jemand gesagt, dass du irgendwie Ähnlichkeit mit Madonna hast?«, fragte Sascha und kam sich ein wenig schäbig vor – aber es war keine Taktik. Sie hatte wirklich das Gefühl, sie müsse Katja daran erinnern, wer sie war, trotz des buntgefleckten Wahnsinns, den ihr Alter ihr ins Gesicht gedroschen hatte.

Katja wurde rot vor Glück, senkte ihre blauroten Augenlider und sagte leise: »Nein – niemand.« Sie sog Saschas

Frage auf wie etwas Süßes, das man ganz langsam auf der Zunge zergehen lässt und von dem man niemandem was abgeben will.

Sascha schob vorsichtig Katjas T-Shirt hoch, und für einen Moment war das Gefühl von Isolation und Hoffnungslosigkeit, das wie eine klebrige Fettschicht über diesem Weihnachtsabend lag, verschwunden. Katja zog ihren Slip aus. Vielleicht würde sie die Fotos gar nicht entwickeln, dachte Sascha, und dann dachte sie gar nichts mehr.

Später lag sie neben Katja und konnte nicht einschlafen. Sie fühlte sich merkwürdig leer. Aber nicht schlecht. Wie nach einer starken Betäubung.

»Wenn wir jeden Stammgast einfach rauswerfen, können wir nächste Woche zumachen«, sagte Monski, als Katja sie fragte, weshalb bei der Eröffnung der Frauenbar Marlene ein Mann am Tresen saß. Er war um die Sechzig und trank schweigend sein Bier.

»Hier im Kiez ist die weibliche Kundschaft nicht so zahlreich. Den haben wir vom Vorbesitzer übernommen – was meinst du, was der an Umsatz bringt«, flüsterte Monski ihr zu.

»Aber wenigstens heute bei der Eröffnung hätte er wegbleiben können«, erwiderte Katja.

Beate zuckte mit den Schultern.

»Er stört doch nicht.« Monski und Beate waren da ganz pragmatisch.

»Na ja, im Grunde nicht.«

Anscheinend wollte er auch mit niemandem sprechen, sondern einfach nur in seiner Stammkneipe sitzen und trinken, egal ob die jetzt Bergmannseck hieß oder Frauenbar Marlene.

»Im Zweifelsfall sagen wir einfach, er ist ein Transmann – dann stört das keine«, meinte Monski und kicherte.

»Früher habt ihr das aber anders gesehen, wenn ich mich richtig erinnere«, sagte Katja.

Monski und Beate waren die ersten Lesben gewesen, die Katja kennengelernt hatte, als sie anfing, auf Frauenpartys zu gehen.

Monski winkte ab. »Das ist lange her. Man muss sehen, wo man bleibt. Du hast dich ja auch verändert.«

Katja zog sich schon lange nicht mehr wie Madonna an, auch wenn sie immer noch dieselbe kleine Lücke zwischen den Schneidezähnen hatte.

»Schade eigentlich, dass du das ganze Zeug nicht mehr

trägst«, hatte Sascha vor einigen Jahren mal zu ihr gesagt und sie verträumt angesehen.

»Quatsch«, hatte Katja geantwortet. »Du rennst ja auch nicht mehr rum wie mit sechzehn.«

»Trotzdem«, hatte Sascha gesagt. »In den komischen Cargohosen siehst du aus wie die Nase von den Guano Apes.«

»Nasić«, hatte Katja sie verbessert. »Nasić, verdammt noch mal.«

Sandra Nasić war viel cooler als Madonna, aber Saschas Frauengeschmack war manchmal etwas seltsam. Erst neulich hatte sie sich fast den Hals verrenkt, als sie an einem Plakat mit Gwen Stefani vorbeigefahren waren.

Apropos Sascha. Sie hätte mitkommen sollen, dachte Katja wütend. Immer hatte sie dumme Ausreden parat, wenn sie mit zu Katjas Freundinnen sollte.

Dabei hatten Monski, die eigentlich Monika Pilarski hieß, und ihre Frau Beate sich solche Mühe gegeben mit der Eröffnung. Sie hatten ein Regenbogenschild über der Tür befestigt, rosa Tüll an die vom Vorbesitzer übernommene Eichentheke getackert und bunte Einweihungscocktails gemixt, die an diesem Abend umsonst waren.

Beim Frühstück hatte sie Sascha gefragt, ob sie am Abend zur Einweihung der Frauenbar Marlene mitkomme. Schließlich waren Monski und Beate bei jedem Auswärtsspiel von Saschas Eishockeymannschaft dabei. Sie war ihnen also etwas schuldig. Doch Sascha hatte nur den Kopf geschüttelt mit diesem dünnen, gequälten Lächeln, das Katja immer so sauer machte und das Sascha in der letzten Zeit immer häufiger aufsetzte. Dabei zog sie eine Augenbraue hoch und lächelte mit nur einem Mundwinkel. Als sei es für sie nicht zumutbar, einen Abend mit Monski und Beate in deren neuer Kneipe zu verbringen. Sascha hatte etwas von einem Termin mit Arne gemurmelt, irgendwas von Holland, Rennstrecke Zandvoort und dass sie bis Montag weg sein würde. In der letzten Zeit war Sascha ziemlich oft weg. Und hatte Arne ihnen am Freitag nicht ein schönes Wochenende gewünscht, als sie Sascha im Laden abgeholt hatte? Katja konnte sich nicht mehr genau erinnern.

Monski drehte die Musik lauter. Marianne Rosenberg. Die Gäste schunkelten und johlten: »*Marleeeen – eine von uns beiden muss nun geh'n …*«

»Wo hast du deine bessere Hälfte gelassen?«, rief Monski.

Katja winkte ab. »*Ich* bin die bessere Hälfte.«

Monski lachte laut und heiser und stellte Katja einen pinkfarbenen Cocktail vor die Nase.

»Pink Lady – hau weg, Schätzchen!«

Katja nippte daran. Das Zeug schmeckte scheußlich. Aber das lag wahrscheinlich daran, dass ihr an diesem Tag nichts richtig schmeckte. Als Sascha am Morgen ging, war sie mit einem merkwürdigen nervösen Gefühl in der Küche zurückgeblieben. Schon der Kaffee hatte ihr nicht mehr geschmeckt. Das Gefühl hatte den ganzen Tag über nicht nachgelassen und war zum Abend hin eher noch stärker geworden.

Eine Mischung aus Rauch, Alkohol, billigem Parfüm und Schweiß staute sich in der Kneipe. Obwohl alle Fenster und Türen geöffnet waren, kam kein Luftzug herein. Dieser Samstag sollte der heißeste Tag des Jahres werden, hatte die Wettervorhersage am Abend zuvor verkündet. Und sie hatte recht behalten. Auf Katjas Oberlippe bildete sich ein feiner Film aus winzigen Schweißperlen. Als sie nach dem

Cocktailglas greifen wollte, zitterte ihre Hand. Sie bekam kaum Luft, und das merkwürdige nervöse Gefühl schien sich unter ihrem Brustbein zu einem festen Klumpen zu verdichten. Katja versuchte tief durchzuatmen. Es ging nicht. Stattdessen begann ihr Herz immer schneller zu klopfen.

Melanie Peppels wartete, bis der Spielautomat die letzten Münzen ausgespuckt hatte, dann stand sie auf und setzte sich neben Katja an den Tresen. Sie hatte Katja schon eine Weile beobachtet. Sie sah eigenartig blass aus, fand Peppels.

»Alles klar bei dir?«

Katja nickte.

»Was ist denn eigentlich mit dem Typen da hinten am Tresen? Soll ich dem mal Bescheid sagen?«, fragte Peppels. »Wie kommt der hier rein?«

Monski wischte die Theke ab und sah Katja durchdringend an. »Ist ein Transmann«, sagte sie.

»Echt?«, meinte Peppels.

Monski schien von einem besonders hartnäckigen Schmutzfleck auf dem Tresen in Anspruch genommen zu sein. Sie nickte und konzentrierte sich darauf, den Fleck zu entfernen.

»Wo ist eigentlich Elvis?«, fragte Katja, um abzulenken.

Peppels sah sich suchend um. Vorhin hatte sie ihn noch schnarchen hören – er konnte also nicht weit sein.

Sie stieß einen Pfiff aus. In einer Ecke polterte etwas, dann entdeckte sie Elvis' liebenswertes faltiges Gesicht. Er trottete behäbig in ihre Richtung. Wenn ihm jemand im Weg stand, wartete er geduldig, bis er weiter konnte. Wenn ihm jemand den Kopf tätschelte, ließ er es regungslos geschehen. Elvis wusste, wie er sich in Kneipen zu verhalten hatte. Peppels lächelte zärtlich. Elvis war ihre englische Bulldogge. Er hatte einen Überbiss und Gewichtsprobleme, aber er war ihr Baby. Nur mit Elvis ergab das Leben Sinn.

»Lass mal noch 'n Pils rüberwachsen«, rief sie Monski zu. »Und frisches Wasser für Elvis.«

»Ich hab so Herzrasen«, sagte Katja unvermittelt.

Peppels sah sie besorgt an. Wenn Katja so etwas sagte, dann war definitiv was nicht in Ordnung. Katja Saarbach war kein Typ, der leicht schlappmachte. Die Lage war ernst. Da war Peppels ganz sicher.

»Wollen wir gehen?«

Katja nickte.

Zu Hause legte Katja sich aufs Sofa, ohne ihre Schuhe auszuziehen. Sie presste beide Handflächen auf ihren Brustkorb und schloss die Augen. Ihr Atem ging flach und schnell.

»Soll ich einen Arzt rufen?«

Katja schüttelte den Kopf.

»Kannst du das Fenster aufmachen? Vielleicht hilft frische Luft.«

Peppels öffnete die Balkontür und beobachtete Katja aufmerksam. Sie war noch blasser geworden. Alarmierend blass.

»Wenn Sascha hier wäre«, sagte Katja, »dann würde es besser.«

»So 'n Quatsch. Wieso sollte es dann besser werden? Was soll Sascha denn machen? Mehr als einen Arzt rufen oder dich ins Krankenhaus fahren kann sie auch nicht.«

»Sascha soll herkommen.«

Peppels sah Katja ratlos an.

»Bring mir mein Handy«, sagte Katja. »Es ist in meiner Jackentasche.«

»Du willst sie anrufen?«

Katja nickte.

»Es ist fünf Uhr durch. Was, wenn sie nicht kommt?«

»Sie wird kommen.«

Einige Stunden später öffnete Lynn Jakobs in einer kleinen Pension an der holländischen Nordseeküste die Augen und wusste für einen Moment nicht, wo sie war. Sie sah sich im Zimmer um. An den Wänden vergilbte Rosentapeten, über dem alten Messingbett ein Ölschinken aus den Sechzigern mit einer üppigen Zigeunerin. An der Wand gegenüber ein scheußlicher dunkelbrauner Schleiflackschrank aus den dreißiger Jahren. Zusammengewürfelte alte Möbel, kein Teil passte zum anderen. Sie war an der Nordsee, erinnerte sie sich, in einem Urlaubsort mit Souvenirläden voller Wasserbälle und buntem Kram, mit Sand in den Gehsteigrillen, Strandcafés, Pommes-Wagen und Fischbuden an jeder Ecke. Sie hatte das Gefühl, dass etwas nicht stimmte. Nichts Alarmierendes, nur ein leises Unbehagen. Ein sanfter Missklang, von dem sie nicht wusste, ob er in ihr war oder außen. Vielleicht lag es an der Temperatur, die über Nacht kaum gesunken war. Vielleicht an dem Laken, das an ihrem verschwitzten Körper klebte.

Sie tastete über die andere Betthälfte, ohne die Augen zu öffnen. Aber da war niemand. Nur eine flache Mulde.

»Sascha?« Ihre eigene Stimme kam ihr gedämpft vor, als hätte sie Wasser in den Ohren.

Auftauchen!, befahl sie sich und blinzelte. Hinsehen! Ihre Augen brannten.

Sie hatten Rotwein getrunken am Abend zuvor am Strand. Zu viel, wie sich jetzt herausstellte.

»Sascha?« Wieder keine Antwort.

Lynn rieb sich die Schläfen und sah sich um. Sie hätten

nicht den billigen Fusel nehmen sollen, dachte sie. Sie hatte Kopfschmerzen. Irgendwas schien sich seit dem Vorabend verändert zu haben in diesem Raum. Am Abend war ihr die Pension noch romantisch vorgekommen. Jetzt bei Tageslicht verstand sie nicht mehr, warum. Das Doppelzimmer wirkte eher wie eine Absteige. Von der Tür zum Bad blätterte der Lack, aus der Nasszelle strömte feuchter Geruch.

Es klopfte an der Zimmertür. Lynn zog eilig ihr T-Shirt über, setzte sich und versuchte ihre Haare einigermaßen zu ordnen, aber da schob die Wirtin schon einen Teewagen herein. Darauf Kaffee, Toast, Wurst und Marmelade – für eine Person.

»Frühstück, Mevrouw«, sagte sie freundlich, schien die schlafschwere Luft im Raum nicht zu bemerken, nicht die Weinflasche auf dem Nachttisch und auch nicht, dass geraucht worden war, was eigentlich nicht gestattet war.

Lynn blieb verlegen im Bett sitzen und sah zu, wie die Wirtin den quietschenden Teewagen zu einem kleinen schwarzen Nierentisch schob, der zwischen zwei hohen Fenstern an der Wand stand. Die Frau trug eine fliederfarbene Häkeljacke über einem weißen Kittel. Darunter sah ein brauner Rocksaum hervor. Lynn wusste nicht, wann sie zum letzten Mal eine Frau im Kittel gesehen hatte. Hier war eine Zeitreise im Übernachtungspreis inbegriffen.

»Gut geschlafen?«, fragte die Wirtin mit niederländischem Akzent. Sie öffnete die bodenlangen Samtvorhänge. Staub tanzte im Sonnenlicht.

»Ihre Begleitung war heute Morgen schon bei mir und hat bezahlt.«

Es dauerte eine Weile, bis sich die einzelnen Worte in Lynns Kopf zu einer Information zusammenfügten.

»Sie hat schon bezahlt?«

Die alte Frau sah sie betreten an. Für einen Moment schien sie etwas sagen zu wollen, nickte dann aber nur und zog die Vorhänge glatt.

»Wieso …?«

Lynn sah die Wirtin ungläubig an. Doch die zuckte nur lächelnd die Schultern.

»Um zwölf müssen Sie bitte geräumt haben.«

Lynn sah auf die Uhr, in zwei Stunden müsste sie hier weg sein.

Wo war Sascha hin? Wieso hatte sie ihr nichts gesagt? Nach alldem? Und bezahlt hatte sie auch noch. Was sollte das?

Sie beobachtete den verstaubten Kronleuchter in der Mitte des Raumes und sorgte sich, dass er ihr auf den Kopf fallen könnte, wenn sie aufstand. Also blieb sie erst mal liegen.

Sie suchte auf dem Nachttisch nach ihrem Handy, fand es schließlich in ihrem Schuh und sah voller Hoffnung aufs Display. Aber da war nichts. Nur die Anzeige eines halbleeren Akkus. Nicht mal eine SMS – nicht mal eine lächerliche, läppische SMS.

Lynn seufzte und stand nun doch auf, zum Teufel mit dem Kronleuchter, dachte sie, schlimmer konnte es nicht mehr werden, was sollte der ihr schon noch anhaben können?

Sie zog den Teewagen ans Bett. Das Wägelchen klapperte, und seine Räder quietschten. Es wollte nicht so recht über den dicken Teppich. Sie zog fester, und beinahe wäre alles heruntergerutscht. Was für ein albernes Möbel, dachte Lynn wütend, so sinnlos wie Zuckerzangen und Eierwärmer.

Vielleicht half das Einpersonenfrühstück wenigstens gegen die Kopfschmerzen. Aber der Toast war zu weich und die Wurst zu rosa. An dem Kaffee nippte sie nur. Danach ging sie ins Bad und riskierte einen vorsichtigen Blick in den halbblinden Spiegel. Sie stöhnte auf und sah schnell wieder weg. Sie war geschminkt eingeschlafen und als Clownmädchen mit verwischten schwarzen Augen und ausgefranstem rotem Mund wieder aufgewacht. Es fehlte nur noch die rote Plastiknase. Lächerlich. Einfach lächerlich. Sie rieb ihr Gesicht mit Nivea ein und wischte die Make-up-Reste mit Klopapier ab.

Sie hätte nicht so viel trinken sollen. Lynn fühlte sich, als sei sie am Abend zuvor jemand anderes gewesen. Eine Frau, die keine Zweifel kannte, frei von klebrigen Bindungswünschen, souverän, offen, unabhängig. Sascha sollte sie bloß nicht für gewöhnlich halten, für stereotyp und spießig.

»Ich liebe dich«, hatte Lynn dann trotzdem gesagt und verzweifelt auf dem Zipfel des Kopfkissens herumgekaut, als Sascha keine Antwort gab.

Sascha lag auf der anderen Seite des Doppelbettes und rauchte. Dabei sah sie ins Leere, als hätte sie nichts gehört.

»Du mich auch?«, fragte Lynn nach einigen Minuten.

Sascha beugte sich über sie und strich ihr langsam eine Haarsträhne aus dem Gesicht.

»Schön bist du«, sagte sie.

»Ob du mich auch liebst, wollte ich wissen.«

»Liebe«, sagte Sascha gedehnt, drückte ihre Zigarette aus und stand auf. Sie öffnete das Fenster. Warme Nachtluft strömte herein, trug den salzigen Geruch des Meeres ins Zimmer. Tang und Fritten.

Lynn beobachtete den Umriss ihrer Gestalt, die sich in der Dunkelheit vor dem Fenster abhob.

»Vielleicht fühlt sich Liebe ganz anders an, als man glaubt.«

»So? Wie denn?«

»Nicht gut, sondern vielleicht eher ...« Sascha beendete ihren Satz nicht. Sie setzte sich neben Lynn auf die Bettkante.

»Sondern eher was?«

»Was weiß ich ...« Sascha fuhr mit den Fingern über Lynns Rücken, vom Nacken zum Steißbein.

»Das hier«, sagte sie lächelnd, »fühlt sich jedenfalls ziemlich gut an.«

Lynn duschte in der schimmeligen engen Dusche, schloss die Augen, um nichts zu sehen, und versuchte, das alles abzuspülen, den Kater, die Wut und die Ernüchterung. Aber es klappte nicht. Sie ekelte sich vor dem Duschvorhang und den schwarzen Fugen, das Wasser aus der Dusche roch muffig, als käme es aus einem alten Tank. Vielleicht war es aber auch nur Einbildung – vielleicht fühlte sich alles einfach nur schäbig an nach dieser Nacht.

Sie wickelte sich in ein Handtuch und ging zurück ins Zimmer, zerknüllte wütend die halbleere Zigarettenschachtel, die Sascha auf dem Nachttisch hatte liegenlassen, und blieb unentschlossen mitten im Raum stehen. Am liebsten hätte sie gegen den Bettpfosten getreten, aber sie tat es nicht. Sie schluckte ein paarmal. Ihre Nasenflügel begannen zu zittern. Wie bei einer weißen Maus. Schon als Kind hatte ihr Bruder Christoph sich darüber lustig gemacht. Sie war die Einzige in ihrer Familie mit hellroten Haaren und einer Haut in der Farbe von holzfreiem Papier.

Lynn, die Heulsuse.

Tränen stiegen ihr in die Augen. Erst vor Wut, dann vor Selbstmitleid.

Da war es wieder. Immer wenn sie dachte, sie würde auch mal was abkriegen vom Leben, bekam sie doch nichts. Das lag wohl an ihr selbst. Sie war einfach zu nichtssagend. Früher oder später enttarnte sie sich als Langweilerin, als Frau ohne Eigenschaften, ohne Überraschungen. Dann wich das Leben vor ihr zurück.

Jetzt trat sie doch einmal kurz gegen das Bett. Zaghaft. Es war kein richtiges Treten. Mehr ein »So tun, als ob«.

Sie zog sich resigniert an und steckte ihre Haare hoch. Das T-Shirt vom Vortag fühlte sich nicht mehr wirklich frisch an; es war ihr egal. In ihren Schuhen war noch Sand. Sie warf ihre Sachen in die Reisetasche und verließ das Zimmer. Wie betäubt blieb sie in der grellen Vormittagshitze vor der Pension stehen und zögerte einen Moment, dann nahm sie noch einmal den Weg durch die Dünen zum Strand, den sie am Abend zuvor zusammen gegangen waren. Menschen mit Sonnenhüten und Badeschlappen drängten sich auf dem Hauptweg, redeten und lachten, trugen Kühltaschen und Strohmatten und wollten zum Strand und einen schönen Tag haben. Bei ihnen schien es keine Komplikationen zu geben. Für sie schien alles normal zu laufen an diesem Sommertag, an dem die Sonne stach und die Helligkeit in den Augen schmerzte.

Lynn blieb stehen und hob die Hand über die Augen, um die Menschen weiter unten am Wasser zu beobachten. Ein Kleinkind verschmierte sein Eis auf dem Handtuch der Mutter, Teenager tobten im Wasser, ein Rentner ölte seinen Bauch ein, und dem durchtrainierten Beachvolleyball-Team schien die Hitze nichts anzuhaben. Sie wusste, dass es sinnlos war, aber ihre Augen scannten alles nach Saschas Silhouette ab. Sie sah auf ihr Handy. Keine Nachricht. Sie schaltete das Telefon aus, verstaute es tief in ihrer Tasche und schlug den Weg zum Bahnhof ein.

Im Zug saß ihr ein verliebtes Pärchen gegenüber, das Reiswaffeln aß. Die Frau hatte graues lockiges Haar, in das sie ein orangefarbenes Tuch geknotet hatte, und trug eine rote Brille. Der Mann war dünn und glatzköpfig und bestimmt zwanzig Jahre jünger als sie. Sie hielten sich an den Händen und waren liebevoll und zärtlich, und keiner von ihnen würde den anderen einfach sitzenlassen, dachte Lynn. So etwas passierte nur ihr.

Die beiden boten ihr eine Reiswaffel an und fragten freundlich, wohin sie denn fahre.

»Nach Hause«, sagte Lynn und zwang sich zu lächeln.

Vielleicht hatte Sascha doch recht gehabt letztes Jahr im November. Vielleicht war es wirklich keine gute Idee gewesen, sich kennenzulernen.

Der Tag im November, an dem sie Sascha zum ersten Mal begegnet war, begann für Lynn mit einer schlechten Nachricht.

»Theresa hat sich aufgehängt.« Die Stimme ihrer Mutter klang wie ein Ansagedienst, ein Weckdienst aus dem Leichenschauhaus. Lynn war nicht ganz sicher, ob das noch zu ihrem Traum gehörte oder ob sie schon wach war. Sie blickte auf den Wecker – sein rotes Display leuchtete in der Dunkelheit und sah aus wie immer. Es war halb sieben. Sie musste also schon wach sein. So früh vom Tod zu hören schlug ihr auf den Magen. Sie setzte sich auf und tastete unter dem Bett nach ihren Schlappen. Die Scheinwerfer eines vorbeifahrenden Autos leuchteten ins Zimmer.

»Sie hing auf dem Speicher. An ihren Perlonstrümpfen.«

Die Mutter kam ihr übertrieben sachlich vor, als käme es auf jedes Detail an. Lynn hatte den Eindruck, dass sie sich heimlich ein wenig wichtig vorkam, weil sie eine so ungeheuerliche Nachricht übermitteln musste.

»Sie hing auf dem Speicher?«

Ihr Mund füllte sich mit Speichel bei dieser Vorstellung. Sie schluckte und schluckte, bis es wieder nachließ. Sie wollte das nicht. Theresa sollte so etwas nicht getan haben. Nicht ihre Theresa, ihre Lieblingstante mit den glänzenden roten Haaren, deren Leben ihr immer ein wenig feiner vorgekommen war als das ihrer Eltern, die mitten in der Woche Spargel mit Schinken zum Abendbrot aß und immer nach teuren Parfums roch.

»Die Nachbarin hat sie gestern gefunden, die ist jetzt erst mal in der psychiatrischen Ambulanz.«

»Die Nachbarin?«

»Für Theresa können sie da wohl nichts mehr tun«, sagte die Mutter.

»Ich melde mich später«, murmelte Lynn und legte auf.

Am Bahnhof herrschte Chaos, irgendwo waren Leitungen gerissen, und Züge fielen aus, Leute liefen schimpfend durcheinander. Lynn stellte sich in die Schlange vor dem Informationsschalter – auf ihrem Gleis schien kein Zug mehr abzufahren. Hinter ihr stand eine Frau, die kurzatmig die Deutsche Bahn verwünschte und sich gar nicht mehr beruhigen konnte. Lynn hätte sich am liebsten die Ohren zugehalten. Die gellende Stimme der Frau war zu viel an diesem Morgen.

Lynn nickte ihr zu und versuchte, verständnisvoll zu lächeln. Aber die Frau schrie einfach weiter. Sie würde sich nicht beruhigen, dachte Lynn und wandte sich ab.

Vor ihr stand ein junger Mann, der Kaffee aus einem Pappbecher trank und ein angenehmes Aftershave benutzt hatte. Lynn atmete tief durch, sein Duft vermischt mit frischem Kaffee hatte etwas Beruhigendes, blendete die Hektik um sie herum für einen Moment aus.

Sie musterte ihn verstohlen. Er trug eine dicke Winterjacke, darunter einen Kapuzensweater und hatte nachlässig einen groben Schal um den Hals gewickelt. Er sah aus wie jemand, der viel Sport machte.

Lynn sann manchmal darüber nach, was die Menschen so machten, wenn sie nicht gerade in vollen Regionalzügen zur Arbeit fuhren. Was sie zu Abend aßen, ob jemand auf sie wartete, wenn sie nach Hause kamen, oder ob sie alberne Geheimnisse hatten, wie einen Teddy im Bett oder Schlimmeres. Jonas hatte immer seinen alten Teddy im Bett, den er zur Einschulung bekommen hatte. Lynn ekelte sich vor dem abgewetzten Frotteetier. Als sie Jonas das erste Mal sah, hätte sie nicht gedacht, dass einer wie er mit einem Teddybären schlafen ging. Jonas studierte Betriebswirtschaft, und zwar im Zeitraffer. Er hatte sich zum Ziel gesetzt, nur halb so lange zu brauchen wie die anderen, die Siebenschläfer-Studenten, wie er sie nannte. Später wurde Lynn bewusst, dass das mit dem Teddy doch irgendwie zu ihm passte.

Sie versuchte sich auszumalen, welches Geheimnis der Typ vor ihr haben könnte. Nach Teddy sah er nicht aus. Seine verwaschene Jeans gefiel ihr, sie saß gut. Nicht selbstverständlich, fand sie. Er hatte dunkles, mittelkurzes Haar, das er eitel zu pflegen schien. Es glänzte gesund. Sie stellte sich den Körper unter der dicken Winterjacke vor, ein geschmeidiger, trainierter Körper, erst beim Sport, dann beim Sex, definierte Oberarme und ein selbstbewusstes gerades Kreuz.

Lynn sah schnell woanders hin, um ihre Gedanken zu stoppen, sie irritierten sie, passten nicht zu ihrer Stimmung, nicht zur Uhrzeit und nicht zu diesem grauen Morgen, der mit der Nachricht von Theresas Tod begonnen hatte. Am allerwenigsten passten ihre Gedanken allerdings zu dem Blick, der sie traf, als Mr. Smart am Informationsschalter fertig war und dicht an ihr vorbei zum Ausgang ging. Sein Blick war verschlossen und undurchdringlich. An diesem Blick prallte alles ab. Die meisten Männer freuten sich über ihre Aufmerksamkeit. Wieso er nicht? Lynn musterte ihn irritiert. Er sah sie an und schien sie gar nicht zu bemerken.

Er ist gar kein Mann, schoss ihr plötzlich durch den Kopf, und sie sah noch einmal genauer hin. Die Haut war viel feiner.

Wow, dachte sie und stand da und starrte ihr hinterher, wie sie durch die Tür der Schalterhalle ging und in der Menschenmenge verschwand.

»Lassen Sie sich Zeit«, sagte der Bahnbeamte am Schalter und trommelte mit den Fingern auf die Tischplatte.

Anderthalb Stunden später betrat Lynn das Vorzimmer von Meyer & Meyer Automatisierungstechnik. Sie setzte sich langsam auf ihren Platz, ohne die Jacke auszuziehen oder Licht zu machen. Saß da in ihrem dunklen Büro und sah auf ihren Schreibtisch, bis Meyer junior seinen Kopf durch die Tür steckte und sie fragte, was sie denn da im Dunkeln mache. Sie wickelte langsam ihren Schal ab. Der Parfümgeruch, den der Wollstoff verströmte, war viel zu süß. Sie sollte weniger benutzen, dachte sie. Nicht so dick auftragen.

»Nichts«, antwortete sie. »Ich bin nur noch etwas müde.«

Sie stand auf, machte Licht und sah in den Spiegel, betrachtete angewidert ihr verhaltenes Lächeln, ihre roten

Lippen und die hochgesteckten Haare; sie war sich selbst fremd. Ein gefälliges Niemandsgesicht, ein Bürogesicht. »Feigling«, sagte sie leise zu ihrem Spiegelbild und schnitt eine Grimasse.

Sie zog ihre Jacke aus und hängte sie in den Garderobenschrank. Wünschte sich, die Begegnung am Bahnhof hätte nicht stattgefunden. Es hatte sie gepackt und durchgeschüttelt. Wie damals, als sie Alexandra traf. Alles war wieder da. An keinem Mann fand sie Männersachen so aufreizend attraktiv.

Lynn war spät dran. In der Teeküche stand Meyer senior schon vor der Kaffeemaschine und schöpfte mit steifen Fingern Kaffee in den Filter, als mache er das zum ersten Mal. Sie nahm ihm die Dose aus der Hand. Er nickte ihr freundlich zu und verschwand hinter seiner Bürotür.

Vor zwei Jahren hatte sie hier als studentische Aushilfskraft angefangen. Kurz nachdem sie Alex gesagt hatte, dass sie sie nicht mehr sehen wolle.

Lynn schämte sich, wenn sie daran dachte, wie sie sich rausgeredet hatte damals. Sie war erstaunlich kreativ gewesen im Erfinden von Ausreden und Vorwürfen. Dass Alex zu psychoemotionaler Gegenseitigkeit nicht in der Lage sei, hatte sie behauptet. Aber Alex kannte den wahren Grund. Das hatte Lynn an ihrem Blick gesehen.

Der Grund war, dass sie um Normalität rang. Dass sie nicht wusste, wer sie war an der Seite von Alex. Dass sie kalte Füße bekam. Normalität fand sie bei Jonas. Und in der Meyerschen Automatisierung. So war sie als Sekretärin an den beiden Meyers festgewachsen und an Jonas als dessen Freundin. Bis sie eines Tages merkte, dass sie sich selbst nicht mehr spürte. Aber das war immer noch besser, als nur Chaos zu empfinden und Panik. Sie ging immer seltener zur

Uni, seit einem Jahr gar nicht mehr. Die Bürowelt war so vorhersehbar wie die Truman Show. Jonas kam sie manchmal abholen und plauderte auf dem Flur mit Meyer junior über die letzten Fußballergebnisse und die Aktienkurse. Sie lachten immer viel zu laut, wie um zu demonstrieren, was für lockere Typen sie trotz ihres Erfolgs noch waren. Ihre Gespräche wirkten so hölzern wie die Dialoge der Laiendarsteller einer schlechten Daily Soap. Aber das Drehbuch war so schön einfach, und darum spielte Lynn mit. Sie goss schweigend die Pflanzen. Meyer senior klopfte Jonas im Vorbeigehen auf die Schulter.

»Der ist total in Ordnung«, sagte Jonas, wenn sie im Auto saßen.

Lynn stellte die Kaffeedose in den Schrank zurück und schaltete die Maschine ein, wie jeden Morgen. Doch heute wurde ihr plötzlich heiß und dann wieder eiskalt, als hätte sie Schüttelfrost. Sie setzte sich auf den Schemel neben dem Kühlschrank und atmete tief durch. Das Brummen der Leuchtstoffröhre schien immer lauter zu werden. Oder rauschte es in ihren Ohren? Sie war seit zwei Jahren dabei, sich selbst auszulöschen. Und das ziemlich erfolgreich.

Die Kaffeemaschine begann leise zu gurgeln. Normalerweise hatte das Geräusch etwas Anheimelndes, aber nicht heute.

Sie war im falschen Film gelandet; ihr Leben war zu einem faden Stummfilm geworden, seit sie mit Alex Schluss gemacht hatte. Unterlegt mit leiernder Musik. Das Schlimmste war, dass sie die Rolle, die sie selbst seitdem spielte, weder verstand noch richtig beherrschte. Fast hätte dieser Film sie vollständig verschlungen, wäre da nicht dieser Moment an diesem Morgen am Bahnhof gewesen, diese schwarzen Augen, die so gleichgültig durch sie hindurchgesehen hatten.

»Sie haben ja einen ganz fleckigen Hals, Frau Jakobs – ist was passiert?« Frau Klein aus der Abteilung Komponenten und Greifsysteme kam in die Teeküche, um sich Kaffee zu holen. Sie lächelte falsch wie immer.

Lynn stand auf, öffnete eilig den Kühlschrank und tat, als suche sie etwas.

»Was soll passiert sein?«, fragte sie.

Nach der Arbeit ging sie in den nächsten Supermarkt, um sich etwas zum Abendessen zu besorgen. Tiefkühlpizza wäre nicht schlecht und Eis, dachte sie und steuerte die Gefriertheke an.

Als sie die Pizza in den Wagen legte, musste sie wieder an Theresa denken. Theresa war eine erklärte Gegnerin von Fertiggerichten gewesen. Genau wie die Schneider. Wenn Lynn zu Besuch kam, war sie meistens auch da und kochte mit Theresa. Die Schneider mit den Lachfältchen und den himmelblauen Augen. Sie roch immer leicht nach Knoblauch.

Lynn nahm Karamelleis und kaufte noch Kartoffeln und Kohlrabi, um ihr Gewissen zu beruhigen.

Manchmal hatten Theresa und die Schneider sie mit ins Museum genommen, als sie noch klein war. Immer abends, kurz bevor das Museum schloss. Sie liefen durch die menschenleeren Ausstellungsräume und hielten sich alle drei an den Händen, die Schneider in der Mitte. »Erzähl mir, wovon du träumst, Süße!«, sagte sie, und Lynn hatte das Gefühl, dass sie das wirklich wissen wollte. Sie erzählte alles, was sonst niemand hören wollte. Von dem Stern, den sie entdecken würde, und von ihrer Bühnenkarriere als Primaballerina. Wenn sie wieder zu Hause war, fühlte sie sich einsam und traurig.

Sie schob den Gedanken an Theresa weg. Sie würde sich für den Rest des Abends auf dem Sofa einnisten, Pizza und Eis essen und hirnlose Serien gucken. Sich einfach weigern zu denken und zu fühlen.

Auf dem Weg zum Bahnhof blieb sie vor der Altstadtbuchhandlung stehen und sah sich die Auslage an. Sie ging nur selten in diesen Laden. Er hatte sich auf Modernes Antiquariat spezialisiert. Vor dem Geschäft waren Mängelexemplare aufgetürmt, die mit Plastikplanen vor dem Regen geschützt waren. *Drei für den Preis von einem* stand auf einem roten Schild. Sie überlegte, ob sie hineingehen sollte. Vielleicht würde sie ja wider Erwarten etwas Interessantes fürs Wochenende zum Lesen finden. Ein Windspiel klimperte, als sie die Ladentür öffnete. Die Verkäuferin blickte gelangweilt hoch und wandte sich gleich wieder ihrer Lektüre zu.

Lynn sah sich zögernd um. Sie blieb an einem Büchertisch stehen, griff nach einem Comicsammelband und blätterte neugierig darin. Eric Stanton. Die Zeichnungen faszinierten sie und stießen sie gleichzeitig ab. Sie hätte sie sich gern genauer angesehen, aber sie hatte das merkwürdige Gefühl, dass jemand sie beobachtete. Lynn blickte sich um.

Und dann schien der Boden kurz unter ihr nachzugeben, als sie den Wollschal wiedererkannte und den Kapuzensweater, den sie am Morgen so genau studiert hatte. Sie stand ein paar Tische weiter und sah so beunruhigend gut aus, dass Lynn das Buch aus der Hand fiel. Als sie sich danach bückte, rissen die Henkel ihrer Einkaufstasche, und die Tüte fiel auf den Boden.

Bitte nicht, dachte Lynn, doch die Kartoffeln rollten schon in alle Richtungen. Sie sammelte sie hektisch wieder ein und griff dann nach irgendeinem Buch vom nächsten Tisch, in der Hoffnung, so zu wirken, als sei alles ganz normal. Auf den Buchseiten zeichneten sich ihre lehmigen Fingerabdrücke ab.

»Da lag noch eine«, sagte jemand dicht hinter ihr.

Lynn drehte sich um, und da stand sie und hielt ihr grinsend eine deutsche Grata hin.

»Danke«, murmelte Lynn, ohne sie anzusehen, und dort, wo sich ihre Hände berührt hatten, brannte ihre Haut. Sie sah ihr nach, wie sie zur Kasse ging, als sei nichts geschehen – als hätte sie nicht eben Lynns ganzen Körper unter Strom gesetzt.

Lynn schlenderte hinter ihr her zu einem Tisch, der näher an der Kasse stand.

»*Nichtrauchen und Zen* heißt es, glaube ich. Ist ein Ratgeber ... Den Autor weiß ich nicht«, hörte Lynn sie sagen. Sie sprach leise und sah sich um, als sei ihr der Buchtitel peinlich.

Die Verkäuferin schaute in den Computer.

»*Nichtrauchen durch richtiges Atmen; Nichtrauchen durch Rohkost; Nichtrauchen leichtgemacht; Nichtraucher und trotzdem Spaß* ...«, las sie laut vor.

»Ah, da haben wir's – *Nichtrauchen und Zen* – müsste ich bestellen, ist gerade nicht vorrätig.«

»Okay.«

»Dann bräuchte ich deinen Namen und die Telefonnummer.« Die Verkäuferin lächelte und warf ihren Zopf über die Schulter.

»Langner«, hörte Lynn, »Sascha Langner.«

Die Verkäuferin füllte einen gelben Bestellzettel aus.

Als Sascha Langner den Laden verließ, schaute sie aus den Augenwinkeln noch einmal kurz zu Lynn hinüber.

»Geht es dir nicht gut?« Der Arm ihrer Mutter schoss ihr zur Begrüßung entgegen wie ein Pfeil. Sie vermaß Lynn mit einem Blick.

»Dir auch einen schönen ersten Advent«, antwortete Lynn.

»Du siehst schlecht aus«, stellte die Mutter fest.

Lynn sah verunsichert in den Dielenspiegel mit dem Peddigrohrrahmen.

»Eigentlich geht's mir gut!«

Ihre Mutter legte den Kopf nach hinten, um sie genauer in Augenschein zu nehmen.

»Und blass bist du.«

»Ich bin immer blass.«

Es war wie immer: Egal wie gut sie sich fühlte, ihre Mutter schaffte es im Nu, ihr einen Dämpfer zu verpassen.

Sie ging mit hängenden Schultern ins Wohnzimmer. Dort gab es Tee und Stollen. Eine Honigkerze brannte. Es roch nach Kindheit.

Ihr Vater war da und Christoph mit Lisa, seiner Frau, die schwanger war. Lisa erinnerte Lynn an die Kullertränchenpuppe, die sie als Kind besessen hatte und die immer ein weinerliches Gesicht machte. Einmal hatte Lynn die Puppe deshalb mit dem Kopf an die Wand gehauen. Das hatte nichts geändert. Christoph biss in ein Stück Stollen. Puderzucker blieb zwischen seinen Mundwinkeln kleben.

Wie ein Fremdkörper saß ein Bestatter allein auf dem Dreiersofa. Die ganze Familie sah ihm zu, wie er seine Tasse Kaffee zum Mund führte, einen Schluck trank und sie wieder abstellte. Er ließ sich nicht aus der Ruhe bringen. Er war da, um die Angelegenheit mit Theresa abzuwickeln. Es gab sonst keine nahen Angehörigen. Lynn zögerte kurz, dann setzte sie sich neben ihn. Sie fühlte sich wie eine Statistin in einem komischen Stück, das Familie hieß und immer hier im Wohnzimmer ihrer Eltern aufgeführt wurde. Wer die anderen Darsteller eigentlich waren, wusste sie nicht genau. Es wurde wieder und wieder aufgeführt, mit und ohne Publikum, und hörte niemals auf.

»Es gibt ein Testament«, sagte die Mutter und legte einen großen braunen Umschlag auf den Esstisch aus geölter Eiche.

Lynn pulte mit dem Teelöffel die Orangeatstückchen aus ihrem Stollen. Die schmeckten nicht. Konservierte Orangenschalen, wie bitteres Gummi. Sie fühlte sich, als sei sie selbst konserviert, wenn sie in diesem Wohnzimmer saß, als sei ihr das Leben entzogen und als hätte eine geheimnisvolle Substanz sie haltbar gemacht. Seit zwei Jahren veränderte sie sich nicht mehr. Sie tat fast jeden Tag dasselbe. Das müsste dringend anders werden, dachte sie und nickte dem Bestatter zu, der sie freundlich anlächelte.

Er kam ihr bekannt vor. Beim Einkaufen bei Lidl war ihr mal ein Mann im schwarzen Anzug aufgefallen. Er hatte einen beunruhigenden Kontrast zu den bunten Lebensmittelverpackungen gebildet. Vor dem Geschäft hatte ein Leichenwagen gestanden. Ob er seinen Lidl-Einkauf damit transportierte, hatte sie sich gefragt. Dort wo sonst die Särge standen? Aber er konnte sich ja nicht jedes Mal umziehen und sein Auto wechseln, nur weil er einkaufen musste. Wie hielt er das nur aus mit den ganzen Toten?

Ihr Stollen sah jetzt aus wie ein durchlöcherter Käse. Am Tellerrand ein kleines Gebirge aus Orangeat. Irgendetwas musste geschehen, dachte sie und sah nervös auf die Uhr.

Sie hatte auf einmal das Gefühl, dass ihr die Zeit davonlief. Als würden die Uhrzeiger in doppelter, dreifacher Geschwindigkeit über das Ziffernblatt rasen. Sie durfte die Begegnung mit Sascha Langner nicht auf sich beruhen lassen. Ihr Blick war wie eine Injektion gewesen, eine Injektion mit etwas Überlebenswichtigem, von dem sie fälschlicherweise geglaubt hatte, es nicht zu brauchen. Doch sie brauchte es, und zwar ganz dringend, wenn sie nicht wie eine lebende Tote weiterhin Dinge tun wollte, die ihr nichts bedeuteten. Sie brauchte mehr von Sascha Langner. Viel mehr.

»Meine Schwester war immer kinderlos«, erklärte die Mutter dem Bestatter und warf Lynn einen sorgenschweren Blick zu. »Kinderlos und unverheiratet.«

Theresa war nur das gewesen, was sie nicht war, dachte Lynn. Und das war alles, was die Mutter jetzt noch über sie zu sagen hatte. Das war ihr Nachruf: *Sie war kinderlos und unverheiratet.*

Der Bestatter legte mit professionell ernstem Gesicht eine Mappe mit Trauerkarten auf den Tisch.

»Du kriegst Theresas Haus«, sagte die Mutter und wischte mit einer energischen Handbewegung Krümel von der Tischdecke.

Lynn sah sie an und bekam den Klumpen aus Marzipan, den sie gerade im Mund hatte, nur mühsam hinunter.

»Theresas Haus?« Sie war nicht sicher, ob sie das wirklich wollte.

Die Mutter schob den Umschlag nickend in Lynns Richtung. »Damit«, sagte sie, »ist das jetzt deine Angelegenheit.«

Lynn nahm den Umschlag zögernd.

»Sie wollte es so«, sagte die Mutter. »Du musst nächste Woche zu ihrem Notar. Ich habe schon einen Termin für dich gemacht.«

»Lisa und ich haben überlegt«, sagte Christoph, »dass es gut wäre, wenn wir in die leere Wohnung neben Theresas Wohnung ziehen würden und du in Theresas Wohnung. Das hätte für dich den Vorteil, dass du dann ab und an auf das Baby aufpassen könntest, wenn du Lust hast, und wir dir helfen könnten, das Haus in Schuss zu halten.«

Er klang, als sei es bereits beschlossene Sache.

Das Wohnzimmer zog sich plötzlich in die Länge, und Christoph, Lisa, der Bestatter und die Eltern schienen viele Meter von ihr entfernt zu sitzen, so als sähe sie von außen durch einen Spion. Alle blickten sie auffordernd an. Sie brauchte nur ja zu sagen. Sie brauchte nur ja zu sagen zu ihrem eigenen Verschwinden. Sie kamen ihr vor wie Zombies, die es auf ihre Substanz abgesehen hatten.

»Bist du neidisch auf Lisa?«, fragte die Mutter sie später beim Abwasch.

»Ich neidisch auf Lisa? Wieso?«

»Weil sie schon schwanger ist und drei Jahre jünger als du.« Die Mutter reichte ihr einen tropfenden Teller und sah sie herausfordernd an.

»Was redest du denn da für einen Quatsch?«

»Na ja, Theresa hat das ja auch nichts ausgemacht damals, als ich mit dir schwanger war.« Die Mutter zuckte die Schultern.

Am liebsten hätte Lynn den letzten Teller, den sie gerade in der Hand hielt, auf den Boden krachen lassen. Aber sie stellte ihn in den Schrank und legte das Geschirrhandtuch ordentlich gefaltet über die Heizung.

Nachts sah sie Talkshow-Wiederholungen im Fernsehen. Sie spürte sich nicht. Lag taub auf ihrem Bett und nahm wie ein leeres Gefäß die Bilder aus dem Fernseher in sich auf. Erst wurden die Fettleibigen vorgeführt, dann die Ungewaschenen, dann die Arbeitsscheuen. Das Publikum grölte und buhte. Sie schaltete ab und ließ heißes Wasser in die Badewanne laufen. Lag dann darin, ohne Schaum, wie in Aspik.

Ihr Badezimmer stammte noch aus den Siebzigern. Es war bis zur Decke gekachelt. Mit blaugrünen Kacheln. Wie ein Aquarium.

Sie betrachtete ihre blassen Beine, die Haut sah stumpf aus im Wasser. Dampf beschlug die Wände, bildete Tropfen und lief an den Fliesen herunter. Mutters Beine habe sie, hatte der Vater früher immer gesagt. Sie hörte dem Tropfen des Wasserhahns zu. Theresas Hände, hatte die Mutter gesagt. Und Muttis Haare, hatte Theresa gesagt. Nichts gehörte ihr.

Sie dachte an Saschas Hände, die sie kurz berührt hatte, als sie ihr die Kartoffel gab. Die Form einer Hand stand für das Wesen eines Menschen, fand sie. Es gab großzügige Hände und kleinliche. Saschas Hände gehörten zur ersten Sorte.

Sie stand auf und sah an ihrem Körper hinunter, wie das Wasser über ihre Brüste lief, über ihren Bauch und ihre Oberschenkel. Das waren ihre eigenen Beine, dachte sie, ihre eigenen Beine und ihre eigenen Hände. Ab heute war das alles ihres. Sie zog den Stöpsel aus der Wanne, setzte sich auf den Wannenrand und hörte dem Gurgeln zu, mit dem das Wasser den Abfluss hinunterrauschte. Sie lächelte. Denn plötzlich wusste sie, was sie tun würde.

»Ich möchte das Buch für Langner abholen«, sagte sie und wunderte sich, dass sie es ganz ruhig über die Lippen brachte. Keine körperlichen Zeichen von Aufregung, als hätte sie Betablocker geschluckt.

»Langner«, sagte sie noch einmal mit dieser merkwürdig ruhigen Stimme. »Sascha Langner.«

Die Verkäuferin nickte. »Dann brauche ich bitte den Bestellzettel.«

»Den habe ich leider verloren.« Lynn lächelte entschuldigend.

»Welcher Titel war es denn?«

»*Nichtrauchen und Zen*«, sagte Lynn. »Für Langner.«

Die Verkäuferin durchsuchte das Regal mit den Bestellungen.

Endlich fand sie das Buch. Der gelbe Zettel mit der Telefonnummer steckte zwischen den Seiten.

Lass ihn bloß dort stecken, dachte Lynn. Nimm ihn ja nicht raus! Jetzt schien ihr Blutdruck plötzlich anzusteigen, ihre Schläfen pochten, als sie bezahlte.

»Viel Erfolg damit!«, sagte die Verkäuferin.

Lynn bedankte sich und verstaute das Buch tief in der Tasche.

Langner stand auf dem Zettel und: 0179/8558466.

Sie schlug den Weg durch die Fußgängerzone zum Bahnhof ein, hielt ihre Tasche fest umklammert und sah kaum, wo sie hinlief. Irgendwer schrie »Dumme Kuh!« hinter ihr her, »Kannst du nicht aufpassen?«. Ein Junkie schnorrte sie an, und sie drückte ihm zu viel Geld in die Hand, ohne stehenzubleiben.

Sascha Langner. Sie hieß Sascha.

Lynn ging schneller. Es fing an zu regnen, doch sie hatte keine Zeit, ihren Schirm aus der Tasche zu holen. Sie hatte es eilig. In diesem Moment tippte ihr jemand auf die Schulter.

Sie bekam Panik, dass die Verkäuferin ihr gefolgt sein

könnte und sie den Zettel wieder hergeben müsste. Sie wollte sich davonmachen, ohne sich umzudrehen, doch ein Griff am Arm hinderte sie daran.

»Lynn, bist du taub?«

Es war Elena. Ihre beste Freundin Elena.

Ausgerechnet jetzt, dachte Lynn.

»Ach, du!« Sie bemühte sich, erfreut zu klingen.

»Was hast du denn gedacht? Der Leibhaftige?«

»So ähnlich.«

»Lass uns einen Kaffee trinken – das machen wir viel zu selten, mal nur wir Mädels!«

Elena hakte sich bei ihr ein.

»Torben ist auf Studienfahrt in Brüssel, ich bin also Strohwitwe und hab jede Menge Zeit.« Sie lachte.

Lynn lachte auch, obwohl sie eigentlich keine Lust hatte, als Zeitvertreib für Elena zu dienen. Sie hatte Wichtigeres zu tun. Aber das wollte sie Elena nicht sagen, und ihr fiel aus dem Stegreif keine Ausrede ein.

Sie gingen ins Café am Theater. Am Fenster war noch ein Tisch mit zwei Plätzen frei. Lynn setzte sich und wäre am liebsten sofort wieder aufgestanden und hinausgelaufen. Sie war nervös. Elena dagegen war in Plauderstimmung.

»In Ratingen hat ein neuer Outletstore eröffnet – da müssen wir mal zusammen hin.«

Lynn nickte. Ganz bestimmt würden sie da bald mal hinfahren. Sie tunkte ihren Keks in den Kaffee. Sie würde Sascha Langner an diesem Abend noch anrufen. Ihr musste nur noch ein glaubhafter Vorwand einfallen. Sie verspeiste den Rand des aufgeweichten Kekses, bevor er abfallen konnte.

»Weißt du was?« Elena sah sie an, als sei ihr eine patentreife Idee gekommen. »Wir machen es uns jetzt mal so richtig schön gemütlich, wir beiden. Was hältst du davon? Ich bestell uns Zitronenrolle! Das ist doch dein Lieblingskuchen, stimmt's?«

»O nein, danke, ich …«

Zu spät. Elena war schon auf dem Weg zum Kuchenbuffet.

Lynn sah aus dem Fenster und beobachtete das Gedränge in der Fußgängerzone. Wenigstens hatte sie einen Plan. Sie würde Sascha Langner anrufen, so viel stand fest. Sie musste nur noch diese eine Hürde überwinden, die aus Elena und dem fettigen Sahneteil bestand, das die Kellnerin ihr gerade servierte. Sie fragte sich, wie sie es hinunterbekommen sollte.

»Komm doch heute Abend mit Jonas vorbei.«

»Heute ist ganz schlecht.« Lynn stach mit der Gabel in den Kuchen. Der Teig gab nach, darunter weicher Zitronenmatsch. Jonas – sie hatte keine Lust, ihn zu sehen. Seine Gesellschaft erschien ihr so reizvoll wie ein Termin beim Arbeitsamt.

»Wir könnten mal wieder einen Spieleabend machen«, sagte Elena.

Lynn nickte abwesend. »Nächste Woche vielleicht. Heute geht echt nicht.« Sie begann, Saschas Telefonnummer in ihrem Handy zu speichern. Unter *S* wie *Sascha*. Nun war es fast schon so, als würden sie sich kennen.

»Sei mir nicht böse, Elena«, sie stand auf und nahm ihre Tasche, »ich habe im Moment eine Menge zu erledigen. Ich ruf dich bei Gelegenheit an.«

Sie winkte Elena zu und verließ das Café, ohne zu bezahlen.

»Lynn!«, hörte sie Elena noch rufen. Aber sie lief einfach weiter.

Zu Hause warf sie ihren Mantel achtlos auf den Boden und holte den Zettel aus ihrer Tasche. Er war etwas zerknittert. Ihr Herz hämmerte wie vor einer Prüfung. Sie legte sich aufs Bett und betrachtete ihn, als könne er ein Geheimnis offenbaren – als seien mit unsichtbarer Tinte wichtige Informationen darauf notiert. Über Sascha Langner. Um sich zu beruhigen, stand sie auf und ließ Badewasser einlaufen. Als die Wanne halb voll war, drehte sie das Wasser wieder aus.

Sie schaltete den Fernseher ein und legte sich ins Bett. Sah einen Gerichtsvollzieher, der sozial Gestrandete besuchte, ein schwammiges Pärchen, das ein Fertighaus baute, eine Talkshow-Moderatorin, die einen Selbstdarsteller befragte, und marktschreierische Klingeltonwerbung. Sie würde am nächsten Morgen anrufen, dachte sie. Dann wäre sie bestimmt mutiger. Sie fiel in einen unruhigen Schlaf mit verworrenen Träumen, in denen sie mit Jonas in der Möbelabteilung eines Kaufhauses lebte, und Sascha Langner war der Möbelverkäufer und verkaufte lachend die ganze Einrichtung an Elena und Torben, und Jonas schrie, dass das alles doch noch gar nicht bezahlt sei.

Als Lynn erwachte, tastete sie als Erstes nach dem Zettel neben ihrem Kopfkissen. Er war noch da. Sie lächelte, ohne die Augen zu öffnen, nahm ihn und rollte sich unter der Bettdecke zusammen, froh, dass Sonntag war, dass sie nicht funktionieren musste. Es war schon Mittag, und sie hatte fast zwölf Stunden geschlafen. Sie vergrub ihren Kopf im Kissen und dachte an die Sonntage, an denen sie mit Alex erst aufgestanden war, als es schon wieder dunkel wurde. Verkehrte Welt war das gewesen, irgendwie. Aber vielleicht war auch das, was danach kam, verkehrte Welt. Mit Jonas sonntags um acht im Stadtpark joggen, hinfallen und sich eine Sehne zerren. Sie wusste es nicht.

Sie ging in die Küche und setzte Wasser auf, um Kaffee zu machen. Sie mochte aufgebrühten Kaffee lieber als den aus der Kaffeemaschine. Auf dem Flohmarkt hatte sie einen rosafarbenen Melitta-Porzellanfilter gefunden. Der Kaffee schmeckte weicher, fand sie. Jonas fand das schrullig. Er hatte ihr eine Espressomaschine geschenkt. Die stand jetzt auf dem Kühlschrank und sah doof aus. Lynn benutzte sie nie.

Der Wasserkessel begann zu pfeifen und spuckte eine steile Dampfsäule aus, die sich in der ganzen Küche verteilte. Die Fenster beschlugen. Lynns Unterleib zog sich zusammen. Autsch, dachte sie, auch das noch, und sah zu, wie sich eine kleine rote Pfütze zwischen ihren Füßen auf dem Küchenboden bildete. Sie rannte ins Bad und suchte Tampons, dann wischte sie den Blutfleck auf, goss heißes Wasser über den Kaffee und hörte dem Regen zu, der leise gegen das beschlagene Küchenfenster trommelte.

»Alles fließt«, stand auf der ersten Seite des Zen-Buches. Was sollte sie Sascha Langner sagen? Wie sollte sie erklären, wie sie an ihre Telefonnummer gekommen war? Und was sollte sie Jonas sagen?

Lynn bestrich Rosinenstuten mit Butter und Nutella und kehrte mit einem Becher Kaffee ins Bett zurück. Sonntags morgens allein zu sein war falsch. Das war die Zeit, seine Nase in das Gesicht eines anderen Menschen zu knautschen, Schlaf zu riechen, wegzudösen, wieder wach zu werden, das Aufstehen hinauszuzögern, bis man sich fast wundgelegen hatte, dachte sie. Wenn es regnete, ganz besonders.

Es dämmerte bereits, als Lynn es endlich schaffte, die

Nummer von Sascha Langner zu wählen. Ihre Hände waren feucht vor Aufregung.

Sascha beobachtete Katjas Gesicht und stocherte in dem Rotkohl herum, von dem zu viel auf ihrem Teller lag. Katjas Mutter hatte ihr aufgescheppt, als wolle sie Sascha bestrafen. Wieso hieß das Zeug eigentlich Rotkohl, wo es doch eindeutig lila war?

Es war Totensonntag. Den ganzen Tag schon. Im Fernseher lief Werbung. Für WC-Steine mit Orangenduft. Niemanden schien das zu stören.

Sascha stand auf und machte den Fernseher aus. Katja sah sie verwundert an. Sie kam Sascha fremd vor. Lichtjahre entfernt. Dabei saß sie nur am anderen Ende des Tisches. Sascha setzte sich wieder und sah auf die Uhr. Zum dritten Mal innerhalb von zehn Minuten. Im Wohnzimmer von Katjas Eltern stand die Zeit still. Sie hatte das Gefühl, seit Stunden hier zu sitzen. Außerdem schmeckten die Rouladen komisch. Gerda würzte alles mit Maggi. Wie Kantinenessen.

Sie schob ihren Teller weg und zündete sich eine Zigarette an.

»Kannst du nicht warten, bis wir fertig sind?«, fuhr Katja sie an.

Sascha schüttelte den Kopf und inhalierte. Nein, konnte sie nicht. Sie überlegte, ob sie vielleicht mal die Spannung am Vorverstärkerausgang des Autoradios erhöhen sollte, damit der Klang wieder besser würde. Seit einiger Zeit hatte sie den Eindruck, dass es zu rauschen anfing, wenn sie lauter drehte. Franko meinte, da wäre nichts, er würde kein Rauschen hören. Aber bei ihm klang es irgendwie anders, fand sie. Der brauchte die Lautstärke nur minimal zu erhöhen und hatte sofort vollen Ton. Obwohl seine Anlage viel älter war.

Sascha zog an der Zigarette, bis der Filter heiß wurde, und füllte ihre Lungen mit warmem Rauch. Katjas Stimme nervte sie. Seit sie hier waren, sprach sie mit dieser Kopfstimme über die Hochzeit ihrer Schwester. Als sei das *das* Jahrhundertevent. Was Katja noch nicht wusste, war, dass Sascha nicht dabei sein würde. Sie lächelte zufrieden in sich hinein. Sie würde auf der Motorshow in Berlin sein und Autos fotografieren. Sie hatte Arne so lange bearbeitet, bis er eingesehen hatte, dass sie dieses Jahr fahren *musste*. Auch wenn das seine Lieblingsmesse war. Sie hatte ihm sogar versprochen, bis dahin jeden Samstag im Laden zu sein. Alles war besser, als auf diese Hochzeit zu gehen. Sie musste es nur Katja noch irgendwie stecken. Wie wusste sie noch nicht genau.

Katja beugte den Kopf leicht nach vorn und lächelte ihre Mutter erwartungsvoll an, während sie sprach. Doch Gerda hielt den Blick auf ihren Teller geheftet und sezierte ihre Roulade. Ab und an fiel sie Katja ins Wort. Katja machte nicht viel her in den Augen ihrer Mutter. Keine Hochzeit, kein Mann, nur Sascha, die immer die falschen Sachen sagte und außerdem die falschen Klamotten trug.

»Ist das nicht eine Herrenjacke?«, hatte Gerda sie zur Begrüßung zum hundertsten Mal gefragt.

»Haarscharf beobachtet«, hatte Sascha geantwortet, und Gerda hatte wieder dieses saublöde »Tja, wem's gefällt«-Gesicht aufgesetzt.

Je länger sie Katja beobachtete, desto unzufriedener wurde sie. Manchmal hatte sie das Gefühl, dass der einzige Sinn in Katjas Leben darin bestand, vergeblich um die Anerkennung ihrer Mutter zu kämpfen – ihrer Mutter, die tatenlos zugesehen hatte, wenn ihr Mann auf Katja eindrosch.

Katja hielt Sascha einen Brautkatalog unter die Nase.

»Wie findest du das mit dem Rückenausschnitt?«

»Hab ich keine Meinung zu.«

Katjas Mutter musterte Sascha abschätzig.

»Was war mit den Rouladen los?«, fragte Sascha. »Die haben irgendwie eigenartig geschmeckt.«

Gerda stand auf und räumte beleidigt den Tisch ab. Katja lief hinter ihrer Mutter her in die Küche, um beim Spülen zu helfen.

Sascha fragte sich, wieso sie sich das eigentlich seit Jahren antat. Wieso sie seit Jahren nichts Besseres zu tun hatte, als hier den Statisten zu geben. Für einen kurzen Moment fühlte sie sich wie ein fremder Beobachter, der sich einen Ausschnitt aus dem Leben von Sascha Langner ansah und den Kopf schüttelte und sie fragte: »Ist das wirklich wahr? Ist das dein Leben?«

Da klingelte ihr Handy. Die Nummer kannte sie nicht.

»Hallo, hier ist Lynn Jakobs«, sagte eine fremde Frauenstimme.

»Lynn Jakobs? Kenn ich nicht.«

Verlegenes Lachen am anderen Ende. Klang nett. Sascha musste grinsen. Sie warf einen Blick in die Küche. Katja trocknete immer noch ab.

»Wir waren am Freitag beide in der Altstadtbuchhandlung ... Die Kartoffeln – vielleicht erinnerst du dich?«

»Kartoffeln?« Sascha erinnerte sich sofort. Sie ging auf den Balkon und schloss die Tür hinter sich. Die Luft war kalt hier draußen.

»Ich glaube, ich erinnere mich.«

»Du hattest ein Buch bestellt.«

»Genau, ich wollte es gestern abholen, aber es war nicht da.«

»Ich habe es.«

»Du? Wieso? Du hast mein Buch?«

Wieder dieses leise Lachen am anderen Ende, das ein wenig aufgeregt klang. Ein vertrauliches Lachen, das sich unglaublich gut anfühlte, so dicht am Ohr.

»Die Verkäuferin hat es verwechselt. Sie hat es mir gegeben, als ich mein Buch abholen wollte. Soll ich es dir bringen?«

Sascha musste husten.

»Du willst es mir bringen?«

»Ja, gerne«, sagte Lynn Jakobs.

Und dann sagte Sascha etwas Merkwürdiges. Ihre Gedanken waren völlig klar, ihr Bewusstsein darüber, dass sie nicht tun sollte, was sie gerade tat, ungetrübt. Sie sagte: »Super, um sechs bei mir? Ich wohne in der Innenstadt, Bahnhofstraße 7, direkt hinter dem Hauptbahnhof.«

Das war nicht ihre Adresse. Es war die Adresse von Franko, ihrem Cousin. Franko war als Koch auf einer Bohrinsel in der Nordsee beschäftigt. Während der nächsten zwei Wochen würde er dort sein. Sascha hatte seine Schlüssel.

»Ich freu mich!«, sagte Lynn Jakobs.

Sascha blieb auf dem Balkon stehen und sah in die Dunkelheit. Was hatte sie da eben gesagt? Ihr wurde kurz ein wenig schwindelig, als sie an ihrer Zigarette zog. Wie bei der allerersten Zigarette, die sie als Teenager heimlich geraucht hatte.

Sie steckte langsam ihr Handy in die Hosentasche und ging zurück ins Wohnzimmer. Katja und ihre Mutter saßen auf der Couch.

»Ich fahr noch mal kurz bei Franko vorbei«, murmelte sie und hatte das Gefühl, dass ihre Stimme ein wenig belegt klang, leiser als sonst.

Sascha Langner lehnte im Türrahmen und wartete, als Lynn die Treppe hochkam. Für einen kurzen Moment hatte Lynn das Gefühl, als würden sie sich schon lange kennen. Doch dieses Gefühl verflüchtigte sich mit jedem Schritt, den sie den Flur entlangging. Als sie vor ihr stand, war Sascha ihr so fremd wie an dem Morgen, als sie ihr zum ersten Mal begegnet war. Doch Lynn glaubte in ihrem Blick einen Funken Interesse zu erkennen.

Einen Moment später saßen sie in einem Wohnzimmer, das nicht viel über seine Bewohnerin verriet. Helles Laminat, weiße Wände, ein paar Hanteln auf dem Fußboden, ein dunkelrotes Sofa, ein Tisch. An den Wänden einige Umzugskartons und Konzertplakate von einer Band, die Lynn nicht kannte. Sie sah sich erstaunt um. Der Raum wirkte so unbewohnt wie ein Wohnzimmer in einem Möbelhausprospekt. Kein einziger persönlicher Gegenstand. Entweder war Sascha Langner ein zwanghafter Ordnungsfreak oder gerade erst eingezogen.

Lynn gab ihr das Buch.

Sascha nahm es und sah sich die Titelseite an. »Danke«, sagte sie und zog an ihrer Zigarette. »Dann hab ich nun wohl keine Ausrede mehr.«

Sie wirkte jetzt ganz anders als an jenem Morgen am Bahnhof, nicht so verschlossen und in sich gekehrt. Eher wie jemand, der es gewohnt war, mit vielen Menschen zu tun zu haben. Ihre Augen hatten etwas Neugieriges.

»Komisch«, sagte sie. »Ich hab das Buch in einem Anfall von Ich-muss-mein-Leben-ändern bestellt.« Sie lachte.

Ihr Lachen gefiel Lynn. Es klang ein wenig unverschämt.

»Als ich es dann abholen wollte, war es nicht da, und ich hab gedacht, das ist wohl höhere Gewalt und hab mir erst mal Zigaretten gekauft.«

Sie legte das Buch auf den Tisch und musterte Lynn.

Lynn wusste nicht, was sie sagen sollte. Ihr Plan war nicht ausgereift genug gewesen, stellte sie fest. Ab hier war er nämlich zu Ende. Auf den Effekt der unmittelbaren Gegenwart von Sascha Langner war sie nicht vorbereitet. Nicht darauf, dass sie die ganze Zeit ihr eigenes Herz würde klopfen hören und auch nicht auf die Leere in ihrem Kopf.

»Was ich nicht verstehe ...«, überlegte Sascha. »Wieso hast du beim Bezahlen nicht gemerkt, dass sie dir das falsche Buch gegeben haben?«

Lynn zuckte die Schultern. »Ich hab gar nicht richtig hingesehen. Die Verkäuferin hat es so schnell in eine Tüte gesteckt. Ich hab's erst zu Hause gemerkt.«

Sie vermied es, Sascha anzusehen und hoffte, nicht rot zu werden. Sie konnte nicht besonders gut lügen. Doch Sascha schien ihr die Geschichte abzunehmen. Es war eigentlich ja auch nicht außergewöhnlich, fand Lynn. Es hätte sich genau so abspielen können. So etwas passierte jeden Tag. Selbst Neugeborene waren schon vertauscht worden.

»Apropos bezahlen – was bin ich dir schuldig?«, fragte Sascha.

»Gar nichts«, sagte Lynn lachend. »Ich schenk es dir. Ich freu mich einfach, dass wir uns durch so einen komischen Zufall kennenlernen!«

»Hm«, sagte Sascha gedehnt. Mehr sagte sie nicht.

Lynn hörte auf zu lachen. Sie hockte verspannt auf der Sofakante und hörte ihre eigenen Halswirbel leise knirschen. Du hast es vermasselt, du hast es vermasselt, du hast es vermasselt, skandierte es in ihrem Kopf. Mal klang es wie eine murmelnde Kirchengemeinde, dann wieder wie eine marschierende Truppe.

Sascha blies ein paar Kringel in die Luft, drehte die Asche ihrer Zigarette am Rand des Aschenbechers ab und betrachtete lange die glühende Spitze, als gäbe es darin etwas zu lesen. Dann drückte sie die Zigarette umständlich aus.

»Das ist echt nett von dir, aber ... versteh mich jetzt nicht falsch ... Ich halte das für keine gute Idee. Ich glaube, wir sollten uns besser nicht näher kennenlernen.«

Lynn biss sich auf die Lippe und bekam einen staubtrockenen Mund. Was hatte sie geglaubt? Dass Sascha Langner nur auf sie gewartet hatte und darauf brannte, sie kennenzulernen? Sie wusste vor Verlegenheit nicht, wo sie hinsehen sollte, nahm schnell ihre Jacke und den Schirm.

»Dann sollte ich wohl gehen.«

Sie stand auf und ging an Sascha vorbei, ohne noch einmal den Kopf zu heben. An der Wohnungstür blieb sie zögernd stehen.

»Falls du deine Meinung ändern solltest – meine Telefonnummer findest du auf Seite 1.«

Sie hatte jetzt nichts mehr zu verlieren.

Sascha nickte und lächelte knapp. So wie man einen Vertreter anlächelt, der noch eifrig die Vorteile seines Staubsaugers lobt, während man schon weiß, dass man ihm nichts abkaufen wird.

Zu Hause saß Lynn zwei Stunden auf ihrem Bett, trank Wein aus der Flasche und hörte immer wieder *Dans le port de l'Amsterdam* von Jaques Brel. Wenn sie nur mal richtig losheulen könnte, dachte sie. Aber vor Scham heulen, das funktionierte bei ihr nicht.

»Bitte unterschreiben Sie hier.« Die fleischige Hand des Notars legte ein Stück Papier vor Lynn auf den Tisch. Sie unterschrieb. Jetzt besaß sie also ein Haus.

Der Notar übergab ihr einen Karton voller Akten, die alle wichtigen Unterlagen enthielten. Lynn fühlte sich wie erschlagen.

»Das Konto wurde auf Ihren Namen überschrieben – darum brauchen Sie sich nicht weiter zu kümmern.« Er sprach leise, als wolle er nicht zu viel Energie verbrauchen. Sein Büro war hellbraun, genau wie sein Anzug. Hellbraun stand niemandem, fand Lynn. Sie nickte.

Es war ein komisches Gefühl, dass es Theresa nun nicht mehr gab und dass sie sich jetzt um ihre Angelegenheiten kümmern sollte.

Ein Haus zu besitzen kam ihr irreal vor. Sie empfand keine Freude darüber. Wieso bekam sie nicht, was sie wollte, und wieso wurde ihr hinterhergeworfen, was sie nicht brauchte? Was sollte sie mit einem baufälligen Sechsfamilienhaus? Aber vielleicht warf es mehr ab, als sie glaubte, vielleicht wäre sie wenigstens ihre Zukunftssorgen los.

Zu Hause machte sie sich daran, die Akten zu sichten. Missmutig vertiefte sie sich in die Nebenkostenabrechnungen. Das Papier war vergilbt und roch muffig. Müde ließ sie die Schultern hängen und starrte auf die schwarzen Ziffern, die ihr nichts sagten. Sie müsste das Haus wieder loswerden, dachte sie. Vielleicht könnte sie Meyer senior fragen, wie man am besten eine Immobilie verkaufte. Sie hatte das Gefühl, dass dieses Haus sie sonst verschlingen würde, dass es sie zwingen würde, wie Theresa zu werden und ihre Zeit damit zu verbringen, Nebenkostenabrechnungen zu prüfen und den heruntergewohnten alten Kasten in Schuss zu halten.

Es sei feucht und schimmelig in seinem Schlafzimmer, hatte der Mieter aus dem Erdgeschoss sie schon wissen lassen. Als hätte Theresa sie mit dem Haus gezwungen, in ihre Fußstapfen zu treten, als hätte sie ihr damit zum letzten Mal gesagt: »Du hast ja Zeit dafür – genau wie ich Zeit dafür hatte.« Sie war nicht gefragt worden. Theresa hatte es einfach bestimmt, und sie hatte sich verpflichtet gefühlt, dieses Erbe anzutreten. Sie hätte es ablehnen sollen. Was sollte sie gegen schimmelige Wände tun?

»Sie müssen besser lüften«, hatte sie dem Mieter erst mal gesagt, um Zeit zu gewinnen. Und er machte auch wirklich nicht den Eindruck, als würde er seine Wohnung regelmäßig lüften. Aber sie musste sich darum kümmern.

Sie ließ sich erschöpft aufs Bett fallen.

Weshalb wollte Sascha Langner sie nicht mal kennenlernen? Was hatte sie falsch gemacht? Oder stimmte etwas nicht mit ihr? Sie fühlte sich, als würde Theresas Haus auf sie abfärben und sie fahl und langweilig machen. Eine Person, die in interessanten Menschen das Gefühl von Müdigkeit auslöste und den Drang, auf die Uhr zu sehen. Nicht sofort, aber nach zehn Minuten.

Was lief nur falsch?

Ihr Handy klingelte. Wenn keine Nummer angezeigt wurde, konnte es nur Jonas sein. Seit sie ihm mal gesagt hatte, dass sie immer erst gucken würde, welche Nummer im Display stand, bevor sie entschied, ob sie ranging, rief er nur noch mit unterdrückter Nummer an. Er fand das unmöglich von ihr. Jonas war immer erreichbar.

Lynn legte das Handy weg und schob den Karton mit den Akten in die Abstellkammer. Sollten sie doch da vor sich hinrotten.

Jonas setzte auf Zermürbungstaktik. Das Handy klingelte

die ganze Zeit weiter. Sie schloss die Kammertür und begann mitzuzählen.

»Okay, okay, du hast gewonnen«, sagte sie und nahm den Anruf an.

»Ich wollte gerade aufgeben«, sagte Sascha Langner.

»Du?«, stammelte Lynn. Ihr fiel keine geschmeidige Antwort ein.

Sascha lachte verlegen.

»Ich hab mich beim letzten Mal vielleicht etwas missverständlich ausgedrückt – ich hoffe, du hast das nicht in den falschen Hals gekriegt. Was ich meinte, war ... wie auch immer, wir sollten uns vielleicht doch näher kennenlernen.«

»Doch nicht so eine schlechte Idee, wie du erst dachtest?«

»Wird sich zeigen. Kannst du morgen?«

»Ja.«

»Gegen acht?«

Sie verabredeten sich für den nächsten Abend vor dem Kino im Wasserturm.

Im Kino lief ein chinesischer Film. Lynn bekam nicht viel von der Handlung mit. Sie saß in die Dunkelheit des Kinosaals gehüllt und atmete den Duft von *Pure Morning Man,* den Sascha verströmte. Das hätte Lynn stundenlang tun können. Sie bedauerte, dass der Film keine Überlänge hatte. Auf der Leinwand chinesische Berglandschaften und eine zarte Liebesgeschichte. Sascha gähnte mehrmals und sah verstohlen auf die Uhr. Das Kino war nicht gut besucht. Lynn war am Ziel.

»Interessiert dich asiatisches Kino?«, fragte Sascha später, als sie nebenan in der Bar saßen.

Der Geruch von Schokolade und Kaffee hing in der Luft, ein paar Studenten übten sich über Rotweingläsern in intellektuellem Samstagabendgemurmel. Das Setting war perfekt, aber Lynn geriet in Panik – jetzt kam der schwierige, alles entscheidende Abschnitt, sie durfte nichts vermasseln.

»Nein«, sagte sie und sah auf die Tischplatte. Sie merkte, dass ihre Mimik einfror. Sie versuchte, entspannt zu lächeln. Aber wahrscheinlich sah es nur wieder aus wie ein debiles Grinsen. Sie hing fest. Smalltalk konnte sie nicht. Einfach gar nicht.

Sascha sah sie verdutzt an. »Warum wolltest du dann diesen Film sehen?«

»Ich wollte ihn gar nicht sehen. Ich wollte einfach nur ins Kino.«

»Ach so ...« Sascha schien auf eine Fortsetzung zu warten.

»Um neben dir zu sitzen«, sagte Lynn.

Sascha sah sie irritiert an, dann lachte sie. Lynn war sich nicht sicher, ob Sascha sich freute oder über sie lustig machte. So sehr sie sich sonst wünschte, dass Menschen sich wirklich für sie interessierten, sobald es jemand wirklich tat, versagte sie.

»Du bist ja ein komischer Vogel.« Sascha schüttelte den Kopf, aber ihre Stimme klang nicht unfreundlich, ihre Augen sahen amüsiert aus.

Später schlenderten sie noch die Ruhrpromenade entlang. Es war kalt und neblig. Kein gutes Wetter zum Spazierengehen. Außer ihnen war niemand mehr unterwegs.

Lynn wusste, dass nun irgendetwas geschehen musste, dass sie etwas sagen sollte. Aber ihr Autopilot war am Ende; er funktionierte nur in Situationen, die planbar waren, in Situationen, in denen sie wusste, was von ihr erwartet wurde, und sie nichts fühlte. Dann war sie das Echo ihres Gegenübers oder sagte, was man in bestimmten Situationen so sagte. Sie war angefüllt mit Phrasen, und niemand bemerkte es. Aber jetzt war das anders. Jetzt fühlte sie etwas, und das, was sie fühlte, war gewaltig, und Sascha brauchte kein Echo. Sie wirkte wie jemand, der nie eines bekommen hatte. Sie ging schweigend neben Lynn her, den Blick gesenkt, die Hände tief in den Hosentaschen vergraben. Manchmal guckte sie flüchtig zu ihr herüber.

»Was meintest du eigentlich damit, dass es keine gute Idee wäre, uns näher kennenzulernen?«

Sascha zuckte die Schultern und antwortete nicht. Sie kickte schweigend einen Stein vor sich her.

Falsche Frage, dachte Lynn. Gesprächskillerfrage. Sie hatte das ungute Gefühl, dass ihre Unterhaltung nicht die Richtung nahm, die sie bei einem ersten Date nehmen sollte. Sie beobachtete Sascha verstohlen.

»Weil ich dachte, dass das sowieso nur im Bett endet«, sagte Sascha plötzlich, ohne sie anzusehen.

Lynn spürte ein Sausen im Magen, als würde sie Achterbahn fahren. Das war mehr, weit mehr, als sie zu hoffen gewagt hatte.

»Und das wolltest du nicht?«

»Würde ich so nicht sagen.«

Lynn wusste nicht, was sie darauf erwidern sollte.

Sie gingen langsam zum Wagen zurück.

»Kommst du noch mit?«, fragte Sascha, und die Frage klang, als würde die Antwort sie nicht sonderlich interessieren.

Lynn stieg ein. Das Auto roch nach neuen Ledersitzen. Sie beobachtete nervös Saschas Profil im Schein der Armaturenbeleuchtung und fragte sich, wie der weitere Abend verlaufen würde. Ob Sascha es ganz normal fände, zu ihr zu fahren und mit Lynn zu schlafen? So normal wie einen kurzen

Smalltalk – und womöglich genauso unbedeutend? Wie eine Begegnung am Bahnhof, die kurz ins Bewusstsein dringt und dann für immer verschwindet?

Lynn hatte plötzlich das Gefühl, in zwischenmenschlichen Dingen nur in der Amateurliga zu spielen und einen Profi herausgefordert zu haben. Wann war sie schon mal einfach mit jemandem ins Bett gegangen? Nie. Außer vielleicht mit Alex, aber da waren sie noch in einem Alter gewesen, in dem sie nichts zu verlieren hatten. Und später dann mit Jonas, aber das war alles andere als einfach gewesen. Jonas war genau so ein Amateur wie sie selbst. Das hatte sie daran gemerkt, wie minutiös er alles geplant hatte.

Sascha schien nichts geplant zu haben.

»Tja«, sagte sie und blieb vor der geöffneten Kühlschranktür hocken. Sie sah Lynn ratlos an. »Hier ist eigentlich gar nichts drin.« Eine Flasche Bier und ein Glas Senf lagen einsam im mittleren Fach.

Lynn stand steif in der Küche herum, gebannt von Saschas herber Schönheit, und wusste nicht, wie sie sich verhalten sollte.

Sie sah in den leeren Kühlschrank. »Hast du ihn vor kurzem abgetaut?«

Sascha stand auf. »Was hab ich? Willst du Pizza?«

Lynn nickte.

Sascha griff zum Telefon. Während sie den Pizza-Service anrief, überlegte Lynn, den Rückzug anzutreten. Sie war nicht nur Amateurin – sie war eine blutige Anfängerin. Ihre Improvisationsfähigkeit war erschöpft. Sie würde einsilbig sein wie eine Einsiedlerin oder schnappatmend das Ende ihrer eigenen Sätze nicht finden, ihre Hände würden beim Reden sinnlos herumfuchteln, als versuchten sie, die Wörter wieder einzufangen. Und wenn es schon beim Smalltalk so schlecht lief, wie sollte das hier weitergehen? Ihre Fassade würde in sich zusammenstürzen. Sie war nur anderen zwischenmenschlichen Anfängern gewachsen. Nicht jemandem, der ihr solche Antworten gab wie Sascha. Zwar war es genau das, was sie sich am meisten wünschte, aber es war wie der Wunsch einer Höhenangstkranken, zum Mond zu fliegen. Sie verließ die Küche, ohne etwas zu sagen, öffnete leise die Wohnungstür und zog sie vorsichtig hinter sich zu.

Als sie auf die Straße trat, war sie erleichtert. Die Luft war kühl und feucht, das Brennen unter der Haut ließ langsam nach. Es war sinnlos, sich als Profispielerin auszugeben. Der Moment, in dem der Spot sich auf sie gerichtet hätte und ihr der Text ausgegangen wäre, war bedrohlich nahe gewesen. Sie sah auf die Uhr und schlug resigniert den Weg zur S-Bahn ein. Sie würde zwanzig Minuten warten müssen, stellte sie fest, als sie den Fahrplan las. Es war ungemütlich hier. Sie überlegte, ob sie eine Haltestelle weiter laufen sollte, als sie Schritte hinter sich hörte.

»Sag mal, spinnst du?«, rief Sascha atemlos. »Ich laber da noch die ganze Zeit rum, wundere mich, warum du keine Antwort gibst, guck aus dem Küchenfenster und seh dich draußen vor dem Haus rumspazieren!«

»Und dann bist du runtergekommen und mir hinterhergelaufen?«

»Das ist jetzt nicht dein Ernst!«

Sascha begann zu lachen, erst leise, dann immer lauter.

»Von welchem Planeten kommst du eigentlich? Bist du ein Android?« Sie wischte sich die Augen. »Was soll das? Warum bist du einfach gegangen?«

»Warum ich gegangen bin?«

»Bingo! War dir alles zu doof? Hattest du keinen Bock mehr? Habe ich dich erschreckt, oder hast du dich gelangweilt?«

»Nein, nein, auf keinen Fall, mit dir hatte das gar nichts zu tun! Du hättest dich mit *mir* gelangweilt«, sagte Lynn schließlich. Sie konnte es nicht anders erklären.

»Und darum bist du vorsichtshalber abgehauen?« Sascha sah sie verwundert an. »Du siehst nicht gerade aus wie jemand, mit dem man sich zu Tode langweilen muss.«

Lynn sah auf ihre Füße, ohne zu antworten.

»Komm, die Pizza wird gleich geliefert«, sagte Sascha sanft und zog Lynn am Arm mit sich zurück.

Sascha war der erste Mensch, der ihr folgte, als sie sich ausklinkte, der sie zum Stehenbleiben zwang und sie zurück ins Leben zog. Lynn spürte den warmen Druck von Saschas Hand noch lange, nachdem sie ihren Arm wieder losgelassen hatte.

»Lecker«, sagte Lynn und aß ein weiteres Stück Pizza. Sascha saß ihr gegenüber und beobachtete sie lächelnd. Ihr Blick war frei von jeder Erwartung.

»Du hast richtig Hunger, was?«

Lynn nickte. »Du nicht?«

»Nikotin unterdrückt das Hungergefühl.«

»Dann solltest du wirklich aufhören zu rauchen; du verpasst was. Ich hab noch nie so leckere Pizza gegessen.«

Sascha drückte ihre Zigarette aus. »Wahrscheinlich hast du recht«, sagte sie und nahm sich auch ein Stück.

Schneeregen klatschte gegen die Scheiben und bildete zitternde Schlieren. Fast hätte sie die letzte S-Bahn verpasst. Lynn lehnte ihren Kopf gegen das Fenster und sah in die

Dunkelheit; Gesprächsfetzen der letzten Stunden rauschten durch ihren Kopf, Saschas Lachen und der Ausdruck ihrer Augen.

»Ist es zu viel verlangt, Ihre Tasche da wegzunehmen?« Die Stimme der Frau klang verärgert, wahrscheinlich sprach sie Lynn schon zum zweiten Mal an.

Lynn nahm ihre Tasche vom Sitz, ohne sie anzusehen. Die Frau setzte sich neben sie, obwohl genug andere Plätze frei waren. Es war Lynn egal. Sollte die Welt doch ohne sie verrückt spielen. Sascha war mit ihr zur Haltestelle gekommen und hatte gewartet, bis die S-Bahn abgefahren war. Allein wegen ihr hatte sie in der Kälte gestanden und gewartet.

Als am nächsten Tag das Telefon klingelte, stürzte sie hin, ohne aufs Display zu sehen. Es konnte nur Sascha sein. Sie hatte ihr auf die Mailbox gesprochen, und Sascha hatte noch nicht zurückgerufen.

»Ja?«, rief sie voller Erwartung.

Aber es war Jonas. »Kommst du Silvester mit mir und Torben zur WiWi-Party?«

Lynn schaffte es nicht, nein zu sagen. Das Gespräch wäre schneller zu Ende, wenn sie einwilligte mitzugehen.

»Okay«, sagte sie. »Kommt Elena auch?«

»Ja«, sagte Jonas. »Torben kommt natürlich mit Elena.«

Ein Pärchenabend, dachte Lynn deprimiert. Wieso konnte sie nicht einfach sagen, dass sie nicht kommen wollte oder könnte oder was auch immer – dass sie auf jeden Fall nicht dabei sein würde? Irgendetwas in ihr wählte immer den Weg des geringsten Widerstandes.

»Hier gehst du morgen hin!« Sascha legte einen Zeitungsausschnitt vor Melanie Peppels auf den Wohnzimmertisch.

Peppels mochte es insgeheim, wenn Sascha in diesem Befehlston mit ihr sprach. Leider war das meistens mit Unannehmlichkeiten verbunden.

»*Zweiraumwohnung ab sofort zu vermieten. Besichtigung am 15.11., 17.00 Uhr*«, las Peppels. »Was soll ich denn da?«

»Dir eine Wohnung angucken.«

Peppels verzog das Gesicht. »Warum?«

»Du gehst auf die Dreißig zu. Du kannst nicht ewig bei deiner Mutter wohnen.«

Sascha setzte sich und versuchte Elvis abzuwehren, der ihr Gesicht ablecken wollte.

»Mir geht's gut hier.«

»Das redest du dir schön.«

Sascha Langner hatte andere Vorstellungen, wie das Leben sein sollte, als Peppels. Das war nicht immer so gewesen. Früher waren sie sich einig, dass es auf möglichst viel Spaß ankam. Und auf gute Partys. Peppels seufzte.

»Es ist okay hier, ich komme klar. Meine Ma kocht außerdem super.«

Sascha sah sie genervt an. »Gut – ich muss anscheinend Klartext reden. Du versumpfst immer mehr, und deine Mutter fördert den Verfall, weil sie Panik hat, allein zu sein. Werd endlich erwachsen! Du machst überhaupt nichts aus deinem Leben.«

Peppels schaltete den Fernseher ein, um die Fußballergebnisse zu checken.

»Was hast du gestern im Kino am Wasserturm gemacht?«

Peppels war mit Elvis abends noch mal um den Block gegangen, länger als sonst und weiter, weil er den ganzen Tag noch nicht gemacht hatte. Bis zum Wasserturm waren sie gelaufen. Und als Elvis sich gerade hinhocken wollte, sah Peppels Sascha aus dem Kino kommen.

Peppels hatte Elvis aus dem Lichtkegel der Laterne gezogen und beobachtet, wie Sascha jemandem die Tür aufhielt. Einer Frau, die eindeutig nicht Katja war. Sie trug eine taillierte schwarze Jacke und war in einen dicken Schal gehüllt, aus dem rotblonde Locken quollen. Sie stolzierte durch die aufgehaltene Kinotür und lachte. Sie war keine Lesbe, ganz eindeutig. Peppels hatte einen Blick für so was. Und für diese riskante Blödigkeit in Saschas Augen – auf zehn Meter Entfernung und im Dunkeln konnte sie die noch erkennen. Diese Hirnlosigkeit, diese Urteilsunfähigkeit, dieses Geblendetsein von langen Locken und schwingenden Hüften. Das war eine äußerst unangenehme Seite an Sascha, fand Peppels, und eine äußerst unfaire. Katja hatte das nicht verdient.

»Mit wem warst du gestern im Kino?«

Sascha antwortete nicht. Sie zerrte lieber an einem Sofakissen, das Elvis nicht hergeben wollte.

»Ich war nicht im Kino.«

Peppels sah sie argwöhnisch an. »Dann war das wahrscheinlich deine Doppelgängerin, die ich gesehen habe, oder was?«

Sascha zuckte die Schultern und stand auf. Elvis umklammerte hechelnd ihr Bein.

»Du musst den Köter endlich mal erziehen«, sagte sie und befreite sich mühsam von ihm. »Guck dir morgen die Wohnung an. Ich muss wieder los. Ich ruf dich morgen Abend an. Dann erwarte ich Rapport.«

Peppels lehnte sich an die Fassade des braungestrichenen Hauses und wartete. In so eine kackbraune Hütte würde sie nicht einziehen. Das stand schon mal fest. Da brauchte sie die Wohnung gar nicht erst besichtigen. Sie überlegte, ob sie wieder gehen sollte, aber Elvis hob gerade sein Bein, um ausgiebig zu strullern. In diesem Moment streckte ihr jemand eine schmale Hand mit hellrosa Fingernägeln entgegen.

»Lynn Jakobs. Entschuldigen Sie, dass ich zu spät komme.«

Peppels blickte auf und sah in ein Frauengesicht mit rotem Mund und getuschten Wimpern. Die Frau trug eine schwarze Jacke und einen riesigen Schal. Sie hatte rotblonde lockige Haare. Es war die Frau, mit der Sascha im Kino gewesen war. Peppels blinzelte und sah noch mal genau hin. Doch es gab keinen Zweifel. Es war die Frau – eindeutig.

Sie nickte Lynn Jakobs mürrisch zu, ohne ihre Hand zu nehmen.

Die zog ihre Hand verunsichert wieder zurück. Sie war keine besonders souveräne Vermieterin, dachte Peppels. Und dann kam ihr eine Idee.

Sie folgte Lynn Jakobs in den ersten Stock. Dort war die Wohnung, die vermietet werden sollte. Lynn Jakobs redete die ganze Zeit ohne Punkt und Komma, beschrieb alles, was Peppels ohnehin sah. Als Letztes gingen sie ins Wohnzimmer. Oder auch Schlaf- oder Arbeitszimmer, ganz wie sie wolle, plapperte Lynn Jakobs.

Peppels blieb stehen und sah aus dem Fenster in den Hinterhof. Wenn Sascha sich davonmachte, war das Mist. Alles sollte so bleiben, wie es war. Wenn sie Sascha schon nicht für sich allein haben konnte, musste Peppels wenigstens an ihrem Alltag teilhaben, Familie sein. Katja störte dabei nicht. Peppels respektierte sie. Katja war ein hartes Mädchen, hatte viel mitgemacht. Sascha wurde auch nicht so bescheuert in Katjas Nähe. Aber mit einer Frau wie Lynn Jakobs erkannte sie Sascha nicht wieder. Peppels kannte das von früher. Eine Frau wie Lynn Jakobs störte gewaltig. Alles sollte verdammt noch mal so bleiben, wie es war. Sie wollte weiterhin sonntags abends mit Sascha und Katja abhängen, Döner essen, bei ihnen in der Küche Kicker spielen. Peppels dachte an Saschas selbstgefälliges Grinsen, wenn sie gewonnen hatte. Allein schon deswegen ließ sie Sascha manchmal gewinnen. Lynn Jakobs hatte kein Recht, ihr all das wegzunehmen.

»Lass die Finger von Sascha«, sagte sie, ohne sich umzudrehen.

Lynn Jakobs war verstummt und schien in der Mitte des Raumes stehengeblieben zu sein. Peppels drehte sich langsam um.

Lynn sah sie mit weitaufgerissenen Augen an; ihr roter Mund lachte jetzt nicht mehr, sondern öffnete und schloss sich wieder, wie bei einem Fisch, der auf dem Trockenen lag.

»Was?«

»Du hast mich schon verstanden.«

»Woher kennst du Sascha? Und woher weißt du …?«

»Das geht dich nichts an. Ich kenne sie schon lange und ich kenne sie besser als du. Ihr wart im Kino, letzte Woche. Und es gefällt mir nicht, dass eine wie du sich an sie ranmacht.«

»Was heißt, eine wie ich?«

»Eine, die mal Lust auf Rumexperimentieren hat.«

Lynn Jakobs presste ihre Lippen zusammen. »Du hast ja keine Ahnung.«

»Aber einen gesunden Instinkt. Das reicht mir.«

»Bist du etwa mit ihr zusammen?« Lynn sah sie ungläubig an.

Peppels überlegte kurz, dann entschied sie, dass es besser war, Katja nicht zu erwähnen. Eine wie Lynn Jakobs würde nur sportlichen Ehrgeiz entwickeln, wenn sie wüsste, dass es jemanden auszustechen gab.

»Es geht nicht um mich. Aber zu deiner Information: Ich bin nicht mit ihr zusammen.«

»Um wen geht es denn dann?«

»Um Sascha. Du bist einfach nicht gut für sie.«

Peppels genoss Lynns verwirrtes Gesicht, das auch ein wenig ängstlich aussah. Sie machte einen Schritt auf Lynn zu. Ihre Lederjacke knirschte; sie wusste, dass ihr massiger Körper sehr beeindruckend wirken konnte.

»Merk dir gut, was ich gesagt habe.«

»Ich glaube, diese Wohnung ist nicht das Richtige für dich!« Lynn Jakobs deutete auf die Tür.

Peppels lachte. »Ich hätte die Hütte eh nicht gewollt.«

Lynn presste ihre Aktenmappe an die Brust und sah Melanie Peppels kopfschüttelnd hinterher. Erst als sie die Haustür zufallen hörte, verließ sie eilig die leere Wohnung.

Am Silvesterabend klingelte das Telefon, als Lynn gerade gehen wollte.

»Hi«, sagte Sascha. »Alles klar?«

Lynns Herzschlag stolperte kurz. »Ja«, sagte sie und bemühte sich, nicht so atemlos zu klingen. »Ich glaub schon.«

»Was hast du vor heute Abend?«

»Ich geh zur WiWi-Silvesterparty.«

»Zu welcher Party?«

»Der Fachbereich Wirtschaftswissenschaften feiert Silvester.«

»Das klingt ja aufregend. Ich geh zur Zahntechnikerinnung – die macht auch ihre eigene Party.«

Lynn lachte. »Eigentlich habe ich auch gar keine Lust.«

»Dann geh doch nicht hin.«

»Gute Idee.«

»Kommst du mit mir? Im AKZ ist 'ne Party, die ist ein bisschen zwangloser, schätze ich.«

Lynn war einverstanden. Sie war mit allem einverstanden, was Sascha vorschlug.

»Um zehn vor dem Stellwerk. Ist leicht zu finden, kannst du eigentlich nicht übersehen«, sagte Sascha.

Lynn schickte Jonas eine feige SMS, in der stand, dass ihr nicht gut sei und dass sie besser im Bett bliebe. Sie bekam keine Antwort. Einen kurzen Moment hasste sie sich. Dann warf sie einen prüfenden Blick in den Spiegel, zog sich die Lippen noch mal nach und machte sich auf den Weg zum Autonomen Kulturzentrum.

Um halb elf stand sie immer noch vor dem AKZ und sah auf die Uhr. Sie trat von einem Bein aufs andere, um ihre Füße aufzuwärmen. Sie wartete seit einer halben Stunde. Es war nicht schwer zu finden gewesen. Das AKZ war ein alter umfunktionierter Güterbahnhof. *Stellwerk* – stand als Graffito über dem Eingang.

Doch Sascha war nirgends zu sehen. Die Gegend war einsam, Lynn war zu dünn angezogen, ihr war kalt. Aus den Fenstern des oberen Stockwerks drang Licht, Musik und Stimmengewirr. Sie überlegte, ob sie hineingehen sollte – vielleicht hatten sie sich missverstanden und Sascha hatte *im* Stellwerk gemeint. Lynn ging um die Ecke, fand aber nur eine alte Metalltür, die verschlossen war.

»Suchst du was?« Ein Typ in einem Jägermeister-T-Shirt stellte seinen Roller vor dem Haus ab.

»Wie kommt man denn da rein?«

»Komm mit.«

Auf der Rückseite des Gebäudes befand sich eine Treppe, die in das obere Stockwerk führte, wo die Party stattfand.

Lynn musste auf Zehenspitzen gehen, weil ihre Absätze durch die Gittermaschen der Treppe rutschten.

»Wer baut solche Treppen? So was ist doch frauenfeindlich, oder?« Er blinzelte ihr lachend zu und passte seine Schritte ihrem Tempo an.

»Übrigens – ich bin Franko, der genialste Koch, den das Ruhrgebiet hervorgebracht hat!« Er streckte ihr die Hand hin. »Kann ich behilflich sein?«

»Danke, geht schon.« Sie hielt sich lieber am Geländer fest. »Ich bin Lynn.«

»Cooler Name! Wenn du willst, Lynn, koche ich für dich! Ich schwör dir, besser hast du noch nie gegessen!«

Lynn überhörte seine Einladung lieber. Er wurde ihr zu schnell zu vertraulich. Sie blieb stehen und fragte eine Frau, die ihnen entgegenkam, nach Sascha.

»Bin ich die Auskunft, oder was?«, sagte die Frau, quetschte sich an ihr vorbei und streifte Lynn grob an der Schulter.

Lynn sah ihr irritiert hinterher. Sie hatte eine Glatze, trug einen verwaschenen schwarzen Minirock und orange-schwarz gestreifte Strümpfe zu Springerstiefeln.

»Sascha suchst du?«, fragte Franko. »Sag das doch gleich! Ich bin verwandt mit der.«

»Tatsächlich?«

»Meine Cousine.« Er schob sich vor ihr durch das Gedränge in den hinteren Teil der Halle. Die Luft war schwül und rauchgesättigt, eine Discokugel warf buntes Licht auf besprühte Wände, es roch nach Menschen und Alkohol. Die Musik war laut und aggressiv; Lynn hätte sich die Ohren am liebsten mit Wachs verstopft.

»Geile Mucke hier!«, schrie Franko. Er ging Richtung Bar.

Lynn folgte ihm. Sie sah sich nach Sascha um, entdeckte sie aber nirgends.

Franko machte es sich auf einem Barhocker gemütlich und bestellte ein Pils.

»Und was machst du so?«, fragte er.

»Studieren«, sagte Lynn. Sie hatte keine Lust, genauer Auskunft zu geben.

»Hab ich auch mal gemacht«, sagte Franko. »Elektrotechnik, war aber scheiße. Jetzt mach ich gerade 'nen Job auf 'ner Bohrinsel.« Er sah sie beifallheischend an. Lynn wusste nicht, was sie dazu sagen sollte. Beides klang nicht gerade glaubwürdig. Doch er schien ihre Skepsis nicht zu bemerken, war viel zu sehr von sich selbst eingenommen.

»Was machst du denn da?«, fragte sie höflichkeitshalber.

»Kochen, für die ganze Mannschaft. Beinharter Job. Das Scheißwetter ist am schlimmsten und die Einsamkeit. Macht man nicht lange so was, aber wird super bezahlt.«

Lynn beobachtete Franko verstohlen und versuchte festzustellen, ob er Ähnlichkeit mit Sascha hatte. Vielleicht hatte er einfach nur behauptet, sie zu kennen. Aber er hatte schwarze Augen und dunkle Haare, ähnlich wie Sascha. Seine waren lockig, Saschas glatt. Es wäre also möglich, dass es stimmte.

Sie sah auf die Uhr. Es war erst zwanzig vor elf. Sie hatte das Gefühl, schon seit Stunden mit Franko an der Theke zu stehen. Er lachte ständig über seine eigenen Sprüche.

Sie bestellte Sekt und hatte kurz ein schlechtes Gewissen, als ihr Jonas einfiel. Jonas, der sie niemals warten ließ und der nicht über seine eigenen Witze lachte. Trotzdem war sie froh, nicht bei den WiWis zu sein. Lynn pokerte hoch in diesem Winter.

Gegen halb zwölf entdeckte sie Sascha am Eingang. Neben ihr stand die Frau mit der Glatze, die Lynn auf der Treppe angesprochen hatte. Sie redete gestikulierend auf Sascha ein. Sascha sah an ihr vorbei und ließ ihren Blick suchend über die Menge schweifen. Sie trug ein schwarzes T-Shirt und Jeans und sah so gut aus, dass es Lynn nichts mehr ausmachte, über eine Stunde gewartet zu haben.

»Ich bin aufgehalten worden«, sagte Sascha leichthin. Eine weitere Erklärung schien sie nicht für nötig zu befinden.

»Ist nicht schlimm«, sagte Lynn. »Jetzt bist du ja da.«

»Das sieht dir wieder ähnlich«, klinkte sich die Frau mit der Glatze ein. »Deine typische Unverbindlichkeit. Aber ich bin froh zu sehen, dass es nicht nur mich trifft!«

Sascha zog ein gequältes Gesicht.

»Komm lass uns gehen.« Sie legte ihre Hand auf Lynns unteren Rücken und schob sie mit sanftem Druck weiter, aber die Frau mit der Glatze trat ihnen in den Weg.

»Lass uns das ruhig mal ausdiskutieren! Sag doch mal was dazu!«

»Du bist betrunken, Tatjana – mehr ist dazu nicht zu sagen.«

Zwischen Tatjanas Augenbrauen bildete sich eine tiefe Falte. »Das tut nichts zur Sache.«

»Ich wäre dir wirklich dankbar, wenn du jetzt verschwinden würdest«, entgegnete Sascha und musterte sie. Dann lächelte sie spöttisch. »Seit du diese Glatze trägst, erinnerst du mich irgendwie an Moby!«

»Für wen hältst du dich eigentlich?«, fragte Tatjana gepresst. Dann wandte sie sich ab, drehte sich aber gleich darauf noch mal um. »Besser Moby als Barbie«, rief sie und warf Lynn einen verächtlichen Blick zu. »Moby ist cool und lebt wenigstens vegan, genau wie ich!«

Sascha sah ihr kopfschüttelnd hinterher. »Ich kenn sie nur flüchtig«, sagte sie und hob entschuldigend die Hände. »Auch wenn das jetzt einen vollkommen anderen Eindruck macht.«

»Geht mich ja auch nichts an«, erwiderte Lynn. Was immer zwischen den beiden vorgefallen sein mochte – sie wollte es in diesem Moment gar nicht genauer wissen.

»Da drüben ist dein Cousin«, sagte sie, um das Thema zu wechseln und wies zur Bar hinüber. »Er hat mir vorhin geholfen, als ich den Eingang nicht gefunden habe.«

Franko hockte an der Theke und winkte ihnen zu.

»Willkommen im Tollhaus«, seufzte Sascha. »War ja klar, dass der auch noch hier sein muss.« Sie hob müde zwei Finger zur Begrüßung und ging mit Lynn in die andere Richtung. Sie war also wirklich verwandt mit ihm.

»Ey, funzt dein Hi-Fi wieder?«, schrie er ihr nach.

Sascha nickte, ohne sich umzudrehen.

Dann saßen sie sich gegenüber auf einem alten Gelsenkirchener Barocksofa, das seine letzten Jahre bunt angestrichen im Stellwerk verbrachte. Zwischen ihnen blieb ein ganzer Sitzplatz frei, als dürften sie sich nicht zu nahe kommen. Lynn überlegte kurz, ob sie den Vorfall bei der Wohnungsbesichtigung erwähnen sollte, verwarf den Gedanken aber sofort wieder. Sie hielten sich an ihren Getränken fest, und Saschas Blick blieb einen winzigen Moment zu lange an Lynns roten Lippen hängen.

»Du siehst toll aus übrigens …« Sascha trank einen Schluck Bier und beobachtete die Tanzfläche, als passiere dort etwas von großer Wichtigkeit.

Lynn kippte ihren Sekt zu schnell hinunter. Es war egal, dass sie über eine Stunde gewartet hatte, es war egal, dass

Jonas allein Silvester feierte, es war auch egal, was es mit der wütenden Tatjana auf sich hatte und dass Sascha mit gemeinen Sprüchen nicht zimperlich war. Alles war unwichtig, wenn Sascha das zu ihr sagte. Alles war unwichtig, wenn ein solcher Blick sie traf.

Gegen Mitternacht strömten die Gäste aus dem Gebäude ins Freie. Dicke wässrige Schneeflocken fielen vom Himmel. Lynn war betrunken und ihr war schwindlig; wildfremde Menschen umarmten sie und stießen mit ihr an. Irgendwo läuteten Kirchenglocken, und Feuerwerkskörper jagten in die Nacht.

Sie blieben auf der Außentreppe stehen und sahen in den Himmel.

»Silvester hab ich immer das Gefühl, das ist jetzt 'ne neue Chance«, sagte Sascha leise, wie zu sich selbst.

»Ich habe immer das Gefühl, Silvester ist der Gongschlag, der mich daran erinnert, dass schon wieder ein Jahr rum ist, das ich mit Abwarten verbracht habe.«

»Und was wartest du ab?«

»Mein Leben«, sagte Lynn, wütend auf sich selbst. Sie lebte nicht, sie wartete. Worauf eigentlich? Und wie lange noch?

»Warum?«, fragte Sascha.

Lynn zuckte die Schultern. Warum eigentlich?

»Es ist sicherer«, sagte sie. »Ich riskiere nichts dabei.«

»Doch«, sagte Sascha. »Dein Leben.«

Sie hatte recht. Lynn spürte es schon länger. Das Leben zu vermeiden war im Grunde die gefährlichste Art zu leben. Lange Zeit schien es, als riskiere man nichts dabei. Tatsächlich aber riskierte man alles. Vielleicht war es besser, bei dem Versuch, allein im Kanu den Pazifik zu durchqueren, an einer Klippe im offenen Meer zu zerschellen, als an jedem einzelnen Tag seines Lebens die Luft anzuhalten und sich vor dem zu fürchten, was geschehen könnte.

In dieser Nacht, beschloss sie, würde Schluss damit sein. Sie musste sich einlassen auf alles, was kam, wohin es sie auch führen mochte. Fühlen, was gefühlt werden musste, egal ob Schmerz, Angst, Lust oder Liebe, und tun, was getan werden musste.

»Ein frohes neues Jahr – und dass du alles kriegst, was du willst«, sagte sie und küsste Sascha auf den Mund.

Aber das Leben würdigte ihren Einsatz nicht, stellte sie verdattert fest, denn Sascha hielt nur still, ohne den Kuss zu erwidern. Sie wischte sich sogar noch mit dem Handrücken über den Mund und trank einen großen Schluck Bier.

Lynn sah sie entsetzt an. »Tut mir leid – ich ... kam gerade so über mich. Ich dachte, ich fange gleich an, riskant zu leben.«

»Braucht dir nicht leid tun ...« Sascha grinste betreten. »Ich war da jetzt nur nicht so drauf vorbereitet.«

»Darauf vorbereitet? Machst du Termine für so was?«

Sascha schüttelte lachend den Kopf und rieb sich verlegen die Nase.

»*Ich* fange an.«

»Okay«, sagte Lynn und hoffte, dass das wirklich der Grund war. Sie kreuzte vor Verlegenheit die Zehen, bis sie einen Krampf bekam. Aber wenigstens hatte sie es versucht.

Sie blieben ans Geländer gelehnt stehen und sahen Franko zu, der in einiger Entfernung Silvesterraketen in Flaschen steckte.

»Der gibt jetzt wieder den Pyrotechniker«, sagte Sascha. »Das ist *sein* Auftritt, da freut der sich das ganze Jahr drauf.«

Sie beobachtete ihn mit einem Gesichtsausdruck, den Lynn nicht richtig deuten konnte. Es konnte Spott sein, vielleicht auch eine Art Zärtlichkeit. Oder beides.

»Hast du Vorsätze?«, fragte Sascha nach einer Weile.

»Weiß nicht. Du?«

»Aufhören zu rauchen«, sagte Sascha. »Und zur Abwechslung vielleicht mal das Richtige tun.«

»Das Richtige tun klingt gut«, sagte Lynn. »Bloß – was ist das Richtige?«

Sascha zuckte lächelnd die Schultern und zündete sich eine neue Zigarette an.

Von irgendwo kam betrunkenes Gejohle, vereinzelt durchbrach ein verspäteter Knaller die Stille. Es war drei Uhr durch. Sascha stellte den Motor ab. Es war kalt, und alles war weiß, der graue Stadtteil einfach überschminkt. Die Straßenlaternen gossen orangefarbenes Licht auf gepuderte Gehwege. Ein perfekter Augenblick, aber das würde nicht lange halten. Vielleicht bis zum nächsten Morgen.

Lynn suchte nach ihrem Haustürschlüssel. Sie zögerte, sich zu verabschieden.

»Krieg ich noch ’nen Kaffee?«, fragte Sascha.

»Ich weiß ehrlich gesagt gar nicht, ob ich noch Kaffee da habe«, antwortete Lynn und versuchte sich zu erinnern, ob sie letztens im Supermarkt vor dem Kaffeeregal gestanden hatte oder nicht. »Aber Tee habe ich auf jeden Fall.«

»Dann würde ich wohl auch Tee nehmen«, sagte Sascha und grinste breit.

Lynn stutzte, dann begann sie hektisch zu lachen. »Manchmal habe ich eine etwas längere Leitung, glaube ich.«

»Erstaunlich«, sagte Sascha. »Du machst irgendwie einen ganz anderen Eindruck.«

Die Autotüren fielen leise zu, der Schnee verschluckte das Geräusch. Als Lynn die Haustür aufschloss, traf sie ein Schneeball im Nacken. Sie schrie auf und duckte sich.

Sascha lachte und warf den nächsten. Dann spürte Lynn einen festen Griff um ihre Hüfte und Schnee in ihrem Ausschnitt.

»Igitt!«, schrie sie und versuchte halbherzig, sich loszureißen. Aber sie wollte Sascha gar nicht entkommen. Sie stolperte und fiel auf die schneebedeckte Wiese vor dem Haus. Sascha drückte sie auf den Boden, seifte sie ein, bis ihre Haut brannte, hielt ihre Hände fest und lächelte triumphierend, mit blitzenden Augen.

»Pst!«, flüsterte sie. »Hör auf, so zu kreischen. Du weckst ja die ganze Nachbarschaft! Was sollen die denn von dir denken?«

Als Lynn in trockenen Sachen aus dem Bad kam, saß Sascha in der Küche und las ein Stadtmagazin aus dem Altpapierkorb. Saß mit einer Selbstverständlichkeit in Lynns Küche, als würde sie jeden Tag dort sitzen, füllte den Raum mit ihrer Anwesenheit, den Blick auf die Magazinseiten geheftet, als sei sie nur mit hochgekommen, um darin zu lesen und als hätte sie nicht eben noch dieses beunruhigende Glitzern in ihren Augen gehabt. Sie griff in die Schale mit Gummibärchen, die auf dem Tisch stand.

»Soll ich doch einen Tee kochen?«, fragte Lynn.

»Meinetwegen.«

Lynn füllte einen Kessel mit Wasser und stellte ihn auf den Herd. Auf keinen Fall durfte das Gespräch abbrechen. Sie müsste Fragen stellen, dachte sie. Das klappte meistens. Das Gespräch mit Fragen am Laufen halten.

»Fährst du eigentlich morgens nicht mehr mit der Bahn?«

»Der Wagen ist wieder aus der Reparatur.«

»Wo arbeitest du denn?«

»Kennst du den Fotografen am Burgplatz?«

Lynn kannte ihn nicht.

»Mit so 'ner Riesen-Leica aus Blech über der Tür. Der Inhaber ist so 'n Typ mit langen grauen Haaren.«

»Und was machst du da?«

Sascha faltete das Stadtmagazin zusammen und warf es zurück in den Altpapierkorb. Sie streckte sich und gähnte. Dann lachte sie.

»Was macht wohl ein Fotograf, hm? Was glaubst du?«

Lynn seufzte und ließ resigniert die Schultern sinken.

»Ich mache nur Smalltalk.«

»Lass gut sein«, sagte Sascha sanft und zog Lynn auf ihren Schoß. »Die Smalltalk-Phase ist längst vorbei. Dafür bin ich nicht mit hochgekommen.«

Gegen Mittag erwachte Lynn. Allein. Sie drückte enttäuscht ihr Gesicht ins Kissen; die schwache Spur eines Herrendufts hing noch im Bezug. Sie stand auf und öffnete die Vorhänge. Der Neujahrstag war grau wie jedes Jahr. Aber er fühlte sich noch trister an als sonst. Der Schnee war in Regen übergegangen; auf der Wiese lagen die aufgequollenen Feuerwerkskörper der letzten Nacht. Der Zauber war verschwunden. Als das Telefon klingelte, stolperte sie hin und meldete sich atemlos. Aber es war nur Jonas. Die Enttäuschung tat fast körperlich weh. Er wollte wissen, wie es ihr ging. Sie sah aus dem Fenster in den Garten und überlegte, was sie sagen sollte. Die Katze der Nachbarin strich einsam um die Gartenbank, rieb ihren Kopf am kalten Metall und wetzte die Krallen im feuchten Gras. Die Vögel warnten aufgeregt mit schrillen Pfiffen. Eine Katze im Regen, dachte

Lynn und drückte ihre warme Stirn an die kühle Fensterscheibe, wie eigenartig.

Dann sagte sie, dass sie krank sei und wunderte sich, wie leicht es ihr fiel, Jonas anzulügen.

»Ich muss mich wieder hinlegen, Jonas. Ich glaube, ich habe Fieber«, sagte sie und beendete das Gespräch. Anschließend rief sie Sascha an und sagte ihr, dass sie sie sehen müsse. Ganz dringend.

Am späten Nachmittag rannte sie durch den Regen zur Bahn. In der Ferne war ein Gewitter zu hören. Wintergewitter hatten etwas Beunruhigendes, fand sie.

Als sie vor Saschas Tür stand, war sie völlig durchnässt, und ihre Wimperntusche war verlaufen. Sie standen sich gegenüber und wussten nicht, was sie sagen sollten. Sascha fuhr sich linkisch durchs Nackenhaar, wie um Zeit zu gewinnen.

Sie gingen ins Wohnzimmer. Strömender Regen prasselte gegen die Fensterscheibe, und in der Ferne heulte ein Martinshorn, als sie miteinander schliefen. Aus der Nachbarwohnung dröhnte *Wer wird Millionär*.

Die Melodie von *Born to be wild* dudelte als monofones Türgeräusch. Lynn schüttelte ihren Schirm aus und trat den Schneematsch von den Schuhen. Den Laden zu finden war leicht gewesen, der einen Meter fünfzig große, aus Blech zusammengeschweißte Fotoapparat über der Eingangstür unübersehbar.

Hinter der Kasse stand ein hagerer Mann mit langen grauen Haaren und las ein Motorradmagazin. Er mochte Mitte fünfzig sein und trug ein Harley-Davidson-T-Shirt. Lynn sah sich um. Der Laden war mit Fotos zugehängt, über die sich im Laufe der Jahre eine gelbe Patina aus Nikotin gelegt hatte. Das Lieblingsmotiv des Fotografen waren Motorräder. Hier war die Zeit stehengeblieben, und er hatte sie angehalten.

Er schien allein im Laden zu sein, Sascha war nirgends zu sehen. Sie überlegte, ob sie wieder gehen sollte. Aber vielleicht war Sascha ja nur kurz weg.

»Ich brauche Passbilder«, sagte sie.

Er nickte, ohne aufzublicken.

»Cash!«, rief er über die Schulter nach hinten.

»Setz dich solange da drüben hin.« Er zeigte auf ein altes Cordsofa in einer Ecke des Ladens, auf dem mindestens ein Bernhardiner gelegen hatte. Lynn versuchte unauffällig ein paar Haare wegzufegen, bevor sie sich auf die vorderste Kante hockte.

»Cash – Kundschaft!«, rief er ein zweites Mal, als nichts geschah. »So geht das hier. Schlechtes Qualitätsmanagement.« Er grinste kopfschüttelnd in Lynns Richtung und widmete sich wieder seiner Lektüre. »Lass dir Zeit«, brummte er dann vor sich hin.

Hinter ihm schob sich schließlich ein Vorhang aus bunten Plastikstreifen zur Seite, und Sascha betrat den Verkaufsraum.

Sie blieb im Türrahmen stehen, als sie Lynn sah.

Mist!, dachte Sascha. Mitten im Laden stand Lynn und lachte über das ganze Gesicht. Stand da, die Füße leicht nach innen gestellt und die Finger ineinander verhakt, und strahlte, als sei Sascha der wichtigste Mensch auf der Welt.

Doch ihre Haltung wirkte merkwürdig unsicher, fast kindlich. Sie passte nicht zu ihrem geschminkten Gesicht und den hochgesteckten Haaren. Eigentlich auch nicht zu den BHs, die sie trug, dachte Sascha. Sie wollte es nicht denken, aber das Bild drängte sich auf, als sie Lynn ansah, hatte sich eingebrannt auf ihrer Netzhaut: wie sie auf dem Bett gesessen hatte, die Schultern leicht hochgezogen und verlegen lächelnd, als hätte sie keine Ahnung, wie sie aussah. Ein warmes Gefühl breitete sich in Saschas Kopf aus, im Hals und im ganzen Körper bis in die Fingerspitzen. Sie konzentrierte sich darauf, ihre Zigarette auszudrücken, die erst halb aufgeraucht war.

»Was willst du denn hier?«, fragte sie dann viel zu schroff, und es tat ihr sofort leid, als sie sah, wie Lynns Lachen erstarrte.

Doch es passte ihr nicht, dass Lynn hierherkam. Sie durfte nicht in ihre Alltagswelt einbrechen. Ein Ausrutscher in der Silvesternacht war eine Sache, aber gleich auf der Arbeit aufzukreuzen – wo sollte das hinführen?

»Ich brauche Passfotos«, sagte Lynn und sah Sascha an, als fahnde sie in ihrem Gesicht verzweifelt nach einem kleinen Zeichen der Nähe, die sie für einen kurzen Moment gehabt hatten.

Sascha nickte nur knapp und zeigte die Treppe hinauf auf die Tür zum Fotostudio.

»Wieso nennt er dich Cash?«, fragte Lynn, während Sascha ihr folgte.

»Weil er alles umbenennt.«

»Warum macht er das?«

»Weil er ein Spinner ist.«

»Ich höre noch ganz gut!«, rief Saschas Chef von unten aus dem Verkaufsraum.

»Das nützt dir in deinem Job wenig, Arne«, erwiderte Sascha und schloss die Tür hinter sich. Sie begann die Beleuchtung einzustellen. Da flog die Tür wieder auf.

»Hey, Cash, die Fotos von der *Supercross* sind drin! Die

haben alle genommen! Du warst gar nicht so übel!« Arne hielt ihr das Motorradmagazin unter die Nase. Er lachte in Lynns Richtung, sein Lachen ging in einen heiseren Husten über. Er fachsimpelte gern, wenn junge Frauen anwesend waren. Das war eine seiner Lieblingsbeschäftigungen. Und weil er Sascha kannte, warf er auch ihr einen dicken fetten Knochen hin, und unter anderen Umständen hätte sie gar nicht anders gekonnt, als ihn sich zu schnappen; ihr Ego aufzublasen und sich als Supermotorsportfotografin zu produzieren und Lynn die ganzen Fotos zu zeigen, die ja wirklich erstklassig waren.

Aber plötzlich fand sie ihn nur peinlich und ihre eigene Show ebenfalls. Dass sie es nicht geschafft hatte, Lynn vernünftig zu begrüßen, dass sie ihr Silvester nicht gesagt hatte, warum sie nach Hause musste. Sie konnte sich immer bloß hinter einer äußerst fragwürdigen Fassade verschanzen. Wer nur ein bisschen genauer hinsah, musste doch merken, wie brüchig die war. Und Sascha hatte das Gefühl, dass Lynn sehr genau hinsah. Ohne etwas dazu zu sagen, ohne sie zu beurteilen. Das zog Sascha an und schlug sie gleichzeitig in die Flucht.

Sie war froh, als sie die Ladentür hörte und Arne wieder zurück in den Verkaufsraum musste. Sie schloss die Tür hinter ihm und schob Lynns Kinn sanft in die richtige Position.

Dann versuchte sie sich auf ihr Gesicht zu konzentrieren, als sei es ein neutrales Motiv. Doch immer wieder tauchte Lynn im BH vor ihrem geistigen Auge auf, Lynn im BH mit diesem Lächeln, das etwas unsicher wirkte und doch wild entschlossen. Wenn sie woanders hinsah, verschwand das Bild für einige Sekunden, aber nur um im nächsten Moment wieder aufzutauchen wie ein Wasserball, der an die Oberfläche jagt, sobald man ihn loslässt.

Sie konnte an nichts anderes mehr denken. Alles hatte gepasst mit Lynn, keine falsche Berührung, keine falsche Bewegung. Verschworen und eingespielt, obwohl sie sich kaum kannten. Wie war das möglich?

»Versuch mal zu lachen«, sagte sie, »aber ganz entspannt, wie gerade vorne im Laden.«

Lynn lächelte.

Sascha schüttelte den Kopf. »Nicht so verhalten, kein Passbildpanikgesicht bitte.«

Lynn lächelte mit offenem Mund.

»Schon besser«, sagte Sascha. »Ein bisschen mehr davon noch.«

Sascha machte ein Foto, doch sie schüttelte unzufrieden den Kopf. »Du brauchst gar keine Passfotos«, sagte sie schließlich. »Du stellst mir nach.«

Lynn sah sie verdutzt an und lachte entkrampft auf.

»Perfekt.« Sascha drückte auf den Auslöser. »Sehen wir uns heute Abend?«

Lynn nickte erfreut.

Sascha machte noch ein Foto. »Ich könnte so gegen acht vorbeikommen.« Sie zeigte Lynn das Kamera-Display.

»Das bin ich?« Lynn sah sich das Foto erstaunt an. »So ein Gesicht hab ich noch nie an mir gesehen!«

»Das ist aber stark bearbeitet«, sagte Elena am nächsten Tag und nahm das Passfoto von der Pinnwand, um es genauer zu betrachten.

»Ist es nicht!« Lynn riss es ihr aus der Hand.

»Ist ja schon gut.«

Lynn befestigte das Foto wieder an der Pinnwand über dem Schreibtisch. Auf dem Bild, das war sie. Zum ersten Mal ahnte sie, wer sie sein könnte. Zum ersten Mal sah sie nicht diese typische Nichtpersönlichkeit, die ihr sonst fade und mutlos aus dem Spiegel oder von Fotos entgegengrinste – mit angestrengtem Lächeln, abgewandtem Blick und stumpfer Haut.

Merkwürdig, dass Elena das, was wirklich mal echt an ihr war, für bearbeitet hielt. Und auch merkwürdig, dass Sascha es geschafft hatte, das hervorzuholen.

»Vergiss deinen Schlüssel nicht, wenn du gleich gehst. Er liegt hier auf dem Schreibtisch«, sagte sie zu Elena und hielt einen Schlüsselbund hoch, der neben ihrer Tastatur gelegen hatte.

»Wenn ich gleich gehe? Ich bin doch gerade erst gekommen!« Elena kramte in ihrer Tasche. »Meinen Schlüssel habe ich außerdem hier, der da gehört mir nicht.«

Lynn räusperte sich verlegen. »So meinte ich das nicht.« Aber eigentlich meinte sie es doch so. Die Zeit mit Elena wurde ihr lang, auch wenn sie gerade mal eine halbe Stunde da war. Ihr alltägliches Leben kam ihr wie das Leben einer Fremden vor, das sie nicht interessierte, die Zeit ohne Sascha bedeutete nichts mehr.

Sie dachte an den Abend zuvor, an Saschas Körper über ihr, an die sanfte Gewalt ihrer Bewegungen, und dieselbe Lust flammte noch einmal zwischen ihren Beinen auf. Sie betrachtete den Schlüssel genauer. Wenn er Elena nicht gehörte, musste Sascha ihn vergessen haben, dachte sie lächelnd. Das war ein guter Grund, sie noch mal anzurufen.

»Also was ist – fährst du jetzt mit oder nicht?«

Elenas Stimme riss sie aus ihren Gedanken. Sie warf den Schlüssel zurück auf den Tisch, verfehlte aber die Tischplatte, und er landete irgendwo zwischen den Computerkabeln. Sie bückte sich und suchte den Boden ab, fand ihn aber nicht. Sie würde später den Tisch abrücken müssen, dachte Lynn. Sie stand auf und setzte sich neben Elena aufs Sofa.

»Weiß ich nicht.«

Elena hatte eine Reise für zwei Personen gewonnen. Eine Woche Skiurlaub in Berchtesgaden. Und Lynn sollte mitfahren. Das sei die Gelegenheit, mal wieder etwas gemeinsam zu machen, hatte Elena am Telefon gesagt. Sie saß im Schneidersitz auf Lynns Sofa und leckte den Schaum von ihrem Kaffeelöffel.

»Wie kann man denn da zögern?« Elena schüttelte den Kopf. »Torben bezahlt seine Reise selbst, nur damit du umsonst mitfahren kannst! Wir dachten, das wäre eine Superüberraschung für dich.«

Lynn kauerte sich mit hochgezogenen Knien in die Ecke ihrer Couch und wärmte ihre Hände am Kaffeebecher. Sie wollte hier nicht weg. Sie wollte Sascha treffen. Und wenn Sascha keine Zeit hatte, wollte sie warten. Aber das konnte sie Elena nicht erklären. Dann hätte sie ihr sagen müssen, dass sie Jonas bis jetzt noch nichts davon erzählt hatte. Sie wusste sowieso, was Elena davon halten würde, und das wollte sie sich ersparen.

»So ein großes Geschenk kann ich nicht annehmen. Das ist viel zu teuer. Fahrt besser ihr beide umsonst«, sagte sie. Ein Urlaub, der *umsonst* war, dachte sie, der also nichts bringen, sein Ziel verfehlen würde.

»Wir wollen aber, dass du mitkommst!«

»Wieso?« Lynn tastete mit den Fingerspitzen ihr Gesicht ab. Die Erdbeermaske war getrocknet. Sie stand auf und ging ins Bad, um sie abzuspülen.

Elena folgte ihr und blieb in der Badezimmertür stehen. Lynn spürte, wie sie sie beobachtete. Als sie hochsah, machte Elena ein besorgtes Gesicht.

»Merkst du das denn selber nicht?«

»Was merke ich nicht?« Sie tupfte ihr Gesicht ab und sah prüfend in den Spiegel. Die Haut war rosig und aufgequollen.

»Wie du dich immer mehr einigelst? Und immer komischer wirst?«

»Ich werde komisch?« Sie nahm die teure neue Lotion und trug sie auf ihr Gesicht auf.

»Ja, du ziehst dich immer mehr zurück. Man sieht dich nirgends mehr, und selbst Jonas scheint dir inzwischen total egal zu sein.«

Lynn hatte keine Lust, mit Elena über ihre Gefühlslage zu sprechen. Aber vielleicht war etwas dran an dem, was sie sagte. Vielleicht sollte sie ihre alten Freundinnen und Freunde nicht so vernachlässigen. Seit Silvester machte sie nach Feierabend nichts, außer fernzusehen, alle Kosmetikprodukte des Drogeriemarkts nacheinander auszuprobieren und auf einen Anruf von Sascha zu warten. Wahrscheinlich wäre es ungesund, sich während der nächsten Wochen weiterhin mit allen Pasten, Masken, Kaltwachsstreifen und Haarkuren zu behandeln, die neu auf den Markt geworfen wurden.

»Ich glaube, es wäre gut, wenn du mal rauskämst – mal was ganz anderes sehen würdest«, sagte Elena.

Sie sah Elena an und merkte, dass sie ihre Einladung nicht abschlagen konnte. Das hätte sie nie wieder gutmachen können.

»Vielleicht hast du recht.«

»Heißt das, du fährst mit?«

Lynn nickte. »Wenn ich Urlaub kriege.«

Vom Vordach des Hotels in Berchtesgaden tropfte der Schnee. Es war Tauwetter.

»Zum Glück haben die hier Beschneiungsanlagen«, sagte Torben.

»Wie scheußlich«, entgegnete Lynn, »künstlicher Schnee.«

»Hauptsache, ich kann skifahren.« Torben bog auf den Gästeparkplatz ein.

Lynn stieg aus und reckte sich. Ihre Gelenke waren steif geworden während der langen Fahrt. Sie versuchte so etwas wie Vorfreude zu empfinden, aber die vor ihr liegende Woche mit Torben und Elena erschien ihr leer und reizlos.

»Warte mal kurz hier!«, rief Elena ihr zu, sprang aus dem Auto und lief ins Haus. Lynn sah ihr verwundert hinterher. Nach ein paar Minuten kam sie zurück. Sie nickte Torben verschwörerisch zu. Er grinste und öffnete den Kofferraum, um ihr Gepäck herauszuholen.

»Jetzt kannst du kommen«, sagte Elena.

Sie gingen auf das Hotel zu.

»Freust du dich?«, fragte Torben.

Lynn nickte und lächelte halbherzig.

»Dann freust du dich jetzt gleich bestimmt noch mehr!« Elena stieß mit Schwung die Hoteltür auf.

»Überraschung!« Jonas stand vor der Rezeption und breitete lachend die Arme aus.

Torben und Elena schoben Lynn direkt hinein.

Jonas drückte sie an sich. Er fühlte sich weich an. Als sei er mit Schaumgummi ausgepolstert, dachte sie und bohrte ihren Finger in seinen Rücken. Unter seinem karierten Oberhemd gab sein Fleisch nach. Ihn zu berühren fühlte sich künstlich an. Als seien sie zwei Schauspieler, die den Regieanweisungen einer Seifenoper folgten. Sie küsste ihn mechanisch auf die Wange. Er legte seinen Arm um ihre Taille. Dort blieb er liegen wie ein Fremdkörper.

»Ist das nicht eine Überraschung?«, rief Jonas lachend.

Lynn hielt die Luft an und löste sich aus seiner Umarmung. Sie hatte gedacht, sich um die Sache mit Jonas erst mal nicht kümmern zu müssen, weil er bis zum Sommer bei einer Firma in England sein würde, wo er seine Diplomarbeit schrieb. *Prozessoptimierung in der automatischen Ein- und Auslagerung*. Das war sein Thema.

»Ich dachte, du bist in England?«

»Ich konnte eine Woche freikriegen!« Jonas nahm ihre Hand und zog sie zur Treppe. »Komm mit! Unser Zimmer ist im ersten Stock!«

Er schloss eine rustikale Holztür mit geschwungener Klinke auf und rief: »Tätä!«

Lynn trat ein und sah sich um. Das Zimmer war eine Holzkiste, Wände und Decke komplett vertäfelt. Es war beklemmend. Aber das Schlimmste war das Bett. Ein Holzbett mit Bauernmalerei und rotkarierter Bettwäsche. Darüber hing ein Kruzifix.

Jonas holte ihre Koffer. Als er zurückkam, schloss er die Tür, legte einen Arm um sie und wollte sie an sich ziehen.

Lynn wand sich aus seiner Umarmung und ging das Fenster öffnen, als gäbe es nichts Wichtigeres.

»Was für eine Aussicht!«, rief sie und beugte sich hinaus. Berge, wo sie auch hinsah. Sie musste ihm sagen, dass es aus war, dachte sie, daran führte kein Weg mehr vorbei. Sie konnte nicht eine Woche lang so tun, als sei nichts. Nach dem Abendessen, entschied sie. Gleich nach dem Abendessen.

Jonas öffnete seinen Koffer und hängte seine Sachen in den Schrank.

»Die andere Schrankhälfte ist für dich«, sagte er und pfiff vergnügt die kleine Nachtmusik.

Zum Abendessen gab es eine Wurstplatte, die für zehn

gereicht hätte. Sie sprachen die ganze Zeit über das Essen. Lynn staunte, wie viel es darüber zu sagen gab.

»Sind die beiden Plätze hier noch frei?« Ein junger Mann mit blonden Haaren blieb neben ihrem Tisch stehen, als sie gerade beim Bierschinken angekommen waren.

Jonas sprang auf. »Sven! Was machst du denn hier? Das gibt's ja nicht!«

Jonas und Sven begrüßten sich mit Handschlag und klopften sich auf die Schulter. Dabei lachten sie laut, und Lynn hatte das Gefühl, dass Elena und Torben als Publikum nicht ausreichten – der ganze Speisesaal sollte mitbekommen, dass sich hier gerade zwei alte Schulfreunde wiedertrafen.

Sven nickte in die Runde. Er trug genau wie Jonas ein kariertes Hemd. Auch sein Haarschnitt war fast gleich. Er war nur etwas größer und kräftiger.

»Dass wir uns hier treffen ...!«, rief Jonas. »Das ist übrigens Lynn.« Er zog sie neben sich. »Meine Freundin.«

Sven schüttelte ihr die Hand. »Freut mich«, meinte er und stellte seine Freundin vor, Karen, die die ganze Zeit lachte. Lynn sah sofort, dass sie nicht aufhören würde zu lachen. Sie gehörte zu den Frauen, die immer lachten und auch beim Sprechen lächelten. Lächelsprech, dachte Lynn und ekelte sich vor ihrem eigenen Lächeln, das sie gerade aufsetzte. Elena und Torben rückten ein Stück, damit Sven und Karen sich zu ihnen setzen konnten.

Dann wurden die aktuellen Erfolgsgeschichten ausgetauscht. Nachdem Jonas mit England und seiner Diplomarbeit durch war, legte er seinen Arm um Lynn und behauptete, sie würden nach seinem Abschluss anfangen zu bauen.

»Interessant«, sagte Lynn. »Davon weiß ich ja gar nichts.«

»Dein Freund weiß, wie man Überraschungen macht«, lachte Sven.

Alle lachten. Konnte eine Frau glücklicher sein als Lynn?

»Je eher man damit anfängt, umso eher hat man es abbezahlt«, sagte Jonas.

»Und dann hat man eine perfekte Altersvorsorge«, sagte Lynn, weil es so gut passte.

Jonas gefiel das. Er nickte eifrig. An die Altersvorsorge denken, ohne jemals richtig jung gewesen zu sein, dachte Lynn. Irgendetwas daran stimmte nicht. War es das Ziel im Leben, immer einen Schritt weiter zu sein, als sie waren?

Jonas aß sein Wurstbrot mit Messer und Gabel und achtete darauf, nicht mit vollem Mund zu sprechen. Seine Finger trommelten auf die Tischplatte, wenn er kauen musste und Sven reden konnte.

Lynn hatte das Gefühl, als sei nicht sie das, die da am Tisch saß und seine Freundin gab. Sie bestellte Wein und trank zu viel davon. Ihr Geist schrumpfte zu einem winzigen Punkt zusammen und beobachtete das Geschehen aus der Leere ihres Kopfes. Ihr Körper funktionierte, schob sich Wurstsalat in den lächelnden Mund und trank einen Schluck Wein nach dem anderen. Natürlich nicht, ohne sich vorher den fettigen Wurstmund mit der Serviette abgetupft zu haben, um hässliche Fettränder am Glas zu vermeiden. Sie dachte an Sascha und fühlte sich dabei wie im freien Fall.

Das hier muss ein Ende haben, insistierte der winzige Punkt in ihrem Kopf. Dein Leben ist eine Farce. Nichts als eine alberne Farce.

Als sie später im Bett lag, konnte sie nicht einschlafen. Sie hatte Nachdurst und trank eine halbe Flasche Wasser. Aber das half nicht, sie blieb hellwach. Jonas war zu nahe.

Sie nahm die Wasserflasche, wickelte sich in ihre Bettdecke und ging auf den Balkon. Die Nacht war sternenklar und eiskalt. Es taute nicht mehr.

Ich will mit dir schlafen – so sehr, dass es weh tut, schrieb sie an Sascha und überlegte, ob sie so eine SMS verschicken konnte. Dann löschte sie sie.

»Was machst du denn hier draußen?« Jonas öffnete die Balkontür. Er trug einen graublauen Schlafanzug. Sie wollte ihn nicht im Schlafanzug sehen. Das fühlte sich an, wie mit ihm verheiratet zu sein.

»Nichts. Ich kann nicht schlafen.«

Er blieb in der Balkontür stehen und sah in den Himmel.

»Herrlich!«, sagte er. »In London ist es immer verhangen.«

»Mmhh«, sagte Lynn. »Schade.«

»Ach, das macht nichts. Nachts schläft man ja sowieso.« Er lachte. »Das Wetter ist da eben typisch englisch, das muss man schon in Kauf nehmen. Die meiste Zeit ist man ja sowieso beschäftigt.«

Jonas sagte fast immer *man*, wenn er von sich sprach.

»Komm wieder rein, Lynn. Du holst dir den Tod.«

»Ich kann nicht neben dir liegen – du schnarchst.«

Er sah sie ratlos an.

»Ich schlaf in der Badewanne«, sagte Lynn. »Da ist die Toilette auch näher. Ich muss sowieso die ganze Zeit pinkeln.« Sie raffte ihr Oberbett zusammen, ging ins Bad und schloss die Tür hinter sich ab.

Jonas pochte dagegen. »Das ist doch total bescheuert. Was soll denn das? Komm da wieder raus!«

»Geh ins Bett, Jonas.«

»Nein! Erst kommst du da raus.«

Lynn rollte sich in die Bettdecke ein und legte sich in die Badewanne. Aber die war viel zu hart, und ausstrecken konnte sie sich auch nicht. Hier würde sie auch kein Auge zutun. Außerdem roch es nach WC-Reiniger. Sie stieg wieder aus der Wanne, schloss die Badezimmertür auf und zog einen der beiden Hotelbademäntel über. »Heimatfreude« stand darauf. So hieß das Hotel.

»Was machst du denn jetzt?«

»Mir noch was zu trinken holen.«

»So kannst du aber nicht runtergehen!«

»Klar kann ich. Du würdest dich wundern, wenn du wüsstest, was ich alles kann!« Lynn lachte und wollte barfuß und im Bademantel zur Hotelbar gehen und sich Wein besorgen. Sie schwankte über den Flur, der hin und her schaukelte wie bei Seegang.

Jonas lief in seinem graublauen Schlafanzug hinter ihr her und hielt sie am Arm fest.

»Mach dich nicht lächerlich, Lynn!«

Sie blieb stehen und sah ihn an, wie er da stand in seinem Schlafanzug mit V-Ausschnitt und Schlappen. Sie hatte noch nie bemerkt, dass er leichte O-Beine hatte. Sie hatte das Gefühl, stundenlang dort zu stehen und ihn anzusehen, staunend auf seine O-Beine und den spießigen Schlafanzug zu starren. Wieso hatte sie geglaubt, ein Leben mit jemandem wie Jonas könne ihres sein? Sie war einem dumpfen Gefühl gefolgt, das bisher noch nicht richtig in ihr Bewusstsein gedrungen war. Aber in diesem Moment kam es dort an. Sie hatte geglaubt, durch Jonas jemand zu sein. Mehr als durch Alex. Alex löschte sie aus. Alex hieß Schweigen. Das hatte ihr Angst gemacht. Und als sie Sascha begegnete, hatte sie wieder angefangen, diese Angst zu spüren. Es war einfacher, auf der Arbeit zu sagen, am Wochenende war ich bei meinem Freund. Es war einfacher, ihn der Familie vorzustellen, mit ihm auf Geburtstage und Weihnachtsfeiern zu gehen.

Doch ihn zu lieben war nicht einfacher. Es war unmöglich.

»Jonas es ist vorbei mit uns«, sagte Lynn. »Ich habe jemand anderen.«

»Pssst!«, zischte er wütend und sah sich hektisch um. Dann zerrte er sie zurück ins Zimmer und warf die Tür hinter sich zu.

»Nein!«, sagte er gepresst.

»Doch, Jonas. Es tut mir leid.«

»Nein, verdammt, nicht jetzt!«

»Was soll das denn heißen?«

»Du kannst das nicht *jetzt* machen.«

Er stampfte ins Bad, klaubte ihr Bettzeug aus der Wanne und warf es aufs Bett. Dann setzte er sich auf die Bettkante und raufte sich die Haare.

»Es läuft gerade alles so gut bei mir, und nun das! Ausgerechnet jetzt, wo ich Sven wiedergetroffen habe!«

Lynn begann zu lachen. »Der *Zeitpunkt* ist das einzige Problem dabei?«

»Sven war mir immer eine Nasenlänge voraus! Und jetzt habe ich ihn gerade überholt!«

Sie sah ihn ungläubig an. Obwohl sie eben mit ihm Schluss gemacht hatte, kränkte sie, was er sagte.

»Das ist nicht wahr, oder?«

»Was verstehst du denn schon!«

»*Das* ist dein einziges Problem?«

»Wie steh ich denn dann da? Nur diese eine Woche noch, Lynn! Du sagst es keinem, solange wir hier sind, okay?«

Wie er sie von der Bettkante aus ansah, tat er ihr fast leid. Er schien wirklich verzweifelt zu sein.

»Das ist das Lächerlichste, was ich je gehört habe«, erwiderte Lynn. »Du willst wirklich, dass wir hier das glückliche Pärchen spielen, um deinen Freund zu beeindrucken?

Und dir ist dabei total egal, dass es jemand anderen gibt? Das ist ja wie ein Arbeitsvertrag – Kündigungsfrist eine Woche!«

Jonas zuckte die Schultern.

»Genau wie du mit mir das glückliche Pärchen spielen wolltest, damit deine Familie nicht nervös wird.«

»Was soll das denn heißen?«

Jonas lachte abschätzig. »Meinst du etwa, ich kenne die Geschichte nicht?«

»Welche Geschichte?«

»Na, dein kleines Abenteuer mit Alexandra oder wie sie hieß.«

»Das war kein kleines Abenteuer. Wer hat dir überhaupt davon erzählt?«

»Elena.«

Lynn schwieg.

»Ich hab da kein Problem mit«, sagte Jonas. »Nur gib dich bitte nicht so moralisch überlegen.«

Lynn gähnte und legte sich ins Bett. Auch wenn es ihr nicht passte, schon aus Prinzip nicht, aber er hatte recht. Sie konnte ihm nichts mehr entgegenhalten.

Am nächsten Tag fuhr sie nach Hause. Ihre Mutter sei plötzlich erkrankt, erzählte sie den anderen. Jonas lächelte versöhnlich und brachte sie zum Zug.

... unter deinen Füßen spürst du weichen Waldboden – du gehst weiter – die Sonne scheint durch die Äste – du atmest tief durch und gehst weiter – in der Ferne lädt dich ein spiegelnder See zum Baden ein – du gehst auf ihn zu und setzt dich ans Ufer ...

Sascha trommelte ungeduldig mit den Zeigefingern aufs Lenkrad. Die Ampel war grün. Seit gefühlten drei Stunden war die Ampel grün. Sie drückte ausdauernd auf die Hupe. Die Oma vor ihr war anscheinend in der Tiefschlafphase angekommen. Sascha war nervös. Seit Tagen bekam sie nichts mehr runter. Wütend schaltete sie die Meditations-CD aus. Nichts als gequirlter Mist. Sie hatte es gleich gewusst, aber Peppels hatte rumgenervt, sie solle mal was für ihr Innenleben tun, ihre Mitte finden, wieder ins Gleichgewicht kommen. Und dazu hatte sie ihr diese dämliche CD aufs Auge gedrückt.

Aber sie ahnte, dass Peppels nicht ganz unrecht hatte. Es lief nicht rund im Moment. Sie war nicht bei der Sache. Ihre Gedanken kreisten nur noch darum, wann sie Lynn wieder treffen konnte.

Wo war eigentlich Frankos blöder Wohnungsschlüssel abgeblieben? Sie tastet ihre Jacken- und Hosentaschen ab, aber da war nur ihr eigener. Sie vermisste ihn schon seit ein paar Tagen.

Sascha hupte noch mal entnervt. Endlich setzte sich der Wagen vor ihr in Bewegung. Sie würde den Schlüssel nachmachen lassen müssen, wenn er nicht bald irgendwo auftauchte, dachte sie unwillig. Franko würde natürlich die Gelegenheit nicht ungenutzt lassen, sein saudummes Besserwissergesicht aufzusetzen und ihr einen von wegen Ordnunghalten zu erzählen. Er, der Hecht, der ja schließlich beim Bund gewesen war und gelernt hatte, T-Shirts auf Kante zu falten.

Sie zündete sich eine Zigarette an und durchforstete mit einer Hand das Handschuhfach. Dort war der Schlüssel auch nicht. Stattdessen fiel ihr das Buch entgegen. *Nichtrauchen und Zen.* Wie kam das dorthin? Egal. Es musste weg. Das Buch war schuld an allem. Am nächsten Altpapiercontainer hielt sie an und warf es hinein. Die CD flog gleich hinterher.

Wenn sie das blöde Buch nie bestellt hätte, wäre alles beim Alten geblieben. Als sie es abholen wollte und es nicht mehr da war, war sie irgendwie erleichtert gewesen. Als hätte sie gespürt, dass es Ärger bringen würde.

Sie schwang sich wieder ins Auto und versuchte sich besser zu fühlen. Ohne Erfolg.

In diesem Moment musste sie so scharf bremsen, dass die Reifen quietschten, weil ein kleiner Dackel kläffend auf die Fahrbahn rannte.

Zum Glück war niemand hinter ihr.

»Hierher, bei Fuß!«, schrie eine Frau und schmiss ihren Schlüsselbund nach dem Hund. Fast hätte er Saschas Motorhaube getroffen.

»Sag mal, ist bei dir noch alles in Ordnung, du dumme Kuh?«, brüllte Sascha aus dem Fenster. Sie hatte überhaupt keine Selbstbeherrschung mehr in der letzten Zeit, dachte sie verwundert. Sie merkte immer erst, was sie gesagt hatte, wenn es zu spät war.

Die Frau stürzte auf die Straße, packte ihren Hund am Halsband und schüttelte ihn. Dann blieb sie stehen und sah zum Wagen hinüber.

Es war Katja. Katja mit Tiffi.

Sie kam zum Auto und stieg mit Tiffi auf dem Arm ein.

Tiffi knurrte zur Begrüßung in Saschas Richtung. Sascha mochte Hunde, aber mit Tiffi war sie nie richtig warm geworden. Sie duldeten sich gegenseitig. Mehr nicht.

»Wieso lässt du sie hier frei laufen? Das wär gerade fast ins Auge gegangen.«

Sie hätte Katja am liebsten genauso geschüttelt wie die ihren Hund.

»Und du führst dich auf wie der letzte Vollproll! Ich könnte dich wegen Beleidigung anzeigen!«

»Pfff«, machte Sascha.

»Ich meine, wenn ich nicht *ich* wäre. *Ich* kenne das ja nicht anders.«

Sascha verdrehte die Augen.

»Wieso hast du mich nicht erkannt? Bist du neuerdings gesichtsblind?«

»Weiß nicht.« Sascha konnte es sich selbst nicht erklären. »Du sahst so – anders aus.«

»Wie denn?«

»Keine Ahnung. Fremd irgendwie.«

Sie schwiegen.

»Ich war beim Friseur«, sagte Katja dann.

»Oh!« Sascha bremste ruckartig. Fast hätte sie die Ampel übersehen, die gerade auf rot gesprungen war. Sie musterte Katja verstohlen von der Seite. Es stimmte. Ihre Haare waren schwarz, und sie hatte einen kinnlangen Pagenkopf. Morgens waren sie noch hellbraun und schulterlang gewesen. Katja erinnerte sie ein bisschen an Mireille Mathieu.

Als die Ampel umsprang und sie anfahren wollte, soff ihr der Wagen ab. Das war ihr zum letzten Mal in der Fahrschule passiert. Hinter ihr begann jemand zu hupen. Musste denn immer alles auf einmal kommen? Sie beeilte sich mit dem Anfahren, bevor die Ampel wieder auf gelb sprang.

»Stimmt … Jetzt wo du es sagst – gut siehst du aus.«

»Du findest, ich sehe gut aus?«

Sascha zögerte. »Schon … ja.«

Katja schnaubte wütend. »Ich überlege, ob ich mein Geld zurückverlangen und den Friseur wegen Körperverletzung anzeigen soll. Ich sehe aus wie Mireille Mathieu.«

»Och …«, meinte Sascha. »Das würde ich so nicht unbedingt sagen …«

»Jetzt sitzt du aber so was von in der Falle!« Katja lachte. Es klang infernalisch. »Gib dir keine Mühe!«

»Wieso? Ich meine das ernst, wirklich …« Sascha spähte noch mal nach rechts und musste die Luft anhalten, um nicht loszulachen.

»*Akropolis – adieu*«, pfiff sie leise und konnte sich schließlich das Lachen nicht mehr verkneifen. Katja musste mitlachen, auch wenn sie es wahrscheinlich nicht wollte.

»Wir müssen noch einkaufen«, sagte Katja dann, und sie fuhren zum Supermarkt.

»Ich warte hier«, sagte Sascha und parkte.

»Okay, dann stehst du mir wenigstens nicht blöde im Weg rum.«

Tiffi jaulte laut, als Katja ausstieg.

Sascha sah Katjas glänzendem Pagenkopf hinterher, als sie auf den Supermarkteingang zulief. Wieso war ihr das nicht auf den ersten Blick aufgefallen? Zeit, endlich aufzuwachen, dachte sie.

Auf dem Weg nach Hause hielt sie noch mal an dem Altpapiercontainer.

»Warte mal kurz«, sagte sie zu Katja, stieg aus und schob ihre Hand durch die Klappe des Containers. Sie hatte Glück, er war bis obenhin voll. Sie tastete über das Papier, ob sich etwas wie ein Buch anfühlte. Sie hatte es ja einfach nur hineingeschoben, weit konnte es nicht gerutscht sein.

»Was ist denn das jetzt wieder für 'ne Freaknummer?«, rief Katja aus dem Auto.

»Ich hab versehentlich ein Buch hier mit reingeworfen, das ich noch brauche.«

Da war es – das musste es sein. Sascha griff nach dem Buch und wollte ihren Arm wieder aus der Klappe ziehen. Es ging nicht.

»Seit wann bringst du denn überhaupt Altpapier weg?«

»Immer schon«, sagte Sascha. »Ist dir das noch nie aufgefallen?« Sie atmete tief durch und zog noch mal. Es ging nicht. Ihr Jackenärmel hing an irgendwas fest. »Mist!«

»Was ist los?«, fragte Katja.

»Ich häng fest.«

Katja begann zu lachen.

»Zum Totlachen«, sagte Sascha.

Sie musste das Buch wieder loslassen, um ihre Jacke auszuziehen und den festgehakten Ärmel herauszufummeln. Dann hob sie mit einer Hand die Klappe hoch, versuchte in den Container zu sehen und tastete mit der anderen Hand nach dem Buch.

»Das muss aber ein wahnsinnig wichtiges Buch sein!«

Sascha antwortete nicht. Wieso hatte sie es bloß weggeworfen? Beim Kapitel »Unterdrückte Gefühle« hatte sie aufgehört zu lesen. Zu psycho, hatte sie gedacht. Konnte sie nichts mit anfangen. Aber vielleicht sollte sie genau da weiterlesen.

Da war es. Sascha griff nach dem Buch und zog es aus dem Altpapier, stieg ins Auto und warf es auf den Rücksitz.

»Was 'n das?« Katja drehte sich um und angelte das Buch vom Sitz.

»Nichtrauchen und Zen.«

»So 'n Scheiß. Da würde ich mir Nikotinpflaster aus der Apotheke holen. Geht schneller und besser.«

»Manchmal bringen Pflaster nichts«, sagte Sascha. »Dann muss man da auf die harte Tour durch.«

»Ich kann gerade nicht. Ich melde mich später noch mal, ja?« Sascha beendete das Gespräch, ohne Lynns Antwort abzuwarten.

Es knackte in der Leitung. Das war's. Lynn sah enttäuscht auf ihr Handy und legte es weg.

Am späten Nachmittag rief Sascha zurück.

»Ich könnte so in zwei bis drei Stunden kurz vorbeikommen«, sagte sie. Natürlich war Lynn einverstanden.

Es blieb gerade noch genug Zeit, etwas zum Abendessen einzukaufen. Sie machte Lasagne mit Blattspinat und Schafskäse, viel Olivenöl und Knoblauch. Während die Lasagne im Backofen war, duschte sie.

Um acht war alles fertig, Lynn in eine Parfümwolke gehüllt, der Tisch gedeckt und der Wein geöffnet. Sie zündete Kerzen an.

Um halb neun blies sie die Kerzen wieder aus.

Um neun schenkte sie sich ein Glas Rotwein ein.

Um Viertel nach neun das zweite Glas.

Danach sah sie nicht mehr auf die Uhr, schaltete den Fernseher an und füllte weiter Wein in ihr Glas.

Gegen elf klingelte es dann doch noch.

»Hab's nicht eher geschafft«, sagte Sascha und warf ihre Autoschlüssel auf den Küchentisch. Das kaltgewordene Essen schien sie gar nicht zu bemerken.

»Heute ist irgendwie nicht mein Tag. Vorhin bin ich geblitzt worden und jetzt steh ich im Parkverbot.«

Lynn fragte sich, was mit der Wut passiert war, die seit acht Uhr in ihrem Bauch gegrummelt hatte. Sobald Sascha vor ihr stand, war sie verflogen.

»Das heißt, du bleibst nicht lange?«

Sascha nickte.

»Willst du essen oder ...?«

»Oder!«, sagte Sascha grinsend. »Und du?«

Lynn lächelte. »Essen kann ich gleich auch noch alleine.«

Als Sascha Lynn gerade küssen wollte, klingelte ihr Handy.

Geh doch nicht ran, geh jetzt bitte einfach nicht ran!, dachte Lynn.

Aber Sascha stand auf und ging in die Küche. Dort sprach sie leise, Lynn konnte nicht verstehen, was sie sagte. Ein paar Minuten später kam sie zurück.

»Heute passiert wirklich alles, was ich nicht brauchen kann«, sagte sie. »Ich muss das hier leider abbrechen.«

»Was ist los?«

»Das war mein Bruder.«

»Und?«

Sascha räusperte sich.

»Kai hat in den letzten fünfzehn Jahren fast nie gesprochen, aber gerade hat er angerufen.«

»Was hat er gesagt?«

»Er sitzt auf der Hauptwache am Zoo fest, und ich soll ihn abholen.«

»Er sitzt auf der Wache fest? Warum?«

»Keine Ahnung. Er hat geredet wie ein Wasserfall, irgendwas von 'ner riesigen Party, wo er war, da gab es wohl Ärger, und die Polizei hat ein paar Leute eingesammelt, und er war dabei und kommt jetzt nicht an seinen Rucksack, weil der in der Halle eingeschlossen ist.« Sie seufzte.

»Ist er jünger als du?«

Sascha nickte. »Sechs Jahre.«

Sie beugte sich über Lynn und küsste sie noch einmal.

»Vielleicht schaff ich es ja, später noch mal vorbeizukommen.«

»Warte!« Lynn sprang auf. »Ich fahr mit. Ich war noch nie auf einer Polizeiwache.« Sie zog ihre Jacke an. »Und deinen Bruder will ich auch kennenlernen.«

An der Hauptwache stand ein mindestens ein Meter neunzig großer junger Mann mit langen Haaren, die bis zu den Hüften reichten. Er hatte sie im Nacken zusammengebunden und trug ein schwarzes T-Shirt mit dem Aufdruck *My computer is bigger, better and faster than yours*. Er kam auf den Wagen zu, öffnete die Hintertür und quetschte sich auf die Rückbank.

»Hi«, sagte Sascha.

Er antwortete nicht.

Lynn drehte sich um und nickte ihm zu.

Er sah sie kurz an, zeigte aber keine Reaktion.

»Ich dachte, ich könnte in die Wache rein«, sagte Lynn. »Ich wollte Verbrecher sehen.«

»Du brauchst dich nur umzudrehen – da auf meiner Rückbank sitzt gerade zufällig einer«, sagte Sascha und wartete.

Aber Kai sah aus dem Fenster, als ginge ihn das Gespräch nichts an.

»Also Kai, was war los?«, fragte Sascha, nachdem sie eine Weile gefahren waren. »Was hast du ausgefressen?«

»Nichts.«

»Wär nett, wenn du mich kurz mit wenigen Worten aufklären könntest, was passiert ist«, sagte sie ungeduldig.

»Mit wenigen Worten geht nicht.«

»Meinetwegen auch mit vielen.«

»Also ...« Kai überlegte. Dann schob er seinen Kopf zwischen Sascha und Lynn und starrte geradeaus auf die Fahrbahn. »Ich bin heute Mittag um zwei Uhr, nein, es war schon zehn nach zwei, von zu Hause los, weil ich beim Technikaufbau mit dabeisein wollte. Gegen vier stand dann alles, und alle IPs waren vergeben, bloß dann hat ein Server gestreikt und musste ausgetauscht werden, das hat dann noch mal über zwei Stunden gedauert. So was begreif ich nicht – für so ein Riesenevent haben die voll den Scheißprozessor mitgebracht, das kapier ich nicht, aber na ja. So etwa gegen sechs dann endlich Game-Installation –«

»Kannst du bitte etwas schneller zum Punkt kommen?«, fiel Sascha ihm ins Wort.

Kai lehnte sich zurück und schwieg. Nur das Ticken des Blinkers war zu hören.

Lynn wunderte sich, wie Sascha jemanden, der seit fünfzehn Jahren angeblich kaum gesprochen hatte, so schroff anfahren konnte, wenn er dann endlich mal sprach.

Sascha sah in den Rückspiegel und schien zu versuchen, seinen Gesichtsausdruck zu deuten.

»Kai?«, fragte sie einige Minuten später etwas sanfter.

»Ja.«

»Sprichst du jetzt nicht mehr?«

»Doch. Ich überlege.«

Er schien es ihr nicht krummzunehmen.

»Ich wollte wissen, warum du mit auf die Wache musstest. Nicht, was du heute seit zwei Uhr alles gemacht hast.«

»Ach so. Na, die Schlägerei, die plötzlich neben meinem Platz losging. Ich hab die beiden geschubst, damit sie von meinem Rechner wegbleiben. Die hätten mir fast den Monitor vom Tisch gerissen und mich vom Switch abgesteckt. Der eine hat sich dann 'ne Platzwunde geholt, weil er mit der Stirn irgendwo gegengeknallt ist.«

Lynn fragte sich, wie weit man flog, wenn ein Koloss wie Kai einen schubste.

»Sonst hast du nichts gemacht?«

»Nö.«

»Hast du 'ne Anzeige gekriegt?«

»Ja, aber ich plädiere auf Notwehr.«

Sascha seufzte.

»Was war das denn für eine komische Party?«, fragte Lynn.

Kai hatte sich wieder ausgeklinkt.

»LAN-Party«, antwortete Sascha an seiner Stelle.

»Was ist das?«

»Die vernetzen sich und zocken dann achtundvierzig Stunden am Stück.«

»Zocken was?«, fragte Lynn.

»Computerspiele.« Sascha sah sie verwundert an. »Kennst du das nicht?«

»Ach so«, beeilte sie sich zu sagen. »Klar kenn ich Computerspiele.«

»Dreihundert!«, rief Kai. »Dreihundert Rechner! Das musst du dir mal vorstellen! Und dann *Counterstrike*, bis der Arzt kommt!«

»Bis die Bullen kommen, wohl eher«, meinte Sascha.

Nach einigen Minuten ahmte er plötzlich das Geräusch eines Maschinengewehrs nach. So echt und laut, dass Lynn die Schüsse im Rücken spürte und heftig zusammenzuckte.

»Wir müssen auch mal wieder 'ne Nacht durchzocken, Sascha, Kiste Bier kaltstellen und dann so richtig losballern!« Wieder ertönte das Maschinengewehr von hinten.

Wie gruselig echt das klang, dachte Lynn.

»So was machst du, Sascha? Interessant, was dein Bruder so erzählt!«

»Nur gelegentlich.« Sascha grinste verlegen. »Echt nur ganz selten. Ich finde das ziemlich hirnlos, solche Ballerspiele.«

»Aber letztes Jahr Weihnachten, weißt du noch? Da warst du süchtig geworden«, rief Kai lachend. »Da haben wir von Heiligabend bis Neujahr durchgeballert! Das war geil!«

»Echt?«, fragte Lynn.

Sascha schlug aufs Lenkrad. »Kai! Du kannst jetzt wieder aufhören zu sprechen!«

»Willst du auch mal mitmachen?«, fragte Kai Lynn.

Vielleicht machte das ja Spaß, dachte Lynn, und irgendwie reizte sie der Gedanke. Einfach drauflosballern hatte was.

»Ich kann es ja mal probieren.«

»Was hast du für einen Rechner?«

»O Gott, keine Ahnung.«

»Ich werde mich bestimmt nicht mit dir treffen, um *Counterstrike* zu spielen.« Sascha warf ihr einen belustigten Blick zu. Sie parkte vor Lynns Haustür.

»Dann treffen wir uns eben ohne Sascha«, sagte Kai. »Ich zeig dir, wie das geht.«

Er stieg wie selbstverständlich mit Lynn aus. Lynn begriff nicht, was er wollte – er ging zielstrebig mit ihr auf die Haustür zu.

»Hey, wo willst du hin?«, rief Sascha.

»Ich muss ihren Computer checken.«

Sascha warf die Autotür zu und folgte ihnen. »Das kannst du dir sparen. Wir fahren jetzt nach Hause!«, rief sie.

Aber Kai lief schon eilig die Treppen hoch, als hätte er eine wichtige Mission.

Sascha und Lynn sahen sich an. Sascha grinste und zuckte entschuldigend die Achseln.

»Er hat ein bisschen ein Rad ab. Aber ansonsten ist er ein netter Kerl.«

»Ist schon okay«, sagte Lynn.

Wenige Minuten später saß Kai an Lynns Schreibtisch und untersuchte ihren Computer.

»Der ist zu langsam. Das ist ein echtes Fossil, so was hat

kein Mensch mehr«, sagte er enttäuscht. »Aber du kannst ja Saschas nehmen.«

»Den geb ich dir aber nicht. Hör jetzt auf mit dem Mist, Kai. Lynn wird sich nicht mit dir treffen, um Ballerspiele zu machen!«

»Das hast du doch gar nicht zu entscheiden«, sagte Kai verwundert. »Hast du mal einen Schraubenzieher?«

»So etwas hat Lynn nicht.«

Sascha schob den Computer, den Kai unter dem Schreibtisch hervorgezogen hatte, wieder an seinen Platz zurück.

»Wieso sollte ich so was nicht haben?« Lynn ärgerte sich und begann sofort in ihrem Dielenschrank nach einem Schraubenzieher zu suchen. Sie hatte zwar eigentlich nicht vorgehabt, an diesem Abend mit Kai Computerspiele zu spielen – eigentlich wollte sie mit Sascha ganz andere Dinge tun –, aber diesen blöden Spruch konnte sie nicht auf sich sitzen lassen. Irgendwo war ein Schraubenzieher, das wusste sie genau, ganz hinten, bei den Geschenkbändern musste er sein. Sie reckte sich, um tiefer ins Regal zu greifen und – da war er. Triumphierend reichte sie ihn Kai, der sich sofort an die Arbeit machte.

»Das kannst du vergessen«, sagte er, nachdem er einen Blick ins Innere des Computers geworfen hatte. »Damit geht gar nichts. Den kannst du direkt wegschmeißen.«

Er nahm kein Blatt vor den Mund – Saschas verschwiegener kleiner Bruder, dachte Lynn.

Kai stand auf und ließ den offenen Computer vor dem Schreibtisch stehen.

»Schraub ihn wieder zusammen«, wies Sascha ihn an.

»Wozu? Den kannst du in die Tonne kloppen.«

»Schraub ihn trotzdem zusammen und stell ihn unter den Tisch.«

Kai grummelte irgendwas Unverständliches, dann kniete er sich hin, um das Gehäuse wieder zu schließen.

»Krieg ich am Ende dieses missglückten Tages wenigstens noch was Leckeres zu essen von dir?« Sascha spähte in die Küche. »Du hattest doch was gemacht, oder?«

Sie hatte es also doch bemerkt.

»Ich hab auch Hunger«, sagte Kai.

Und dann saßen die beiden Langner-Geschwister nebeneinander an Lynns Küchentisch und aßen die kalte Lasagne. Kai sah Sascha sehr ähnlich. Er war nur viel größer und breiter und hatte lange Haare. Aber die Gesichtszüge der beiden stammten eindeutig von denselben Eltern. Sie waren hübsch mit ihren schwarzen Augen und den dunklen Haaren. Sascha schien das zu wissen, Kai aber nicht. Oder es war ihm egal. Er spielte nicht damit. Seine Wirkung schien ihn nicht zu interessieren. Er sortierte das Essen auf seinem Teller nach seinen Bestandteilen. Spinat, Nudelplatten und Tomatensoße wurden akribisch voneinander getrennt.

Lynn sah ihm verwundert zu.

»Warum zerpflückst du die ganze Lasagne?«, fragte sie.

»Ich kann das sonst nicht essen. Mir wird schlecht, wenn so ein Durcheinander auf meinem Teller ist.«

Kai guckte schräg an Lynn vorbei, als er antwortete. Sie versuchte seinen Blick zu fangen, aber es war unmöglich.

»Macht er immer, seit Jahren schon, mit jedem Essen.« Sascha sah ihm stirnrunzelnd zu. »Seit wann sprichst du eigentlich wieder?«

»Schon länger.«

»Wie kommt's?«

»Hatte einfach wieder Lust dazu.«

Sascha sah ihn verdutzt an. Dann zündete sie sich eine

Zigarette an, blies den Qualm aus und schaute zu, wie er sich im Raum verteilte. Sie sah ein wenig erschöpft aus, wie sie dort neben ihrem riesigen kleinen Bruder saß.

»Einfach wieder Lust dazu«, wiederholte sie. »Guck an.« Sie schüttelte den Kopf. Dann blickte sie auf die Uhr. »Ich muss morgen früh raus. Pennst du bei mir?« Sie drückte ihre Zigarette aus und stand auf.

Kai nickte. »Ich komm ja nicht an meinen Schlüssel. Der ist im Rucksack in der Halle, und die ist abgeschlossen.«

»War nett, dich kennengelernt zu haben«, sagte Lynn, als sie sich verabschiedeten.

Kai sagte nichts.

Sascha lächelte schief. »Ich ruf dich an«, sagte sie. »Vielleicht haben wir beim nächsten Mal mehr Glück.«

Als Lynn die Tür von Theresas Wohnung aufschloss, war es, als müsse ihre Tante ihr entgegenkommen. Es roch wie immer, als sei Theresa noch da – nach geöltem Holz und ganz leicht süßlich. Nach einer Frauenwohnung. Die Heizung lief noch. Der Anrufbeantworter blinkte. Lynn machte Licht und ließ die Wohnungstür offen. Panik stieg in ihr hoch. Stille. Überall unerträgliche, beklemmende Stille. Alles war peinlich sauber und aufgeräumt. Lynn warf einen Blick ins Schlafzimmer. Theresa hatte ihr Bett gemacht, bevor sie sich aufhängen ging. Eine Patchwork-Tagesdecke lag über dem Bett.

Lynn ging ins Wohnzimmer. Die Luft kam ihr staubig vor, der dicke Teppich schluckte jedes Geräusch. Die Uhr tickte leise, der DVD-Player war programmiert und nahm irgendwas auf. Das hier war wie Blumengießen bei fremden Leuten, nur viel schlimmer. Wenn ihre Nachbarin in Urlaub fuhr, goss Lynn immer deren Blumen und fütterte die Katze.

Sie machte das ungern. Sie drang nicht gern in die Privatsphäre anderer ein. Schon gar nicht in die einer Toten. Vielleicht sollte sie einfach eine Entrümpelungsfirma beauftragen und alles verschrotten lassen. Aber die Reste eines Lebens unbesehen dem Müll zu übergeben kam ihr herzlos vor.

Sie strich über die Anrichte aus heller Eiche, eine dünne Staubschicht hatte sich daraufgelegt. Dann öffnete sie die Vitrinentür und nahm eine Pappschachtel mit alten Fotos heraus. Theresa und Frau Schneider vor der kleinen Meerjungfrau, auf dem Brocken, auf dem Eiffelturm ... Die Schneider war nicht zur Beerdigung gekommen.

»Warum muss denn die Schneider eigentlich überall dabei sein?«, hatte Lynns Mutter Theresa mal gefragt. Lynn erinnerte sich, dass Theresa keine Antwort gegeben hatte. Aber danach war die Schneider nie mehr mitgekommen. Theresa war allein zu den Geburtstagsfeiern erschienen, hatte schweigend ihren Kuchen gegessen und sich die Familiengeschichten angehört, die Lynns Mutter zum Besten gab. Die Geschichte von Christoph, der im Urlaub in den Bach hinter dem Ferienhaus fiel und eine Kaulquappe verschluckte, von Lynn, die sich eine Erbse in die Nase gesteckt hatte, von ihren Kinderkrankheiten, ihren ersten Wörtern, ihrer Einschulung, ihren Leibgerichten und ihren Lieblingsspielzeugen.

Sie stellte die Pappschachtel wieder in den Schrank.

Was ist ein Leben, von dem niemand etwas erfährt? Welchen Sinn haben Gedanken, die nicht geäußert, und Gefühle, die nicht gelebt werden?

Sie musste sich um all das kümmern. Die Zimmerpflanzen waren halb vertrocknet. Sie nahm die Gießkanne von der Fensterbank und ging ins Bad, um sie zu füllen.

In dem Moment schlug die Wohnungstür zu, und sie hörte Schritte in der Diele.

Lynn hielt den Atem an.

Es war die Schneider.

»Tante Margot«, flüsterte Lynn. »Hast du mich erschreckt!«

»Lynnchen – du.« Die Schneider war auch ganz blass.

»Was machst du denn hier?«, fragte Lynn. Sie ließ die Gießkanne im Bad stehen. Es war doch sinnlos, die Blumen zu gießen, dachte sie.

»Ich hatte noch ihren Wohnungsschlüssel. Ich musste noch einmal herkommen.«

Lynn nickte. Die Schneider war älter geworden, ihre Haare waren grau, und sie sah müde aus. Ihre Augen lachten nicht mehr so wie früher. Lynn öffnete die Fenster im Wohnzimmer und schaltete den DVD-Rekorder aus.

»Du hast mir vielleicht einen Schrecken eingejagt!«

»Du mir aber auch«, sagte Lynn.

Die Schneider zögerte einen Moment, dann setzte sie sich auf das dunkelgrüne Samtsofa.

Sie haben sich darauf geliebt, dachte Lynn, vor vielen Jahren. Der Gedanke schnürte ihr die Kehle zu. Sie schluckte ein paar Mal kräftig. Dann ging es wieder. Sie durfte das nicht an sich heranlassen.

»Alles unverändert hier.« Margot Schneider strich gedankenverloren über die Sofalehne. Dann fuhr sie sich mit dem Handrücken über den Mund und biss die Zähne zusammen. Ihre Augen röteten sich.

»Im Bademantel haben wir hier gesessen, Silvester war das – '78. Wir haben Sekt getrunken mit einem halben Pfirsich drin. Kennst du das?«

Lynn schüttelte den Kopf.

»Aus riesigen Sektschalen, das machte man damals so. Ich habe ihr *Narziss und Goldmund* vorgelesen, von Hermann Hesse. Sie hat das so geliebt.«

Das Ticken der Wanduhr schien immer lauter zu werden. Das Geräusch machte Lynn wahnsinnig. Sie nahm die Uhr ab und fummelte die Batterien heraus. Endlich war es still.

Die Schneider zündete sich ein Zigarillo an. Lynn setzte sich neben sie, und sie schwiegen eine Weile.

»Du warst nicht auf ihrer Beerdigung«, sagte Lynn schließlich.

»Nein.«

»Warum nicht?«

»Das ist eine lange Geschichte.«

Margot Schneider zog an ihrem Zigarillo und sah ins Leere.

»Ich habe sie vor zehn Jahren schon verlassen«, sagte sie dann.

Lynn nickte.

»Sie konnte oder wollte nicht zu uns stehen.«

»Meine Mutter hatte was dagegen, dass du mitkommst zu Familienfeiern.«

»Mmhh«, sagte die Schneider. »Wir hatten schlimme Zeiten deswegen.«

»Kann ich mir vorstellen«, sagte Lynn.

»Nein, Kindchen, kannst du nicht.«

»Doch«, sagte Lynn. »Ich weiß, was das bedeutet.«

Die Schneider sah sie an. Aber Lynn fühlte sich nicht wirklich wahrgenommen von ihr, nicht so wie damals als kleines Mädchen. Sie hatte das Gefühl, dass die Schneider an ihr vorbeisah, durch sie hindurchsah, irgendetwas sah, das nichts mit ihr zu tun hatte.

»Glaub mir, du kannst dir nicht vorstellen, was ich mitgemacht habe«, fuhr die Schneider fort. »Es hat mich fast kaputtgemacht. Als ich nicht mehr wollte, hat sie mit Telefonterror angefangen. In einer Nacht, da hat sie fünfzig Mal angerufen – ich hab 'ne Strichliste geführt.«

Das war also das Leben gewesen, von dem Theresa nie erzählt hatte. Ein Leben, das sie nicht gelebt hatte. Lynn wurde flau. Sie schloss kurz die Augen.

»Ich musste mir eine Geheimnummer zulegen.«

»Sie hat nie mehr von dir gesprochen«, sagte Lynn.

Die Schneider lachte bitter auf. »Ich weiß.«

Sie schwiegen.

»Aber dass es so enden muss ...« Die Schneider schüttelte den Kopf. »Ich hätte ihr gewünscht, dass sie irgendwie ihren Frieden mit sich macht, irgendwie glücklich wird.«

»So kann man nicht glücklich werden«, sagte Lynn.

»Wahrscheinlich nicht.«

Margot Schneider drückte ihr Zigarillo aus und stand auf.

»Ich musste noch einmal herkommen«, sagte sie, »um dieses Kapitel abzuschließen. Ich lebe jetzt mit einer sehr netten Dame zusammen, weißt du, und ich will nur noch meinen Frieden.«

»Verstehe ich«, sagte Lynn.

Als sie später im Bett lag, konnte sie nicht einschlafen, weil sie Magenschmerzen hatte und die Bilder von Theresas Wohnung nicht aus ihren Gedanken bekam. Sie lag da und beobachtete den Schatten des Baumes, der vor ihrem Haus stand. Seine Äste sahen aus wie lange dürre Finger, die auf ihrer Wand herumfuchtelten. Sie stand auf und zog die Jalousie herunter.

Jetzt waren die Schatten weg, aber das mulmige Gefühl von Einsamkeit blieb. Sie hätte gern mit jemandem geredet. Mit jemandem, der verstand, warum sie wütend auf Theresa war. Wütend, weil sie so feige gewesen war und ihr Leben nicht gelebt hatte und weil sie ihr das Haus und ihren Tod aufgebürdet hatte. Sie wünschte, sie hätte die Schneider nicht getroffen. Das machte alles nur noch trister.

Auf Sascha war sie auch wütend, weil sie mal wieder nicht zurückrief.

»Hast du dich entschieden?«, begrüßte Arne Sascha, als sie am Montagmorgen den Laden betrat.

»Entschieden?« Sie zuckte zusammen bei dem Wort. »Wofür?«

»Ob du den Laden übernimmst.«

Sascha setzte sich auf einen der alten Kinositze, die an der Wand standen. Sie war müde.

»Bin ich noch nicht so richtig zu gekommen.«

»Bist wohl im Freizeitstress, was?« Arne lachte.

Sascha nickte. So konnte man es auch nennen.

»Hast du Zigaretten?«

Er reichte ihr seine Schachtel. Sie steckte sich gierig eine an. Am liebsten hätte sie sich gleich zwei genommen. Mist, dachte sie. Ihr Vorsatz hatte genau zwei Stunden gehalten. Sie inhalierte tief.

»Es ist nämlich so«, sagte Arne. »Ich will, dass du es machst. Auf jeden Fall! Aber es gibt noch einen zweiten Interessenten.«

»Verstehe.«

»In drei Monaten will ich hier weg sein. Deshalb muss ich das mit dem Laden jetzt in trockene Tücher bringen. Ich will, dass es vernünftig geregelt wird. Und noch mal: Ich will, dass du es machst.«

»In drei Monaten bist du schon weg?« Sascha sah ihn entgeistert an.

Er nickte.

»Drei Monate sind verdammt schnell rum«, sagte Sascha.

»Eben!«

Es traf sie ein wenig unvorbereitet. Arne wollte nach Australien auswandern. Sie begriff erst jetzt richtig, dass er komplett von der Bildfläche verschwinden würde und sie das Geschäft entweder alleine schmeißen oder sich einen neuen Job suchen müsste. Sie senkte den Blick und sagte nichts.

»Hey, weißt du noch damals, als du hier angefangen hast?«

Sascha nickte. Sie fragte sich, was mit ihr passiert wäre, wenn Arne sie nicht eingestellt hätte. Er hatte ehrenamtlich die Foto-AG für die Oberstufe der Gesamtschule geleitet, auf die sie ging. Er war der einzige Mensch, dem sie jemals ihre Bilder gezeigt hatte. Er wollte sie sehen, sprach sie jede Woche darauf an, wenn die AG zu Ende war.

»Von allen habe ich die Fotos gesehen, nur von dir nicht«, sagte er. »Wahrscheinlich hast du gar keine.«

Schließlich brachte sie sie mit. Als die anderen weg waren, zeigte sie ihm den Schuhkarton, den sie unter dem Bett aufbewahrte.

»Das ist der komplette Wahnsinn«, sagte Arne immer wieder und sah sich die Bilder lange an. »So was hab ich ja noch nie gesehen!«

Sascha starrte die ganze Zeit auf den Boden. Sie wollte nicht wissen, was er für ein Gesicht machte, als er ihre Mutter ansah, die in die Kamera schrie, und Kai vor dem Computer und Christina in neonfarbenen Sachen mit irgendeinem ihrer Typen knutschend auf dem Sofa. Darüber der Elch in Öl.

»Willst du bei mir arbeiten?«, fragte er schließlich, als er alle Bilder gesehen hatte.

Sie sah ihn verdutzt an.

»Ich bilde dich aus. Ich glaube, das lohnt sich.«

Sie fuhr mit der Hand über die Lehne des klebrigen Kinositzes. Das war inzwischen zehn Jahre her. Unglaublich, wie schnell zehn Jahre vergehen. Sie hob den Kopf. Arne sah sie an und wartete auf eine Antwort.

»Ich glaube, die Zeit ist reif. Du musst was Eigenes machen«, sagte er. »Verantwortung übernehmen. Der Laden ist langsam sowieso zu klein für zwei Exzentriker. Wenn ich dir genauso auf die Nerven geh wie du mir, dann ist es gut, wenn sich unsere Wege jetzt trennen.«

Sascha grinste schief.

»Als Erstes kommt der ganze Gilb hier raus.« Sie drückte ihre Zigarette aus. »Deine Kettenraucherei geht mir nämlich am meisten auf die Nerven!«

Arne blies ihr heiser lachend Qualm ins Gesicht.

»Wie du es machst, ist mir scheißegal. Mach es nur vernünftig.«

Sie nickte. »Werd mir Mühe geben.«

»Ich habe den Businessplan und den Kreditantrag geprüft.« Der Bankberater zeigte beim Lächeln zwei riesige Zahnreihen und legte eine Mappe auf den Tisch.

Er hatte eine zu helle Stimme, die nicht zu der Kerbe in seinem Kinn und zu seinen dichten Augenbrauen passte, fand Sascha. Dieser Bruch irritierte sie die ganze Zeit.

Er deutete auf die beiden Stühle vor seinem Schreibtisch. Arne und Sascha setzten sich.

»Zwei, drei Fragen wären noch offen, aber ich kann schon mal sagen, aus meiner Sicht ist Ihr Vorhaben realistisch geplant und vernünftig abgesichert.«

Er hieß Globick und riss die Augen die ganze Zeit zu weit auf. Als würde er sonst vielleicht etwas Wichtiges übersehen. Herr Globick öffnete die Mappe und blätterte darin herum. Für jedes neue Blatt befeuchtete er seinen Zeigefinger. Sascha sah ihm gebannt zu. Manchmal faszinierten Dinge sie umso mehr, je abstoßender sie sie fand. *Flapp* machte seine Zunge, wenn sie auf die Spitze seines dicklichen Zeigefingers traf, *flapp, flapp,* dann fuhr die Fingerspitze auf das Papier zu, kein Blatt entkam ihr.

Du bist gerade dabei, einen Riesenkredit zu beantragen, rief Sascha sich eindringlich ins Bewusstsein und straffte ihre Haltung. Sie hatte kaum geschlafen und konnte sich nicht konzentrieren. Seit Wochen schlief sie nachts schlecht, lief wie ferngesteuert durch den Tag, und nichts kam mehr richtig bei ihr an. Außerdem war immer nur Lynn in ihrem Kopf.

Sie sah aus dem Fenster. Die Hitze stand draußen. Es war viel zu warm für Ende April. Fast schon wie im Hochsommer. Es müsste mal ein richtiges Gewitter geben, dann könnte man auch wieder atmen. Wenn sie nur mal richtig schlafen könnte.

»Und wie sehen Sie das, Frau Langner?«

»Also ...« Sascha hatte die Frage nicht mitbekommen. ›Frau Langner‹ – das klang, als sei nicht sie gemeint. Vielleicht war Herr Globick von ihr genauso irritiert wie sie von ihm, überlegte sie. »Entschuldigung, ich hab Ihre Frage akustisch gerade nicht ganz verstanden ...«

»Ich hatte noch mal nachgefragt, welche Marktsegmente Sie anvisieren.«

»Welche Marktsegmente ...« Sascha berappelte sich. »Zum einen gibt es einen festen Kundenstamm im Rennsportbereich, dann die Messe- und Konzertfotografie, und in Zukunft sollen auch private Kunden wieder verstärkt angesprochen werden – das wurde in den letzten Jahren etwas vernachlässigt. Allerdings ist dafür eine komplette Modernisierung des Ladens nötig …« Die Worte strömten aus ihrem Mund, als hätte sie das alles schon hundertmal erzählt. Opern quatschen, hatte ihr Vater das immer genannt. »Labern, das kannst du«, hatte er immer abschätzig gesagt. Das war jetzt ihr Vorteil. Was sie sagte, schien Sinn zu ergeben. Herr Globick sah jedenfalls zufrieden aus und bewilligte am Ende den Kredit.

Nach einer Stunde traten sie aus den klimatisierten Räumen der Bank in die drückende Nachmittagsschwüle. Sie gingen in das Straßencafé am Theater. Sascha bestellte Kaffee und stürzte ihn hinunter, obwohl er viel zu heiß war. Sie begann zu schwitzen, und wacher machte er sie auch nicht. Sie überlegte, ob sie sich ein leichtes Schlafmittel besorgen sollte. Sie musste einfach mal wieder eine Nacht durchschlafen.

»Was ist los? Du machst nicht gerade den Eindruck einer glücklichen frischgebackenen Geschäftsinhaberin.«

»Doch, klar. Mach dir keine Gedanken.« Sie wischte sich die Stirn.

Arne gab ihr die Ladenschlüssel. »Mach was draus«, sagte er.

Sascha nickte. »Meldest du dich mal?«

»Sobald ich da drüben sesshaft geworden bin.«

Sie schwiegen.

»Woher nimmst du eigentlich den Mut?«, fragte Sascha nach einer Weile.

»Mut …«, sagte er nachdenklich. »Weißt du, Patrice kommt ja mit. Wenn sie dabei ist, bin ich überall zu Hause.«

Patrice war seine Frau; eine gealterte Blondine mit pinkfarbenem Lippenstift, einem Dekolleté, das einem Angst machen konnte, und einer sehr kräftigen Stimme. Er hatte sie in den Siebzigern bei seinen ersten Messeaufträgen kennengelernt. Sie war ein Motormagazin-Model gewesen.

»Mmhh.« Sascha sah einer Frau hinterher, die Ähnlichkeit mit Lynn hatte. »Das ist es, worum es eigentlich geht, oder?«

Arne nickte. »Schon möglich.«

Katja saß vor dem Fernseher, als Sascha nach Hause kam. Sie aß Kirscheis aus der Packung.

Christina saß neben ihr und heulte. Um sie herum lagen lauter gebrauchte Taschentücher. Marcel, Pascal und Chantal waren auch da. Marcel versuchte den Vorhang hochzuklettern, Pascal zog Tiffi am Schwanz, und Chantal saß so nah vorm Fernseher, dass einem die Augen weh taten.

»Micha hat mich sitzenlassen«, schluchzte Christina.

Sascha pflückte Marcel vom Vorhang, packte Pascals Arm, damit er Tiffis Schwanz losließ, und hob Chantal vom Boden auf, um sie aufs Sofa zu setzen.

Alle drei Kinder begannen zu schreien.

»Ich hab ihm gesagt, dass ich schwanger bin und hab ihm die Kinder vorgestellt«, brüllte Christina über den Lärm ihres Nachwuchses hinweg. »Und dann ist er abgehauen.« Sie brach wieder in Tränen aus, fummelte ein neues Taschentuch aus der Packung und schnäuzte sich ausgiebig.

Katja stellte den Fernseher lauter und tätschelte Christinas Arm, den Blick auf den Bildschirm geheftet.

Sascha sah ihre Schwester mit einer Mischung aus Abscheu und Mitleid an. Wenn Christina nach ihren Kindern rief, klang das wie in einer schlechten Comedy. Sie war ein Solarium-Junkie, und für ihre künstlichen Fingernägel gab sie ein Vermögen aus. Sascha würde nicht zögern, diese Schwester zu verleugnen, wenn es drauf ankam. Und trotzdem hatten sie eines gemeinsam, Christina und sie, die ungleichen Langner-Schwestern: Drauflosvögeln als gäbe es kein Morgen, das konnten sie beide. Wenn sie auch sonst nicht viel zustande brachten, das kriegten sie immer wieder hin. Wenn Sascha ganz ehrlich war, musste sie zugeben, keinen Deut besser zu sein als Christina. Es hatte nur nicht so sichtbare Konsequenzen.

»Was heißt, du hast ihm die Kinder vorgestellt?«, fragte sie.

»Ich hatte sie noch nicht erwähnt – bis dahin«, sagte Christina kleinlaut.

»Seit wann kanntest du ihn?«

»Seit einem Jahr.«

Sascha musste lachen. »Nichts für ungut, aber ich kann ihn verstehen.«

»Ich dachte, du verstehst was von Frauen!« Christina reckte herausfordernd ihr Kinn. Ihr Ton wurde schärfer.

Sascha schüttelte den Kopf. »Das täuscht.«

Sie ging in ihr Zimmer, um ihre Sportsachen zu packen. Sie musste schnell weg hier. Christina raubte ihr den letzten Nerv, wie immer.

»Danke für die tolle Unterstützung«, zickte Christina, als sie zurückkam.

»Sorry«, sagte Sascha. »Ich bin echt im Stress im Moment.«

Katja sah sie vorwurfsvoll an.

»Stress – du?!«, rief Christina. »Ohne Mann, ohne Kinder – wo bitte hast du Stress?«

»Ich hab heute den Laden übernommen und mir gerade einen Kredit von 30000 Euro aufgeladen. Das fühlt sich schon ein wenig stressig an, verstehst du?«

Sascha blieb im Türrahmen stehen und wollte Christina wie üblich noch ein paar Beleidigungen an den Kopf werfen – dass sie ein fleischgewordener Blondinenwitz sei und der größte Stressfaktor in ihrem Leben wohl ihre mangelnde Hirnmasse –, aber als sie Christina dort auf dem Sofa sitzen sah, frisch geschwängert, mit drei Kindern von mindestens zwei Vätern, ging ihre Wut plötzlich in resigniertes Mitgefühl über.

»Sag doch deinem nächsten Kerl einfach mal direkt beim ersten Treffen, dass du Kinder hast. Rück einfach gleich mit der Wahrheit raus. Und überdenk vielleicht mal dein Beuteschema – halt nach den netten Typen Ausschau, nach den Papis, den Good Guys – nur so als Tipp.«

»Meinst du?« Christina sah sie erstaunt an. In diesem Ton sprachen sie sonst nie miteinander.

Sascha zuckte die Schultern. »Weiß nicht. Jedenfalls ist doch wohl klar, dass jeder total den Horror kriegt, wenn du erst nach einem Jahr damit ankommst – *Ach ja, übrigens, das hier ist meine Brut.*«

»Ich krieg das mit der Wahrheit nicht immer so geregelt«, meinte Christina. »Da ist meist keine Zeit zu.«

Sascha sah sie an. »Tja«, sagte sie gedehnt. »Ich muss dann mal los.«

Im Laden klingelte das Telefon. Sascha stand vor der Tür und suchte mit einer Hand den Schlüssel. Sie versuchte, die drei Umzugskartons nicht fallenzulassen. Sie hätte die blöden Dinger erst hier zusammenfalten sollen, dachte sie. Sie schloss das Geschäft auf, warf die Kartons auf den Boden und lief zum Telefon. Es war die Firma, die die neue Treppe zum Fotostudio einbauen sollte. Das Geländer sei da, aber die Treppe komme erst in acht Wochen, erklärte ihr eine freundliche Dame, als seien das großartige Neuigkeiten.

Das fing ja gut an. Sascha klopfte nervös ihre Taschen nach Zigaretten ab.

»Und wie bitte sollen meine Kunden in den ersten Stock kommen? Am Geländer hochklettern?«

Sie fand keine Zigaretten. Sie hatte sich am Morgen keine gekauft. Nicht am Automaten und auch nicht am Kiosk. Es wurde immer besser.

»Das geht nicht!«, bellte sie und verstand in diesem Moment, warum sie sonst immer rauchte – um nicht ständig aus der Haut zu fahren. Es klopfte in ihrem Hals und in ihren Schläfen.

»Wenn die verdammte Treppe erst in zwei Monaten kommt, muss ich den Laden bis dahin zu lassen – und wissen Sie was?« Sie lachte. »Wenn ich erst in zwei Monaten aufmachen kann, bin ich jetzt schon so gut wie ruiniert!« Sie nickte Franko zu, der gerade hereinkam.

Die Treppe sei noch in Polen, erfuhr sie.

»Ich brauche keine Erklärung, wo die Treppe jetzt ist, warum sie da ist und bis wann sie da bleibt, verstehen Sie? Ich brauche eine Lösung!«

Sie drückte das Gespräch weg, ohne die Antwort der Dame am anderen Ende abzuwarten.

»Hast du Kippen?«

Franko warf ihr ein plattgesessenes Päckchen zu.

Sie schwang sich auf die Ladentheke und zog an der Zigarette wie eine Ertrinkende, aber das Klopfen ließ nicht so richtig nach. Kaffee, dachte sie und ging ins Labor. Sie goss mit zu viel Schwung eine Kanne Wasser in die Kaffeemaschine, so dass alles überspritzte, füllte Kaffeepulver in den Filter und stellte die Maschine an, ohne das Wasser wegzuwischen. Es zischte und dampfte, als die Platte heiß wurde.

»Alles in Ordnung?«, fragte Franko.

Sie winkte ab.

»Wo fangen wir an?«, wollte er wissen.

»Vorne muss alles leergeräumt werden. Kannst da schon mal anfangen. Kommt alles in den Container, bis auf die Bilder – die in die Kartons.«

Franko machte sich an die Arbeit.

Sie wartete, bis der Kaffee fertig war, und rief noch mal bei dem Treppenbauer an.

»Ich muss das Ganze stornieren«, sagte sie, und die freundliche Dame verband sie jetzt lieber mit dem Chef. Der versprach ihr wenigstens, in der nächsten Woche eine provisorische Treppe zu liefern.

Sascha begann die vergilbten Motorradbilder von den Wänden zu nehmen und in die Kartons zu packen. Am Nachmittag sollten die neuen Fenster kommen und der Container. Mal sehen, was sie noch erwartete. Fenster ohne Scheiben oder ein Container ohne Boden vielleicht.

Sie sah auf die Uhr. Peppels hatte versprochen, den Putz von der hinteren Wand abzuklopfen. Die Backsteinwand sollte freigelegt werden. Sie hätte eigentlich schon am Tag zuvor damit anfangen sollen, aber noch kein Krümel Putz war von der Wand runter. Und keine Peppels weit und breit.

Sascha überflog ihre To-do-Liste. Die anderen Wände mussten neu verputzt und gestrichen werden. Dann noch der Boden, und die Lieferung der Inneneinrichtung war für die Woche darauf geplant – alles aus Stahl und Glas. Es war also genug zu tun, und Peppels schlief wahrscheinlich noch den Schlaf der Gerechten. Wütend hackte Sascha ihre Nummer ins Telefon.

»Es ist halb zehn!«

»Jawohl, Sir! Halb zehn, Sir! Melde gehorsamst – Dienstantritt verpennt, Sir!«, brüllte Peppels in den Hörer und lachte.

»Ich weiß nicht, was du so lustig findest – ich steh mächtig unter Zeitdruck.«

»Jaja, ich weiß, du stehst immer irgendwie unter Druck. Übst du schon mal Chef spielen? Du musst mal den Druck rausnehmen aus deinem Leben, vielleicht als Erstes aus deinem Privatleben, dann bist du auch entspannter.«

Genau das brauchte sie jetzt, gute Ratschläge von jemandem, der noch im Bett lag.

»Danke«, sagte Sascha. »Wann kann ich mit dir rechnen?«

»Ist der schmierige kleine Koch auch da?«

»Natürlich nicht. Nur du und ich, Süße.«

Auf Franko war wenigstens Verlass. So sehr er auch nerven konnte – wenn man ihn brauchte, war er da. Außerdem war er Verwandtschaft.

Peppels versprach, so schnell wie möglich zu kommen. Was immer das bei ihr hieß.

»Lass uns schon mal mit der Wand anfangen.« Sie trugen die restlichen Möbel vor die Tür, und Sascha gab Franko einen Mundschutz.

Franko setzte den Meißel an und ließ ihn wieder sinken.

»Was ist eigentlich mit dieser Lynn? Hast du mit der was am Laufen?« Er sah sie neugierig an.

Sascha tat, als hätte sie die Frage nicht gehört. Sie hatte keine Lust, mit Franko ihr Liebesleben zu diskutieren. Sie klopfte fester gegen die Wand, aber der Putz löste sich nur widerwillig.

»Hast du also«, stellte Franko fest.

»Wie kommst du denn darauf?«

»Sonst hättest du was gesagt. Wahrscheinlich hättest du

mir ein Tausendundeine-Nacht-Märchen auf die Nase gebunden.« Er lachte.

»Sicher nicht. So tief bin ich noch nicht gesunken. So was machst nur du.«

Aber er schien sie besser zu kennen, als ihr lieb war. Sie hämmerte schweigend weiter gegen den Putz und hoffte, dass das Thema beendet wäre.

»Wieso schleppst du eigentlich immer so heiße –«

»Franko, bitte erspar mir das! Mach einfach weiter. Ich hab dich zum Arbeiten herbestellt, nicht zum Kaffeeklatsch.«

»Ist aber doch wahr, dabei bist du nicht mal ein Mann.«

»Wenn ich einer wäre, wäre ich wahrscheinlich nicht bei ihr gelandet, aber davon verstehst du nichts.«

»Wieso passiert mir das nicht? Warum bin ich chronisch untervögelt?«

»Weil du zu unentspannt bist, ganz einfach. Du sagst: ›Hi, ich bin Franko‹, aber du meinst: ›Wannfickenwirendlich, wannfickenwirendlich?‹ Und dann rennen die Mädels halt schreiend weg.«

»Quatsch. So mach ich das gar nicht.«

»Hab ich doch schon hundertmal beobachtet. Erst ist die Welt in Ordnung, alles ist gut, und dann kommst du mit deinem Spruch ›Ich koch was für dich‹, und schon ist das Kind in den Brunnen gefallen.«

»Und darf man erfahren, wie du vorgehst?«

Sascha ließ das Werkzeug fallen, rutschte an der Wand hinunter und zündete sich eine von Frankos Zigaretten an.

»Gar nicht. Ich hatte es wirklich nicht drauf angelegt. Ich wollte das eigentlich nicht. Ist mir irgendwie passiert, ich weiß auch nicht wie. Plötzlich war sie da, und ich wusste, dass sie will. Ich steck ganz schön in der Scheiße, das kannst du mir glauben.«

Sie sah dem Kringel hinterher, den sie in die Luft geblasen hatte – wie er langsam immer größer wurde und sich schließlich auflöste.

»Schöne Sorgen hast du. Die hätte ich auch gerne.«

Sascha verdrehte die Augen. Ein intelligenter Gesprächspartner würde mal richtig guttun, dachte sie.

»Das bleibt unter uns, Franko, verstanden?«

»Klar. Mach dir keinen Stress.«

Sascha stand auf und trat ihre Kippe aus. Jetzt war es ausgesprochen. Franko war nun ihr Zeuge. Er kannte die Wahrheit. Ob er sie verstand oder ob sie ihn überhaupt interessierte, spielte keine Rolle.

Als Lynn einige Wochen später abends von der Arbeit nach Hause kam, saß Sascha im Hausflur auf der Treppe.

Lynn ließ vor Überraschung ihren Schlüssel fallen.

»Ich warte schon seit zwanzig Minuten!«, sagte Sascha zur Begrüßung.

»Und ich seit Wochen!«

»Das solltest du nicht.« Sascha hob ihren Schlüssel auf. »Spätestens nach zwei Stunden muss man damit aufhören.«

»Wenn du das so beeinflussen kannst …«

»Klar kann ich.«

Saschas leichtfertiges Lachen verwirrte sie.

»Geh mal zur Seite«, sagte Sascha. »Da will jemand durch.«

Lynn drehte sich um. Es war die Kobisch aus dem zweiten Stock, der das Treppensteigen Mühe machte. O nein, dachte Lynn. Frau Kobisch wollte sich immer mit ihr unterhalten und ihr ausführlich von den Krankheiten erzählen, die sie plagten. Doch heute grüßte sie nur knapp mit einem reservierten Lächeln und nahm die Stufen so schnell, dass

Lynn sich fragte, ob sie sonst nur so tat, als sei sie alt und gebrechlich.

Auf dem oberen Treppenabsatz sah die Kobisch sich noch einmal um.

»Na, sehen Sie alles?«, fragte Sascha und nahm Lynn die Einkaufstüten ab.

Lynn grinste. Sascha sprach einfach aus, was sie sich kaum zu denken traute.

Die Kobisch starrte Sascha weiter an.

»Da staunen Sie, was?« Sascha zwinkerte der Kobisch zu, deren Augen sich entrüstet weiteten.

Lynn begann zu kichern.

»Frau Kobisch«, versuchte sie ernst zu sagen, aber es ging nicht, ihre Stimme zitterte, weil sie lachen musste. »Es ist alles in Ordnung. Gehen Sie ruhig!«

Sie winkte der Kobisch zu und kniff Sascha in den Hintern.

»Ey!«, rief Sascha. »Lass das.«

Die Kobisch schüttelte den Kopf und stieg schnaufend weiter die Treppe hoch.

Lynn schloss die Wohnungstür auf. »Bei der brauche ich wohl nie wieder Blumen gießen!«, rief sie fröhlich und fühlte sich irgendwie erleichtert.

»Du kennst die näher?«, fragte Sascha.

»Ich gieße ihre Blumen und füttere ihre Katze, wenn sie mal wegfährt.«

»Komische Leute kennst du«, meinte Sascha. »Wenn ich das gewusst hätte, hätte ich natürlich den Mund gehalten.«

Lynn winkte ab. »Ich hab das alles sowieso so dermaßen satt!«

Sascha stellte die Taschen auf den Küchentisch.

»Was hast du satt?«

»Mich selbst und wie ich immer bin, so nett und umgänglich, diesen ganzen netten Mädchenkram.«

»Ist doch okay«, sagte Sascha. »Ich weiß nicht, was es daran auszusetzen gibt.«

Sie inspizierte Lynns Einkaufstüten. »Hast du was zu essen gekauft?«

»Hähnchen und Salat.«

»Au ja!«

Lynn nahm die Hähnchenschenkel aus der Packung, wusch sie ab und rieb sie mit Senf und Salz ein.

»Wenn es dazu führt, dass dein Leben in die falsche Spur gerät, dann ist da eine Menge dran auszusetzen«, sagte sie.

»Aber du willst dir doch nicht etwa die Haare abschneiden, oder?« Sascha sah ihr zu, wie sie das Geflügel ins brutzelnde Öl legte. Der Geruch von Gebratenem verbreitete sich in der Küche.

»Wieso sollte ich mir die Haare abschneiden?«

»Hast du doch gerade gesagt, dass dich das nervt.«

»Meine Haare?«

Sascha nickte.

»Nein, Quatsch. Das hat doch damit nichts zu tun. Ich meine mehr die Art, wie ich immer alle über mich drüberlatschen lasse und es jedem recht mache.«

»Mmhh, lecker!« Sascha sah über ihre Schulter in die Bratpfanne. »Einfach damit aufhören, würde ich empfehlen.«

»Gute Idee«, sagte Lynn, »du alter Seelenklempner!«

»Man tut, was man kann!«

Nach dem Essen fuhren sie zum Baggersee. Es war fast dunkel, als sie ankamen. Nur noch ein blauer Lichtstreifen zog sich den Horizont entlang. Das Wasser schwappte leise ans Ufer. Im Sommer war es voll hier. Lynn kam selten her, zu viel Betrieb und zu viel Geschrei, aber jetzt war es still. Der Abend roch nach Frühling. Sie setzten sich ins Gras und sahen zu, wie auch der blaue Lichtstreifen langsam verschwand.

»Wieso hast du dich so lange nicht gemeldet?«

»War viel zu tun.«

»Im Geschäft?«

Sascha nickte.

»Aber du hast ein paar Mal nicht zurückgerufen.«

Sascha zündete sich eine Zigarette an und warf kleine Steine flach über den See. Sie sprangen über die Wasseroberfläche, als hätten sie kein Gewicht.

»Sei doch einfach mal im Hier und Jetzt! Jetzt bin ich hier und hab keine Lust, alles zu vermasseln, indem ich darüber diskutiere, warum ich gestern oder vorgestern dieses oder jenes getan oder gelassen habe.«

Lynn wunderte sich über Saschas gereizten Ton. »Ist ja schon gut. Ich war nur etwas enttäuscht.«

Sascha schwieg. Sie stand auf und ging zu einem alten Ruderboot, das ein paar Meter entfernt am Ufer lag.

»Komm!«, rief sie.

Lynn blieb am Ufer sitzen. »Das hat bestimmt ein Leck.«

»Herrgott, bist du kompliziert! Steig einfach ein. Das hat kein Leck, da bin ich vor kurzem noch mit gefahren! Vertraust du mir nicht?«

Lynn zögerte einen Moment, dann folgte sie Sascha und kletterte vorsichtig in das Boot. Es schwankte, als sie sich auf eine der Holzbänke setzte, und roch nach Teich und nassem Holz. Sascha ruderte bis zur Mitte des Sees.

»Wenn wir hier ins Wasser fallen, holen wir uns den Tod«, sagte Lynn.

»Wieso sollten wir denn hier ins Wasser fallen?«, fragte

Sascha. »Guck dich doch mal um! Alles still. Die Welt ist in Ordnung. Du fällst nicht ins Wasser.«

Lynn sah sich um. Vielleicht hatte Sascha recht. Vielleicht war die Welt wirklich in Ordnung. Das Boot lag ruhig zwischen dem tiefschwarzen See und dem Nachthimmel, aus dem die ersten Sterne fielen, um auf der Wasseroberfläche zu schwimmen.

»Das«, sagte Sascha, »wäre ein perfektes Bild!«

»Das findest du perfekt?«

Sascha nickte.

»Also nicht nur fliegende Crossräder?«

Sascha lächelte. »Nein. Das mehr beruflich.«

Später goss der Mond sein bleiches Licht durchs Fenster auf Lynns Bett und schuf eine Welt voller harter Kontraste. Sascha beobachtete sie lächelnd. Lynn versuchte, ruhiger zu atmen – ihre Gier war ihr peinlich. Die Nähe fühlte sich unwirklich an, ein Rest Fremdheit blieb, überbrückt von ihren Körpern und erhitzter Haut, das Fenster beschlug, und der Mond verschwamm langsam dahinter.

Danach lag sie in Saschas Arm und spürte ihr Herz klopfen. Die Fremdheit war für einen kurzen Moment fast verschwunden, und Lynn beugte sich über Sascha und sah sie an. Sie hatte ein paar Sommersprossen, die ihr nie zuvor aufgefallen waren. Sascha zog lächelnd an ihren Haaren.

Lynn beugte sich über den Rand der Badewanne und angelte nach ihrem Handy. Sie bekam es zu fassen, bevor das Klingeln aufgehört hatte. Es war Sascha. Lynn ließ sich zufrieden ins warme Wasser zurückgleiten, der Badeschaum knisterte leise und roch nach Erdbeerkaugummi. Sie hatte viel zu viel genommen und versank in einem Schaumberg.

»Hi, Prinzessin«, sagte Sascha. »Stör ich?«

»Auf keinen Fall. Du störst nie.«

»Das wollte ich hören! Was treibst du denn so?«

»Ich bade.«

»Ganz nackt?«

»Nein, mein Badeanzug geht von den Ohren bis zu den Knöcheln.«

Sascha lachte. »Pass auf, dass dir dein Telefon nicht ins Wasser fällt und ertrinkt.«

»Ja, Papa. Warum rufst du an? So ganz von dir aus?«

»Mir ist langweilig.«

»Ah!«

»Ich muss mir hier noch 'ne halbe Stunde bis Feierabend um die Ohren schlagen.«

»Und da hast du dir gedacht, ich hör mal, was Lynn so treibt und ob ich ihr Handy vor dem Ertrinken retten muss?«

»Genau.« Sascha lachte, und Lynn hörte, wie sie sich eine Zigarette anzündete.

»Ich übersetze deine Grobheiten einfach mal«, sagte Lynn. »Eigentlich möchtest du wissen, wie es mir geht und ob ich in den Mai tanzen gehe. Du kannst es bloß nicht sagen.«

»Mmhh ... Und tanzt du in den Mai?«

»Bis jetzt noch nicht. Du?«

»Ich muss Familienfotos machen von der Maifeier meiner Verwandtschaft. Maibaumaufstellen bei meiner Hippietante in der Eifel.« Sascha seufzte.

»Das klingt doch nicht schlecht.«

»Ich hab das vor hundert Jahren mal versprochen, und jetzt hatte ich keine Ausrede mehr.«

Lynn hörte, wie die Ladentür ging.

»Bleibst du mal kurz dran?«, sagte Sascha. »Aber lass dein Telefon nicht ins Wasser fallen!«

Lynn stöhnte entnervt auf.

Nach ein paar Minuten kam Sascha zurück.

»Eigentlich könntest du mich begleiten, wenn du Lust hast. Dann ist es nicht ganz so öde. Die leben auf einem Gehöft mitten im Wald, wie so Aussteiger mehr oder weniger, und machen jedes Jahr ihre traditionelle Maifeier mit Spanferkel, allen möglichen Leuten und jeder Menge Alkohol und Drogen. Wir könnten da übernachten. Ist ganz idyllisch eigentlich.«

»Drogen?«

»Nein, nicht wirklich oder jedenfalls keine harten Drogen. Das hab ich nur gesagt, damit du eine ungefähre Vorstellung kriegst und nicht im Konfirmationskleid aufläufst, weil du meinst, wir machen einen offiziellen Familienbesuch.«

»Okay – das klingt spannend.«

»Ich hol dich in zwei Stunden ab, ja?«

Die Autobahn fraß sich durch die Landschaft. Sie fuhren die ganze Zeit auf der linken Spur.

»Muss das sein?«, fragte Lynn.

»Das ist ein GTI!«

»Und der kann nur links fahren?«

Anstatt zu antworten, legte Sascha ihre Hand auf Lynns Oberschenkel. Lynn atmete tief durch und sah aus dem Fenster.

»Ich muss das nicht haben, diese Raserei«, sagte sie.

Sascha zog ihre Hand wieder weg, ging vom Gas und wechselte die Spur.

»Oder schaffen wir es sonst nicht pünktlich?«

»Das ist egal. Die Uhren gehen da sowieso anders.«

Sie fuhren schweigend, Felder zogen vorbei, Lärmschutzmauern und Waldränder. Sascha blieb rechts.

»Ich hab als Kind eine Zeitlang da gelebt, bei meiner Tante, als es zu Hause ein bisschen stressig war, weil meine Mutter nicht mehr aufgestanden ist«, sagte sie nach einer Weile.

»Warum ist sie nicht mehr aufgestanden?«

»Keine Ahnung. Wahrscheinlich war sie depressiv, aber so was kennt man in meiner Familie ja nicht. Dann legt man sich halt ins Bett und gibt keine Antwort mehr. Oder man gießt sich ordentlich einen hinter die Binde.« Sie lachte.

Lynn fand es merkwürdig, darüber zu lachen. »Wie alt warst du da?«

»Weiß ich nicht mehr genau. War irgendwann in den Sommerferien – ich muss so vierzehn, fünfzehn gewesen sein.«

»Und wie bist du damit klargekommen?«

»Wie soll man damit schon klarkommen?«

»Ich hab nicht gefragt, wie *man* damit klarkommt, sondern wie *du* damit klargekommen bist.«

Sascha sah sie verwundert an, als hätte sie noch nie darüber nachgedacht. Sie zuckte die Schultern, wechselte die Spur und fuhr wieder schneller.

»Weiß nicht«, sagte sie und machte das Radio an. Sie drehte voll auf und zeigte auf die in den Autotüren eingebauten Boxen.

Lynn begann zu lachen. »Das ist ja superprollig!«, schrie sie gegen den Lärm an.

»Ich weiß.« Saschas Augen leuchteten. »Aber supergeil, oder? Im Kofferraum ist noch ein Subwoofer und unter den Sitzen!«

Der Sound war ohrenbetäubend. Lynn spürte die Bässe im Magen. Doch es fühlte sich irgendwie gut an. Sie lehnte sich zurück und schloss die Augen. Aber da machte Sascha die Musik schon wieder leiser und begann Lynn die Vor- und Nachteile unterschiedlicher Mehrkanalsysteme zu erläutern. Lynn nickte irritiert. Sie meint das ernst, dachte sie staunend, sie meint das wirklich ernst.

»Ich glaube, die Ausfahrt hättest du nehmen müssen«, sagte sie gähnend, als Sascha bei Wattstärken, Komponentenlautsprechern und Fiberglasmembranen angelangt war.

»Jedenfalls sind die Anlagen von Pioneer meiner Ansicht nach am besten, weil ...«

»Was du nicht sagst«, fiel Lynn ihr ins Wort.

Sascha sah sie überrascht an. Dann grinste sie und schwieg.

Über Kilometer kam keine Ausfahrt mehr.

»Lass uns erst mal einen Kaffee trinken«, sagte Sascha schließlich und fuhr an der nächsten Raststätte ab.

Das Lokal war fast leer. An einem Stehtisch standen einige LKW-Fahrer.

Lynn setzte sich an einen Tisch in einiger Entfernung. Sascha holte Kaffee. Lynn schloss die Augen und hielt kurz die Luft an, versuchte, den Moment festzuhalten, ihn sich einzuprägen, um sich später daran erinnern zu können.

Wenn Sascha da war, war alles perfekt. Egal, was sie sagte und tat. Es fühlte sich gut an, sie anzusehen, mit ihr unterwegs zu sein. Lynn wäre gerne einfach immer weitergefahren in die Dunkelheit, hätte gerne mit Sascha in kleinen Hotels übernachtet und am Strand, wäre gerne mit ihr durch fremde Städte spaziert, um nach Tagen unter gleißender Sonne in Straßencafés zu sitzen und aufs Meer zu schauen.

»Ich wusste nicht, ob du Milch nimmst«, sagte Sascha und stellte ein Tablett mit zwei Kaffeetassen auf den Tisch. Als Lynn nickte, ging sie zurück zum Automaten, um noch Milch zu holen.

»Danke.« Lynn nahm lächelnd die Tasse. »Jetzt kommen wir aber richtig zu spät.«

Sascha winkte ab. »Das macht nichts.«

Lynn sah sie an und fragte sich, ob Sascha sich in ihrer Nähe auch so wohlfühlte. Ob sie auch von gemeinsamen Nächten in Hotelzimmern und am Strand träumte und ob sie auch nicht genug kriegen konnte von Lynn. Aber Sascha wirkte angespannt und schien jede Bewegung im Raum wahrzunehmen.

Einer der LKW-Fahrer stand auf und verschwand in der Herrentoilette.

»Irgendwie ungemütlich hier«, sagte Sascha.

»Mit dir gefällt es mir überall«, sagte Lynn. Aber Sascha reagierte nicht.

Der Fahrer kam von den Toiletten zurück. Er blieb kurz stehen und sah sich um. Dann kam er auf ihren Tisch zu, anstatt zu seinen Kollegen zurückzugehen.

»Der hat sich bestimmt nicht die Hände gewaschen«, kicherte Lynn.

Sascha antwortete nicht.

Er setzte sich unaufgefordert und grinste sie beide an. »Na, Mädels?« Er kramte eine zerdrückte Zigarettenschachtel aus der Brusttasche seines karierten Hemdes, nahm eine filterlose Zigarette heraus und hielt ihnen die Schachtel hin.

»Nein, danke«, sagte Lynn.

Sascha sah ihn ausdruckslos an und schwieg.

Er zündete seine Zigarette an. »Wenn ich du wäre«, sagte er zu Sascha, nahm einen tiefen Zug und blies den Qualm wieder aus, bevor er weitersprach, »hätte ich nicht so eine Scheißlaune.«

»Soso.« Sascha verschränkte die Arme vor der Brust.

»Deine Kleine«, hustete er, »hat nämlich einen unverschämt knackigen Arsch!«

Saschas Augen weiteten sich ein wenig, als könne sie nicht

glauben, was sie da gerade gehört hatte. Lynn wollte aufstehen und gehen, aber Sascha hielt sie am Arm zurück.

Der LKW-Fahrer grinste. »Da würd ich auch gerne mal ran.«

»Hm, ist klar, davon träumst du.« Sascha lächelte böse, zündete sich eine Zigarette an und musterte ihn. »Aber weißt du was? Ich hätte ’n Supertipp für dich!«

Lynn rauschte das Blut in den Ohren. Sie wünschte, Sascha würde einfach den Mund halten.

»Bin ganz Ohr«, sagte er.

»Die Nutten am Parkplatz sind Profis. Die würden sogar dich ranlassen.«

Er drückte grinsend seine Zigarette aus. Dann stand er langsam auf und stützte sich mit beiden Händen auf die Tischplatte. Er sah Sascha durchdringend an. »Ich hätte auch noch ’n Tipp für dich, Bürschchen: Du hast ’ne ziemlich freche Fresse. An deiner Stelle würd ich den Mund nicht so voll nehmen. Kannst froh sein, dass ich so nett bin, sonst gäb’s jetzt was aufs Maul.«

Er nickte ihr zu und ging zurück an seinen Tisch, wo seine Kollegen ihn unter lautem Gelächter empfingen.

Sascha sah ihm hinterher und nagte angespannt an ihrer Unterlippe.

»Lass uns abhauen«, sagte sie. Dann stand sie auf und ging hinter Lynn her an den LKW-Fahrern vorbei.

»Schönen Abend noch, die Damen.« Der Fahrer mit dem karierten Hemd grinste schmierig, die anderen lachten.

Sascha hielt Lynn die Tür auf.

»Da kommst du nicht drüber weg, was?«, rief sie ihm zu.

»Musst du solche Sprüche klopfen?«, fragte Lynn, als sie wieder im Auto saßen. »Hättest du ihn nicht einfach ignorieren können? Ich hab mich noch nie so widerlich gefühlt. Musst du dich mit so einem Assi rumstreiten?«

Sascha fuhr vom Parkplatz und fädelte sich auf der rechten Spur ein, wechselte dann auf die linke und gab Gas, bis der Tacho hundertneunzig zeigte.

»Jetzt bin *ich* also schuld? Komm mir jetzt bloß nicht so!«

»Fahr langsamer, das ist ja der blanke Horror!«

Sascha fuhr langsamer und wechselte wieder auf die rechte Spur, allerdings nur, um den Wagen neben ihr rechts zu überholen.

»Sascha, wie fährst du denn!?« Lynns Stimme überschlug sich.

»Hör zu«, sagte Sascha scharf. »Ich wette, du erlebst so was zum ersten Mal.« Sie ging etwas vom Gas. »Ich aber nicht! Und aller Wahrscheinlichkeit nach auch nicht zum letzten Mal. Also lass es mich so regeln, wie ich weiß, dass es einigermaßen funktioniert. Und halt dich raus aus Sachen, die du nicht kapierst.«

Am liebsten wäre Lynn aus dem fahrenden Auto gesprungen vor Wut. So hatte noch nie jemand mit ihr gesprochen. Sie sagte nichts mehr und sah beleidigt aus dem Fenster. Wartete darauf, dass Sascha sich entschuldigte. Aber die schwieg eisig.

Kurz darauf fuhren sie von der Autobahn ab auf eine Landstraße, die zwischen Feldern entlangführte und durch Dörfer, und irgendwann bog Sascha in einen schmalen Waldweg ein. Sie redeten die ganze Zeit nicht mehr miteinander.

Die Party hatte längst begonnen, als sie auf dem Schotterplatz vor einem alten Fachwerkhaus parkten. Sascha stieg aus und warf die Autotür ein wenig zu fest hinter sich zu. Dann marschierte sie los, ohne sich nach Lynn umzusehen.

Lynn folgte ihr. Das wird ja immer besser!, dachte sie wütend.

Das Haus lag in einem weitläufigen verwilderten Garten mitten im Wald. Eine Gruppe Männer und Frauen richtete unter lautem Geschrei einen Maibaum auf. Kreischende Kinder rannten herum und spielten Fangen, die erwachsenen Gäste standen in Grüppchen zusammen oder saßen auf Holzbänken und Plastikstühlen. Es war ziemlich voll, Stimmengewirr und Musik lagen über dem Anwesen. Ein Mann mit Glatze, Spitzbart und tätowierten Armen drehte ein Spanferkel über einem offenen Feuer. Sascha schien ihn zu kennen; sie begrüßten sich kurz.

Eine Frau mit schwarzen Locken fiel Sascha lachend um den Hals und kniff sie in die Wangen. Dann fasste sie ihren Arm und zog sie mit sich fort in die Menge. Lynn sah ihr nach. Was war hier los? Wie konnte Sascha sie einfach so stehenlassen?

Aus einem buntgestrichenen Bauwagen am Rand des Grundstücks kam Musik. Betrunkene Teenager saßen davor und grölten Stücke von Nirvana mit. Lynn ging langsam auf das Haus zu. Auf der Terrasse war ein Buffet aufgebaut. Es gab Salate, Käse, Baguette und Süßspeisen. In der Mitte ein Aquarium mit einer grünen Maibowle. Lynn hatte zwar keinen Hunger, aber sie nahm sich einen Teller Kartoffelsalat, um fürs Erste wenigstens beschäftigt zu sein.

»Hey, Schönheit!«

Sie drehte sich um und sah in Frankos lachendes Gesicht.

»Du hier und nicht in Hollywood?«

Sie freute sich beinahe, ihn zu sehen. Er kam ihr fast vertraut vor, wie er sie so freundlich ansah.

»Da brauchen sie mich heute nicht.« Sie setzte sich auf eine Holzbank und klopfte auf den Platz neben sich.

»Wieso treffe ich dich denn immer alleine? Hat Sascha dich wieder versetzt?«

»Sieht ganz so aus.«

»Die muss echt einen an der Waffel haben!« Er schüttelte den Kopf. »Aber Glück für mich! Was willst du trinken – Bowle?«

Lynn nickte. Er brachte ihr ein Glas grüne Maibowle. Der Umwidmung des Aquariums zum Bowlegefäß traute sie nicht so recht. Sie nippte vorsichtig an ihrem Glas. Es roch ein ganz klein wenig nach Fischfutter. Aber vielleicht war es auch nur Einbildung.

Franko redete irgendwas, Lynn hörte nur mit halbem Ohr hin. Aber es war immer noch besser, mit ihm da zu sitzen als allein. Sie kam sich verloren vor wie ein Teenager auf der falschen Party, war wieder die Lynn mit der dicken Brille, die nach Hause wollte, wenn die anderen anfingen zu trinken, rumzumachen und Spaß zu haben. Die komische Lynn, die lieber Tee trank als Bier und die Party damit verbrachte, sich in einer Ecke rumzudrücken und auf die Uhr zu schauen. Sie kippte die Bowle hinunter, damit dieses blöde Gefühl wegging.

»Da hinten ist die bekloppte Peppels.« Franko stieß sie mit dem Ellenbogen in die Seite und zeigte auf eine korpulente Frau in schwarzem Sweatshirt, verwaschenen Armeehosen und mit nachlässig im Nacken zusammengebundenen Haaren.

Lynn wurde für einen kurzen Moment ganz steif. Es war die Frau, die im November zur Wohnungsbesichtigung bei ihr gewesen war und ihr gesagt hatte, sie sei nicht gut für Sascha.

Sie fischte sich gerade ein Bier aus einem aufblasbaren Planschbecken, in dem die Getränke gekühlt wurden. Dann öffnete sie die Flasche mit einem Feuerzeug, setzte sich und ließ eine riesige weiß-braun gefleckte Bulldogge, die sich neben sie gesetzt hatte, von ihrer Bratwurst abbeißen.

Lynn schüttelte sich angeekelt.

»Die hat voll den Schlag schräg. Der würde ich aus dem Weg gehen – die ist echt nicht ganz dicht.«

»Wer ist das?«, fragte Lynn.

»Saschas Schatten. Die hängen seit dem Abi zusammen rum. Furchtbar, die Frau, ich kann die nicht ab. Die geht total schnell hoch, mit der darf man sich nicht anlegen. Beleidigte Leberwurst ist ihr Zweitname.«

Peppels kam jetzt direkt auf sie zu. Die Bulldogge folgte ihr, auf den Rest Bratwurst starrend, den Peppels in der Hand hielt.

»Schnapp, Elvis!«, rief sie und warf den Wurstrest in die Luft. Elvis öffnete den Fang, und die Wurst war weg.

»Guck an, der schmierige kleine Koch«, sagte sie und blieb vor Franko stehen.

»Wenn ich gewusst hätte, dass *du* hier bist, wär ich zu Hause geblieben«, antwortete Franko.

Peppels lachte. Dann sah sie Lynn an, und ihr Lachen erlosch.

»Was für ein Zufall«, sagte Lynn.

Peppels sagte nichts.

»Was machst du überhaupt hier?«, fragte Franko. »Hatte dir das Arbeitsamt nicht gerade erst 'nen Job in Süddeutschland aufs Auge gedrückt?«

Peppels hustete und hob ihre rechte Hand. Die war bandagiert. »Sehnenzerrung. Da konnte ich direkt wieder fahren.«

Franko schüttelte den Kopf. »So was meine ich«, sagte er zu Lynn. »Die ist total krass drauf, die Frau.«

Peppels zuckte unbeeindruckt die Schultern und setzte ihr Bier an. Dann nickte sie in Lynns Richtung.

»Wer ist das? Deine neueste Eroberung?«

Lynn fragte sich, was das jetzt sollte. Als wenn Peppels sich nicht an ihr Treffen erinnerte.

»Schön wär's«, meinte Franko.

»Du kannst mich auch selbst fragen. Wir kennen uns ja gewissermaßen schon – nur keine Hemmungen. Ich kann sprechen«, sagte Lynn.

Peppels sah sie mit hochgezogenen Augenbrauen an.

Was für eine unangenehme Person, dachte Lynn.

»Wir sehen uns sicher später noch mal«, sagte sie zu Franko, stand auf und machte sich auf die Suche nach Sascha.

Sie fand Sascha am Feuer. Lynn setzte sich neben sie. Sie schauten schweigend in die Flammen.

»Dumm gelaufen«, sagte Sascha nach einer Weile.

Lynn nickte.

»Was hätte ich deiner Meinung nach machen sollen?«, fragte Sascha.

»Einfach den Mund halten.«

Sascha lachte auf und warf wütend ihre Kippe ins Feuer. »Einfach den Mund halten, wenn so 'n Penner so über dich spricht?«

»Was wäre denn so schlimm daran?«

Sascha sah sie kopfschüttelnd an und gab keine Antwort.

»Ich kann mich selber wehren«, sagte Lynn.

»Was hättest du denn gesagt? Bitte, mein Herr, seien sie doch nicht so unflätig? Und das hätte er dann auch gleich eingesehen, meinst du?«

Lynn stocherte mit einem Stock in den verkohlten Holzstücken herum.

»Das kannst du nicht von mir erwarten, dass ich danebensitze, als hätte ich damit nichts zu tun. Irgendwann erkennst du dich nämlich selbst nicht mehr, wenn du zu allem immer nur die Klappe hältst«, fuhr Sascha fort.

Lynn sah den Funken zu, die aus dem Feuer aufstiegen. Theresa fiel ihr ein. Theresa hatte immer geschwiegen. Zu allem.

»Vielleicht hast du recht«, sagte sie leise.

»Lass das *Vielleicht* doch einfach weg.«

Sie sahen sich an und grinsten schief.

Später verließen sie den Garten und bogen auf einem schmalen Waldweg vom Grundstück ab. Sascha ging vor. Der Pfad war zu schmal, um nebeneinander zu laufen – morastig und von dichten nassen Gräsern gesäumt. Er führte an einem Bach entlang, dessen gleichmäßiges Plätschern unwirklich klang. Dazu quakte es von Zeit zu Zeit irgendwo. Lynn hatte Angst, auf einen Frosch zu treten.

»Wo willst du hin?«

»Wirst du gleich sehen. Ist nicht weit.«

»Du kennst den Weg?«

»Ja.«

Es roch nach feuchter Erde. Lynn folgte Saschas Silhouette. Achtete darauf, den Abstand zwischen ihnen nicht zu groß werden zu lassen.

»Was willst du mir denn zeigen?«

»Eine alte Kate, wo ich als Kind manchmal war.«

Eine Zeitlang hörte Lynn nur die Grillen und das Plätschern des Baches.

Dann blieb Sascha stehen und zeigte geradeaus. »Da!«

In einiger Entfernung erhob sich im Zwielicht der Umriss eines Gebäudes. Sascha ging schneller. Der Weg führte zu einer Waldwiese, an deren Rand die alte Kate stand. Sie blieb vor der Tür stehen und wartete auf Lynn.

»Die steht leer, schon ewig. Hier bin ich als Kind manchmal hergekommen.« Sie strich mit der Hand über das alte Mauerwerk. »Auf der Türstufe hab ich dann stundenlang in der Sonne gesessen.« Ihre Stimme klang gedämpft.

»Immer wenn ich hier war, hatte ich das Gefühl, dass alles irgendwie in Ordnung kommen würde.«

Sie griff durch die zerbrochene Türscheibe und drückte von innen die Klinke herunter. Die Tür öffnete sich quietschend.

»Drinnen sind noch alte Möbel.«

Sie trat ein. Lynn folgte ihr. Feuchter Geruch schlug ihr entgegen. Unter ihren Schuhen knirschte der Putz, der über die Jahre von den Wänden geblättert war. Drinnen war es dunkel.

»Das ist unheimlich hier.« Sie griff nach Saschas Hand. »Lass uns wieder gehen.«

»Aber die Möbel ... Hier stehen uralte Möbel rum – die musst du sehen.«

Sie zog Lynn hinter sich her.

»Sogar Geschirr und alte Konserven aus dem Zweiten Weltkrieg.«

»Wer weiß, wer hier ist.« Lynn folgte ihr nur widerwillig.

»Niemand.«

»Das ist noch unheimlicher.«

»Das war mal die Küche.« Sascha zog den Kopf ein, um unter einem niedrigen Türbalken hindurchzutreten, kramte ihren Schlüsselbund hervor und leuchtete mit einer kleinen Taschenlampe an den Wänden entlang. Der Raum war leer.

Nur ein paar alte Kisten und Bretter. Sascha war enttäuscht. Mit hängenden Schultern blieb sie in der Mitte des Raumes stehen. Die Taschenlampe warf einen kleinen weißen Punkt neben ihre Füße auf die durchgetretenen Fußbodendielen.

»Nichts mehr da.«

Lynn stand im Türrahmen und sah auf Saschas Rücken. Am liebsten wäre sie zu ihr gegangen, hätte sie sanft am Arm gefasst und ihr gesagt, dass es nichts mache, dass es auch so ganz toll sei, auch ohne Möbel, dass es ganz und gar nichts mache.

Aber sie schwieg. Wenn sie etwas gesagt hätte, hätte es offen zutage gelegen, dass sie etwas bemerkt hatte. Dass sie für diesen kurzen Moment Zeugin geworden war – Zeugin von Saschas traurig hängenden Schultern.

»He«, sagte sie beiläufig. »Schau mal da unter dem Fenster – steht da nicht noch was?«

Sascha drehte sich um und leuchtete unter das Fenster. »Nur 'ne alte Kiste.« Sie setzte sich darauf und zündete sich eine Zigarette an.

Lynn setzte sich neben sie. Hier roch der Qualm süß und schwer. Draußen raschelte etwas im Gehölz; irgendwo im Wald rief ein Käuzchen. Eine Gänsehaut überkam Lynn.

»Als Kinder haben Franko und ich Charlotte mal für ein paar Stunden hier eingesperrt – meine Cousine, die von vorhin mit den schwarzen Haaren«, sagte Sascha nach einer Weile. »Hinterher hat sie behauptet, hier wären Geister, die laut seufzen und stöhnen. Sie hat keine Ruhe gegeben – mein Onkel musste noch mal mit herkommen.« Sie lachte. »Da stellte sich dann raus, dass das Gespenst seine eigene Frau, also meine Tante war. Und das andere so 'n Typ, der sich dann ganz schnell vom Acker gemacht hat.«

»Wie schrecklich!«

»Findest du?«

Lynn nickte. »Du nicht?«

Sascha zuckte gleichmütig die Schultern. »Richtig schrecklich war dann eigentlich, dass ein paar Monate später überall Phantombilder von diesem Typ hingen, weil er ein polizeilich gesuchter Serienmörder war.« Sie zog an ihrer Zigarette. »Danach wollte ich dann hier auch nicht mehr hin.«

»Lass uns gehen«, sagte Lynn.

Sascha schnippte die Zigarette auf den Boden und trat sie aus.

»Buh«, machte sie plötzlich dicht an Lynns Ohr und fasste sie in den Nacken.

Lynn schrie auf.

Sascha lachte.

»Ist eigentlich alles in Ordnung in deinem Kopf?«, fragte Lynn wütend.

»Weiß ich auch nicht«, antwortete Sascha. »Du kannst ja mal nachsehen.«

Lynn blinzelte, als sie aus der Dunkelheit der Kate traten. Die Dämmerung draußen erschien ihr beinahe hell.

»Lass uns noch nicht zurückgehen«, sagte Sascha.

Sie setzten sich auf die Stufe vor dem Eingang. Vom Waldrand kam die Dunkelheit näher, schickte feuchten Bodennebel voraus. Schweigend beobachteten sie den Nebelstreifen am Rand der Lichtung.

»Die blaue Stunde«, sagte Lynn.

»Was?«

»Die Stunde zwischen Helligkeit und Dunkelheit, die Stunde zwischen bunt und schwarz, zwischen Tag und Nacht.«

»Die hat einen Namen?«

Lynn nickte.

»Gleich sind die Farben weg. Blau als Letztes.«

»Genau eine Stunde lang?«

»Weiß ich nicht. Wahrscheinlich nicht. Nennt man nur so.«

Lynn sah einer Ameise zu, die über ihren Fuß krabbelte. Es war still im Wald. Nur das Zirpen der Grillen hörte nicht auf. Es war Lynn noch nie aufgefallen, wie still es abends im Wald war. So still, dass man sein eigenes Herz schlagen hörte.

»Dic Stunde der Melancholie und Schwermut.«

»Tss.« Sascha knickte einen kleinen Ast und stocherte im Erdreich herum. »Dafür brauch ich keine Dämmerung.«

»Was brauchst du denn dafür?«

»Was weiß ich.«

Sie warf die Aststücke fort.

»Warmes Bier zum Beispiel.«

Ihr munterer Ton klang aufgesetzt. Sie räusperte sich. Lynn hörte sie schlucken. Dann hustete sie. Ein trockener Reizhusten.

»Zeit zu gehen«, sagte Sascha und stand auf.

Die Luft roch noch immer nach Erde und Wald. Wie schlafwandelnd folgte Lynn ihr auf dem schmalen Pfad zurück zum Fest.

Die Hitze staute sich auf dem Spitzboden. Es war fast dunkel, nur ein paar Teelichter warfen Schatten an die Dachschräge. Ein anderes Licht gab es nicht, die nackte Glühbirne unter dem Giebel war kaputt. Die Dachkammer war so groß wie ein Zweipersonenzelt, nur in der Mitte konnte man stehen. Sie hätten auch im ersten Stock schlafen können, dort lagen Matratzen auf dem Boden für alle, die über Nacht blieben. Aber sie wollten lieber allein hier oben schlafen, trotz der Hitze.

Sascha beobachtete Lynn, die die Kammer inspizierte und nach einem Platz für ihre Sachen suchte. Es gab keinen. Sie legte ihre Tasche auf den Boden, bückte sich und kramte darin herum.

Als Sascha auf ihren Hintern sah, wusste sie genau, was der LKW-Fahrer gemeint hatte. Sie wollte diesen Gedanken nicht haben, aber er schoss ihr durch den Kopf und von dort direkt zwischen die Beine. Wenn Lynn davon gewusst hätte, wäre sie wahrscheinlich entsetzt gewesen, aber was sollte Sascha tun gegen ein Gefühl, das einfach da war? Man konnte es leugnen, man konnte ein schlechtes Gewissen haben, aber man wurde es nicht los. Es wurde nur schlimmer.

»Was denkst du?«, fragte Lynn und sah sie erwartungsvoll an. »Was denkst du in diesem Moment, wenn du mich so anguckst?«

»Dass du ausgezogen am besten aussiehst«, sagte Sascha lächelnd. Sie drückte Lynn an sich und fuhr mit der Hand zwischen ihre Schenkel, und das hatte genau den Effekt, den sie haben wollte: Lynn wurde ganz weich und gab ein leise jammerndes Seufzen von sich. Davon brauchte sie mehr, dachte Sascha, noch viel mehr – Lynns ganzer Körper sollte atemlos ja sagen zu allem, was Sascha war, zu allem, was sie wollte.

Sie schubste Lynn sanft auf die Matratze. Ganz weit hinten in ihren Gedanken tauchte Katja auf, wie eine Person, mit der sie in der Grundschule gewesen war und die ihr zwanzig Jahre später ohne jeden Zusammenhang plötzlich einfiel, um so schnell wieder zu verschwinden, wie sie aufgetaucht war.

Später lag sie neben Lynn und fühlte sich so lebendig wie in dem Moment, als sie ihr erstes Eishockeyspiel entschieden hatte. Sie wusste genau, dass sie treffen würde – jede Zelle ihres Körpers wusste es. Dann der Aufschrei im Publikum, der Jubel. Es gab wenige Momente, die perfekt waren. Das war so einer.

Sie sah Lynn an, die erschöpft neben ihr lag und sie anlächelte. Ihr Gesicht war gerötet. Dieser Moment zählte auch dazu. Sie müsste es mal einrichten, dachte sie, dass Lynn mit zu einem Spiel kam. Wenn sie im Publikum saß, wäre das der Garant für einen fulminanten Sieg, das spürte sie im ganzen Körper.

»Und woran denkst du jetzt?«, fragte Lynn, suchte nach ihrem T-Shirt, zog es über und versuchte die Dachluke weiter zu öffnen, aber die klemmte. Es kam kaum Luft herein.

Sascha blieb liegen und sah ihr zu. Was war das für eine komische Frage? Wieso wollte Lynn ständig wissen, woran sie dachte? Sie hatte keine Ahnung, was sie darauf antworten sollte. Ihre Gedanken zusammenzufassen hätte recht eigenartig geklungen: Dein Arsch sieht heiß aus, und du musst mir mal beim Hockey zusehen. Wow.

»An nichts«, sagte sie, stand auf und öffnete das Fenster mit einem Ruck. Der Geruch von gegrilltem Spanferkel und Rauch zog herein.

Lynn betrachtete Saschas Rücken, er war durchtrainiert und gerade, unter ihrem T-Shirt trug sie einen stramm sitzenden schwarzen Sport-Bra.

»Du bist eine richtige Schönheit«, sagte sie.

Sascha reagierte nicht.

Lynn war verunsichert.

Langsam drehte Sascha sich um und sah Lynn skeptisch an.

»Was meinst du damit? Wenn du cool sagen würdest oder durchtrainiert, da könnte ich was mit anfangen, aber Schönheit – da fühl ich mich, als wolltest du mich in ein Tutu stecken. Da krieg ich sofort 'ne Identitätskrise! Catherine Zeta-Jones ist 'ne Schönheit oder Nicole Kidman.«

»So meinte ich das nicht.« Lynn wusste nicht, wie sie es erklären sollte.

»Stehst du eigentlich wirklich auf *Frauen*?«, fragte Sascha plötzlich und musterte Lynn aufmerksam.

Lynn rollte sich auf den Bauch und stützte ihr Kinn in die Hände. Die Frage hatte sie sich selbst schon oft gestellt, ohne sie wirklich beantworten zu können. Sie hatte auf Alex gestanden. Und dann auf Sascha. Beide waren nicht gerade Musterbeispiele für Frauen im herkömmlichen Sinne. Aber Jonas hatte sie definitiv nicht sexy gefunden.

»Ja«, antwortete sie schließlich, weil sie das Gefühl hatte, dass Sascha diese Antwort von ihr erwartete.

»Bist du sicher?«

»Glaubst du mir nicht?«

Sascha setzte sich und fuhr sich durchs Haar. »Soll ich ganz ehrlich sein?«

Lynn nickte.

»Ich weiß überhaupt nicht, wie Frausein eigentlich geht. Ich hab's bisher immer mehr schlecht als recht irgendwie hingekriegt, nicht allzu sehr aus der Rolle zu fallen, es gab aber meistens irgendwie Probleme. Irgendwas war immer – ich weiß auch nicht.«

Sie grinste schief. »Die meisten Frauen finden mich zu grob, zu derb, zu Macker. Aber mit dir läuft das anders, ich tu mir keinen Zwang an und du – du dir scheinbar auch nicht.«

»Vielleicht war meine Antwort etwas zu pauschal«, sagte

Lynn und zog Sascha zu sich aufs Bett. »Vielleicht ... Ich mag die Jungs unter den Mädels, vielleicht könnte man es so sagen.« Sie fuhr mit dem Finger über Saschas Mund.

»Damit kann ich leben«, sagte Sascha lächelnd. »Ich hol uns mal was zu trinken.«

Lynn blieb liegen und wartete, doch Sascha kehrte nicht zurück. Irgendwann schlief sie darüber ein.

Als sie wieder erwachte, wusste sie nicht, wie spät es war. Sie stieg die Wendeltreppe hinunter, die vom Spitzboden in den ersten Stock führte. Vorsichtig, Stufe für Stufe, die Treppe drehte sich wie ein Bandwurm. Im ersten Stock bahnte sie sich vorsichtig einen Weg durch die schlafenden Menschen, die überall im Zimmer lagen.

Sie fand Sascha im Wohnzimmer im Erdgeschoss des Hauses. Eine kleine Wandlampe warf schwaches Licht. Sascha saß auf einem Sofa, das sehr groß in dem kleinen Raum wirkte. Vielleicht lag es an den tiefen Zimmerdecken des alten Fachwerkhauses. Ihr gegenüber saß Peppels. Sie hatte die Füße, die in offenen Springerstiefeln steckten, übereinandergeschlagen und auf die Kante des Couchtisches gelegt. Lynn blieb in der Tür stehen. Die beiden bemerkten sie nicht. Sie sprachen leise und eindringlich miteinander.

»Jedenfalls finde ich das echt arm von dir.« Peppels nahm eine Schale mit Erdnüssen vom Tisch und hackte mit ihrer dicklichen Hand mechanisch hinein, legte den Kopf in den Nacken und ließ sich die Nüsse in den Mund fallen. Die dicke Bulldogge lag neben ihr und schnarchte. Sie lag auf dem Rücken und sah aus wie ein riesiges Grillhähnchen. Manchmal zuckten ihre Pfoten im Schlaf.

»Wenn ich gewusst hätte, dass du hier bist, wäre ich ja gar nicht gekommen.« Sascha blickte mit verschränkten Armen ins Leere.

»Als wenn das was ändern würde«, sagte Peppels. »Das ist 'ne ganz prinzipielle Frage.«

»Das ist vor allem eine Frage, die dich nichts angeht«, sagte Sascha. »Fang endlich an, dich um deinen eigenen Kram zu kümmern und dein eigenes Leben zu leben. Zieh endlich von zu Hause aus.«

»Was ist verdammt noch mal los mit dir?«

»Mir geht's gut, alles im grünen Bereich.«

»Im grünen Bereich nennst du das?! Was soll ich denn Katja jetzt sagen?«

In dem Moment bemerkte Sascha Lynn.

»Setz dich doch«, sagte sie matt. »Das ist übrigens Peppels.« Sie zeigte auf die Armeehose.

»Wir hatten schon das Vergnügen«, sagte Lynn.

Peppels schien eine Reaktion für überflüssig zu halten.

»Da ist frischer Kaffee.« Sascha nickte in Richtung einer blauen Thermoskanne, die auf dem Tisch stand.

Lynn schenkte sich eine Tasse ein. Der Kaffee tat gut. Ihre Augen brannten. Sie war müde.

Peppels öffnete eine Flasche Bier. Es zischte leise.

»Ich kann echt nicht glauben, wie du dich verändert hast«, sagte sie.

Sascha sah sie mit einem ähnlichen Gesichtsausdruck an wie den LKW-Fahrer an der Raststätte. Anstatt zu antworten, nahm sie die Zigarettenschachtel, zündete sich eine an und warf die Schachtel zurück auf den Tisch.

»Ich glaub, ich muss mal an die Luft!« Sie stand auf und ging in den Garten.

»Da kommt kein Mensch mehr mit«, sagte Peppels kopfschüttelnd.

»Wobei?«

»Bei dem Zickzackkurs von der Langner«, sagte Peppels

Minuten später, als Lynn schon nicht mehr mit einer Antwort rechnete. Peppels musterte sie. »Hast du deine komische Wohnung vermietet gekriegt?«

Lynn nickte, obwohl die Wohnung noch immer leer stand.

»Wie lange läuft das schon mit euch?«, fragte Peppels.

»Was geht dich das an?«

Peppels wischte sich Bierschaum vom Mund und machte ein trotziges Gesicht wie ein Kindergartenkind.

»Ihr kennt euch schon lange, oder?«, fragte Lynn ein wenig freundlicher.

Peppels nickte. »Seit der Oberstufe, da hatten wir die meisten Kurse zusammen. Die Langner hatte Geschichte und Englisch und ich Englisch und Bio. Und etliche Grundkurse, Mathe und Deutsch und so. Wir haben jeden Tag zusammen rumgehangen.«

Peppels sah jetzt ein wenig freundlicher aus. Sie nuckelte versonnen an ihrem Bier und schien in der Vergangenheit zu schwelgen.

»War mal schwer verknallt in die blöde Kuh.« Sie lachte heiser. »Meine Güte, abgefahren, echt abgefahren, da muss ich total verkalkt gewesen sein!«

Dein Problem ist, dass du immer noch schwer verknallt bist, dachte Lynn, und auf einmal empfand sie so etwas wie Mitgefühl für Peppels.

»Wart ihr mal zusammen?«

Peppels lehnte sich zurück und streckte sich auf dem Sofa aus. Sie gähnte.

»Da kam es nie zu. Die Langner steht nämlich nur auf *Mädchen.*« Sie betonte *Mädchen* wie den Namen eines ekelhaften Insekts. »Mit so 'nem Brocken wie mir kann die nichts anfangen. Die weiß halt nicht, was gut ist.« Peppels schloss die Augen. »Freundschaft ist eh besser, die hält ein

Leben lang.« Sie saugte leise schmatzend die letzten Tropfen aus ihrer Bierflasche.

»Du hast vorhin eine Katja erwähnt«, sagte Lynn. »Wer ist denn das?«

Aber Peppels gab außer einem leisen Schnarchen keine Antwort mehr.

Lynn stand auf, kletterte wieder auf den Spitzboden und sah durch die Dachluke in den Garten. Sie lehnte sich hinaus und atmete die laue Sommernacht. Vom Lagerfeuer kam immer noch Gesang; das Lied kam ihr bekannt vor, aber der Titel fiel ihr nicht mehr ein. Eine alte Melodie aus einer anderen Zeit, aus einer Zeit, in der sich das Leben noch angefühlt hatte, als sei Garantie darauf. Nichts schien Konsequenzen zu haben, sie konnte jeden Morgen von vorn anfangen. Inzwischen war die Garantie wohl abgelaufen, dachte Lynn. Sie legte sich wieder ins Bett. Bevor sie einschlief, dachte sie, dass sie Sascha nach Katja fragen müsste.

»Wir sollten aufbrechen.« Sascha berührte vorsichtig ihre Schulter. Es wurde langsam hell, und die ersten Vögel zwitscherten schon, die Reste des Spanferkels hingen über dem verglimmenden Feuer im Morgendunst. Lynn war müde. Todmüde. Und wurde nicht mehr schlau aus dem, was passierte. Nichts ergab mehr Sinn, wie ein Film, der aus lauter verschiedenen Sequenzen zusammengeschnitten war. In jeder Szene eine andere Sascha. Aber vielleicht war es auch nur die Müdigkeit.

Sascha schob ihre Hände unter Lynns T-Shirt. Sie blieben warm und schwer auf ihren Brüsten liegen. Lynn sah sie an. Tatjana fiel ihr ein, und was hatte es mit Katja auf sich? Sie schob den Gedanken wieder weg, wollte nur diesen Moment haben und über nichts nachdenken.

»Was ist?«

»Ich weiß nicht«, sagte Lynn.

»Ja oder doch?«, fragte Sascha.

Lynn lächelte und zog Sascha zwischen ihre Beine.

Die Rückfahrt verlief ruhig, Sascha hielt sich an alle Verkehrsregeln. Je näher sie der Stadt kamen, desto schwerer und trauriger fühlte sich Lynn.

»Lass mich hier schon raus«, sagte sie, als sie von der Autobahn abfuhren. Sie wollte noch ein paar Schritte allein gehen, den vergangenen Abend nachklingen lassen und versuchen, ihre Gefühle zu sortieren. Sascha hielt vor der Schrebergartenanlage. Von dort aus hatte Lynn es nicht mehr weit.

»Bis die Tage. Man sieht sich«, sagte Sascha.

»Was immer das bei dir heißt.« Lynn gab ihr einen Kuss und stieg aus. Sie nahm den Weg durch die Gärten am S-Bahn-Damm entlang. Nur einige Frühaufsteher waren mit ihren Hunden unterwegs und einige Gestalten, für die die Nacht noch nicht zu Ende war. Blaurosa Dunst hing über der Stadt. Es würde wieder ein heißer Tag werden. Zu warm für den ersten Mai. Die Nacht war schon vorbei, doch der Tag hatte sich noch nicht durchgesetzt, war noch nicht mit seiner staubigen Hitze in die viel zu engen Straßen eingefallen. Lynn hatte keine Ahnung, welche Richtung ihr Leben nehmen würde. Sie hatte Angst und wusste nicht wovor. Die Sache mit Sascha erschien ihr riskant, warf sie aus der Bahn, stellte alles infrage, was sie bisher geglaubt hatte. Auch über sich selbst. Sascha brachte eine neue, fremde Lynn an die Oberfläche, ein Verlangen, dem alles egal war, ein hungriges Herz, das wie besessen um Liebe bettelte. Sie war sich nicht sicher, ob das gut war.

Zu Hause duschte sie und legte sich ins Bett. Sie fiel in einen unruhigen Schlaf, träumte von der alten Laube im Garten von Theresas Haus. Im Traum schob sie dornige Brombeerranken zur Seite und versuchte ins Innere zu sehen, doch alles war zugewuchert, nichts war zu erkennen. Es war zu dunkel, die Scheiben grau vor Staub, alles voller Spinnenweben. Als Kind war sie im Sommer oft dort gewesen, hatte Erdbeerkuchen gegessen und in der Sonne auf Gartenstühlen gesessen, deren Sitze und Lehnen aus bunten Plastikschnüren bestanden, zwischen die sie ihre Finger schob. Wenn sie aufstand, hatte sie Rillenabdrücke auf den nackten Oberschenkeln. Im Traum ging sie im Dunkeln über den schmalen Weg zwischen den Beeten, roter Schotter knirschte unter ihren Sohlen, und ein umgekippter Gartenzwerg mit grünbemooster Mütze winkte vom Rand. Etwas raschelte, und eine Katze sprang an ihr vorbei, fauchte gespenstisch mit rotem Rachen, Lynn zuckte zusammen, blieb stehen und sah sich um. Voller Beklemmung wollte sie flüchten, aber Theresa trat aus der Laube, hielt sie sanft am Arm fest und führte sie lächelnd zurück zu dem alten Gartenstuhl.

Es war heiß in diesem Juli. So heiß, dass den Supermärkten die Getränke ausgingen und die Bäume vertrocknete Blätter abwarfen. Die Bevölkerung wurde aufgefordert, die Bäume vor ihren Häusern zu gießen. Lynn hatte den Ahorn vor ihrer Tür am Morgen schon mit drei Eimern Wasser versorgt. Dieser Samstag sollte der heißeste Tag des Jahres werden.

»Lass uns wegfahren«, sagte Sascha. Sie stand an die Balkonbrüstung gelehnt, fächelte sich mit einer Zeitung Luft zu und beobachtete die Kobisch, die nach ihrer Katze suchte. Die Katze saß auf dem Garagendach und beobachtete die Kobisch.

»Einfach so?«

Sascha sah sie lachend an und nickte. »Einfach so.«

Ihr Lachen war ein Versprechen, bodenständig und voller Zuversicht. Als sei ihr Ziel im Leben, ein Haus zu bauen und einen Baum zu pflanzen. Ein Haus zu bauen mit eigenen Händen.

»Ich muss am Montag arbeiten.« Lynns Einwand war halbherzig, rein formal. Sie war längst einverstanden.

»Meld dich doch krank.«

»Und du?«

»Das geht schon klar!« Sascha winkte ab.

»Wohin fahren wir?«

»Keine Ahnung. Hauptsache weg, raus aus der Stadt. Ans Meer oder so.«

Sie fuhren Richtung Amsterdam und hörten die White Stripes, der Himmel war blau, die Sonne stach, und ihre Haare flatterten im Sommerwind. Lynn zündete Sascha eine Zigarette an und schob sie ihr zwischen die Lippen, drehte die Musik lauter und streckte ihre nackten Füße aus dem offenen Fenster. Sascha schob mit der rechten Hand ihren Rock hoch. »Lass das«, lachte Lynn und schlug ihr auf die Finger, aber Sascha machte einfach weiter.

Gegen Abend saßen sie in einem chinesischen Straßenlokal an der Prinzengracht. Die warme Abendluft vermischte sich mit dem Geruch des grünen Wassers, von gebratenem Fleisch und Räucherstäbchen. Auf einem Hausboot bellte ein Hund.

Sascha trug eine Sonnenbrille, schlürfte Cola und beobachtete das Treiben auf der Gracht, die mit Fahrrädern zugestellt war. Im Winter am Bahnhof war sie Lynn ganz anders vorgekommen. Nicht so oberflächlich. Jetzt sah sie aus wie jemand, der das Leben nicht allzu ernst nimmt, wie sie dort saß, im Tanktop und mit knielangen Shorts. Lynn ärgerte sich, dass sie ihre Sonnenbrille nicht abnahm.

Sascha klemmte gebratene Nudeln zwischen ihre Eßstäbchen. Sie tat das ein wenig ungeduldig, als hätte sie lieber eine Gabel benutzt, aber die Kellnerin hatte nur Stäbchen gebracht. Lynn betrachtete Saschas Hände, die leicht gebräunt waren. Sie war verrückt danach, diese Hände zu spüren. Am liebsten wäre sie aufgestanden und in das nächstbeste Hotel gegangen. Sie wünschte sich, dass es Sascha auch so ging, aber die schien ganz von ihren Eßstäbchen in Anspruch genommen.

Später fuhren sie weiter zur Nordsee. Die Sonne verschwand gerade im Meer, als sie am Strand ankamen. Fahles weißliches Licht lag wie ein Weichzeichner über den Dünen. Am Wasser hatte es sich etwas abgekühlt. Die Eisverkäufer schlossen ihre Wagen ab und machten sich auf den Heimweg, ein paar Möwen zankten sich schreiend um ein Stück Fisch. Weiter entfernt rannte ein Hund einem Ball hinterher, und Kinder ließen einen Drachen steigen. Es waren nicht mehr viele Menschen da, der Strand wurde langsam schläfrig.

Sie gingen Hand in Hand am Wasser entlang, die weiße Gischt schlug schwach gegen ihre nackten Füße und spülte Seetang an den Strand. Die Luft roch nach Nordsee. Lynn schmeckte das Salz, als sie über ihre Lippen leckte.

»Wer ist eigentlich Katja?«

Die Frage brach plötzlich aus ihr heraus, als hätten die

Wellen sie angespült. Sie hatte sie gar nicht stellen wollen.

Saschas Hand zuckte ganz leicht in ihrer.

»Katja?«, erwiderte sie und sah lange in den Sonnenuntergang, schien es nicht eilig zu haben mit ihrer Antwort. »Wie kommst du denn darauf?«

»Peppels sprach von ihr, auf der Party am ersten Mai.«

»Ja? Was hat sie gesagt?«

»Als ihr euch gestritten habt, weißt du nicht mehr?«

Sascha schüttelte den Kopf.

»Sie hat gefragt, was sie Katja sagen soll.«

»Wen hat sie das gefragt?«

»Dich. Erinnerst du dich nicht? Spätabends im Wohnzimmer.«

»Keine Ahnung. Peppels quatscht viel, wenn der Tag lang ist.«

Sascha ließ Lynns Hand los und rannte in die Wellen, dass das Wasser in alle Richtungen spritzte.

»Hey, komm auch rein!«, rief sie.

Lynn zögerte einen Moment; das konnte doch nicht alles gewesen sein – das war doch keine Antwort. Aber dann dachte sie, dass keine Antwort vielleicht besser war als eine Antwort, die ihr nicht gefiel, und sie lief hinter Sascha her ins Wasser, ihr Rock verfing sich zwischen ihren Beinen, sie ließ sich fallen und blieb lachend im grüngrauen Wasser sitzen, das kühl über ihre sommerwarme Haut schwappte und das ungute Gefühl, das sich in ihr breitmachte, weil Sascha ihr keine Antwort gegeben hatte, mit sich fortspülte – Lynn brauchte nur sitzen zu bleiben und abzuwarten, wie es bis Den Helder gespült wurde, bis Texel und Oost-Vlieland, weiter in die Nordsee, an Dänemark vorbei und Norwegen, immer weiter, bis es schließlich das Nordpolarmeer erreichte und verschwand. Vielleicht fror es fest an irgendeiner Eisscholle. Oder es versank und wurde in der Tiefe von einem Fisch gefressen, der bei vier Grad Wassertemperatur viertausend Meter unter dem Meeresspiegel lebte und noch nie das Sonnenlicht gesehen hatte. Dort war es gut aufgehoben, dachte Lynn. Besser als in ihrem Kopf jedenfalls.

Sie stand auf und wrang ihren Rock aus. Sascha sah sie lächelnd an, als sie mit tropfenden Sachen vor ihr stand.

»Komm, Wasserfee«, sagte sie sanft und streckte ihre Hand aus. »Wir müssen uns eine Unterkunft suchen, es wird allmählich dunkel.«

Lynn zog sich am Wagen trockene Sachen an, dann fuhren sie langsam durch den Ort und hielten Ausschau nach »Zu vermieten«-Schildern vor den Häusern. Es gab nur noch wenige, denn mitten in der Hauptsaison war alles von Touristen überlaufen.

Nach einer halben Stunde fanden sie endlich eines. *Ter Huur* stand auf dem bemalten Holzschild im Garten des dunkelroten Hauses etwas weiter außerhalb.

»Da ist was frei.« Sascha parkte in der Einfahrt. Eine alte Dame in fliederfarbener Strickjacke öffnete die Tür, nickte freundlich und ging vor ihnen her durch einen langen Flur eine Treppe hinauf in den ersten Stock.

»Das ist doch 'n Kerl«, flüsterte Sascha und stieß Lynn in die Rippen. In der Tat war die Wirtin sehr groß und hatte ziemlich breite Schultern für eine alte Frau.

»Pssst!«, zischte Lynn, ohne Sascha anzusehen.

»Ja, guck doch hin.« Sascha gab keine Ruhe.

Die Wirtin steckte einen Schlüssel in das Schloss einer weißlackierten Kassettentür, die sich quietschend öffnete.

»Da wären wir.« Sie sprach gut deutsch. Sie lächelte versöhnlich und sah Sascha lange an. »Noch Fragen?«

»Nein«, sagte Sascha, alles Feixen war plötzlich aus ihrem Gesicht verschwunden. »Keine Fragen mehr.«

»Dann einen schönen Abend«, sagte die Wirtin.

»Danke.« Sascha nickte und nahm die Schlüssel.

Das Zimmer roch schwach nach alten Parfümschichten, die sich im Laufe der Jahre auf den Möbeln abgelagert hatten. Lynn öffnete das Fenster und ließ sich auf das alte Messingbett fallen, das in der Mitte des Raumes stand. Es quietschte, und sie versank in einer butterweichen Matratze. Der Kronleuchter an der Decke klirrte leise.

Sascha blieb vor dem Bett stehen und sah sich das Gemälde an, das darüber hing. Eine schwarzhaarige Zigeunerin lachte mit kirschrotem Mund auf sie herunter. Ihre Brüste fielen fast aus dem Bilderrahmen. Es war eines von diesen kitschigen Motiven, die manchmal noch auf Flohmärkten zu finden waren. Lynn hatte sich immer gefragt, woher solche Bilder kamen und wer sie besessen hatte. Sie kannte niemanden.

»Das ist ja der totale Abturner hier«, sagte Sascha. »Bei meinen Eltern hing früher dasselbe Bild über dem Bett.«

»Dieses Bild?«

Sascha nickte.

»Meine Güte – ich hab mich immer gefragt, wer sich so was bloß aufhängt«, sagte Lynn und lachte.

»Leute wie meine Eltern.«

»Bei meinen Eltern hängt dafür heute noch ein Kreuz über dem Bett«, sagte Lynn.

»Auch nicht gerade prickelnd, oder?«

»Als Kind hatte ich immer Angst, es könnte runterfallen und mich erschlagen. Es war ziemlich groß. Da hätte mir die Zigeunerin vielleicht sogar besser gefallen. Die lacht wenigstens freundlich. Wie fandest du sie denn als Kind?«

»Weiß nicht. Ich glaube, ich hab alles so hingenommen, wie es war. Ich dachte, in allen Schlafzimmern hängen solche Bilder.«

Sascha setzte sich in den braunen Ledersessel, der am Fenster neben einem kleinen Nierentisch stand und aussah wie auf alten Familienfotos aus den Fünfzigern. Sie nahm ihre Sonnenbrille aus den Haaren und nagte gedankenverloren an der Spitze des Brillenbügels.

»Wird einem erst zwanzig Jahre später klar, wenn man in einem Bed & Breakfast in Holland vor demselben Bild steht, was für ein Stil das eigentlich war, damals zu Hause.« Sie verzog einen Mundwinkel zu einem widerwilligen Lächeln.

Lynn versuchte sich Sascha als Tochter von Eltern vorzustellen. Wie sie nach Hause kam und »Hi, Mama!« sagte zu einer Frau, die dieselben schwarzen Augen hatte wie sie. Aber zu Sascha passte der Begriff *Tochter* nicht so richtig.

»Verstehst du dich gut mit deinen Eltern?«

Sascha zuckte die Schultern. »Was verstehst du unter *gut verstehen?«*

»Ich meine, ob ihr ein gutes Verhältnis habt. Kommt ihr gut miteinander aus? Besuchst du sie gerne?«

»Hab ich noch nie tiefergehend drüber nachgedacht. Ich glaube, im Vergleich zu manchen anderen aus der Nachbarschaft damals ist das Verhältnis gar nicht mal schlecht. Ich hatte jedenfalls als Kind keine blauen Flecken und nie eine blutige Nase, ich konnte machen, was ich wollte, das hat die relativ wenig interessiert«, sagte Sascha. »Ich würde also sagen, das Verhältnis ist ganz gut.« Sie nickte, wie um sich ihre Worte selbst zu bestätigen.

»Wenn man sich nicht füreinander interessiert, meinst du, ist das ein gutes Verhältnis?«

Sascha grinste und setzte ihre Sonnenbrille wieder auf. »Natürlich meine ich das nicht. Gehen wir noch mal zum Strand?«

Der Strand war jetzt voller leuchtender Lampions, die vor den Cafés im Wind schaukelten. Musik und Stimmen wehten von den Terrassen herüber. Lynns Kopf fühlte sich heiß und leer an wie ein großer Ballon. Sie lagen in den Dünen und teilten sich einen Joint. Mit jedem Zug wurde ihr Kopf leerer. Sie sah in den Nachthimmel und hörte auf das Rauschen des Meeres. Alles schien richtig so. Jeder Stern genau dort, wo er hingehörte, der Rhythmus der Wellen eine perfekte Melodie. Jedes Geräusch, jede Bewegung absolut folgerichtig. So eigenartig intensiv hatte sie das noch nie empfunden. Sie dachte an Meyer senior, was er dazu sagen würde, wenn er sie sehen könnte, seine Sekretärin, wie sie in einem knittrigen Rock und mit offenen Haaren am Strand lag, an einem Joint zog und sich am Montag krankmelden würde, obwohl sie bei bester Gesundheit war. »Frau Jakobs«, hörte sie ihn sagen, er sprach ihren Namen immer zu kurz aus, wie Jackops. Sie begann zu lachen.

Sascha beugte sich über sie, nahm ihr den Joint ab und zog daran und dann war ihre Hand unter Lynns Rock zwischen ihren Beinen und für einen kurzen Moment dachte Lynn noch an Meyer und an die Klein, an die alte Kobisch, an Jonas, Elena, an ihre Eltern und sie wusste, was die von ihr halten würden, von einer Lynn, die bekifft am Strand lag und nicht genug kriegen konnte vom Leben, und sie wunderte sich, weil es ihr so egal war, weil nichts mehr wichtig war, wenn Sascha das tat, und die Gesichter tanzten kopfschüttelnd in die Nacht, während Saschas Gesicht dicht über ihr blieb.

Danach lagen sie still nebeneinander und sahen in den Himmel. Lynn schob vorsichtig ihre Hand unter Saschas T-Shirt.

»Das lässt du schön bleiben«, sagte Sascha und hielt Lynns Hand fest.

»Aber ich will auch mal«, flüsterte Lynn.

»Daraus wird aber nichts.« Sascha grinste verlegen und zog Lynns Hand unter dem T-Shirt hervor. Sie setzte sich auf und sah aufs Meer hinaus.

»Sorry ... Ich wollte dir nicht zu nahe treten«, sagte Lynn.

»Ich weiß.«

»Irgendwie«, sagte Lynn, »ist es kompliziert, oder?«

Sascha begann leise zu lachen. »Kompliziert! Wenn es einfach nur kompliziert wäre!« Sie legte den Kopf auf ihre Unterarme und lachte vor sich hin. »Es ist ultra-, turbo-, mega-, nein, es ist gigakompliziert!«

Saschas Lachen hatte etwas Ansteckendes, und Lynn musste mitlachen, obwohl es eigentlich nicht lustig war. Vielleicht lag es an ihrer Verlegenheit.

»Tut mir leid«, sagte Sascha nach einer Weile. »Ist im Grunde gar nicht witzig, muss wohl an dem Zeug liegen – oder meine Nerven liegen etwas blank im Moment.« Sie stand auf und streckte sich. »Komm, lass uns noch was laufen.«

Sie gingen zum Wasser, das jetzt ganz schwarz war. Am Horizont waren die Lichter eines Schiffes zu sehen. Sascha lief neben Lynn, eine Hand in der Hosentasche, in der anderen hielt sie eine Zigarette, den Kopf leicht gebeugt, als suche sie etwas auf dem Boden. Die Zigarette und ihre Bewegungen bildeten eine einsame Einheit. Lynn hatte begonnen, diese Bewegungsabläufe zu lieben, war fasziniert von der besessenen Beiläufigkeit, mit der Sascha in allen Lebenslagen rauchte. Wie eine Performance, die sie für Lynn inszenierte. Doch es war keine Performance. Es war ihr egal, ob Lynn dabei war oder nicht. Sie rauchte genauso für sich allein. Sie merkte es gar nicht. Lynn fragte sich, welchen Platz sie eigentlich einnahm in Saschas Leben, wie viel von dem, was sie sah, wirklich ihr galt oder eben auch nicht ihr galt, sondern einfach Sascha war, so wie sie eben war. Egal ob mit Lynn oder ohne sie.

»Guck mal«, sagte Sascha und hob mit dem Fuß einen Drachen aus dem Wasser, der zerrissen darin liegengeblieben war.

»Als Kind wollte ich auch mal einen Drachen haben.« Sie bückte sich, um den Drachen auseinanderzufalten. Aber er bestand nur noch aus bunten Fetzen. Sie ließ ihn wieder fallen, und die Wellen spülten ihn fort.

»Ich hab auch einen gekriegt. Meine Mutter ist zum Dielenschrank, hat 'ne Karstadt-Tüte rausgekramt und einen Faden drangeknotet – super Drachen, was?«

Lynn war stehengeblieben und sah zu, wie der Drachen langsam im schwarzen Wasser verschwand.

»Konnte der denn fliegen?«

»Ja, klar – direkt in den Müll ist der geflogen!« Sascha lachte. »Aber erst hab ich ihn noch fotografiert, hab ihn meiner Mutter in die Hand gedrückt, die sollte sich damit auf den Balkon stellen, und dann hab ich sie mit dem Drachen fotografiert.«

»Warum hast du das gemacht?«

»Weil ich ein Beweisfoto brauchte. Damit ich später nicht denke, ich hätte mir die Geschichte nur ausgedacht. Das hab ich immer so gemacht.«

»Wie alt warst du denn da?«

»Sieben oder so.«

»Da hast du schon fotografiert?«

»Ja, erst noch mit so einer Uralt-Polaroid von meinem Onkel, damit hat das alles angefangen – die hätte ich nie in die Finger kriegen dürfen. War so eine Art Zwangsverhalten, ich hab wie eine Geisteskranke fotografiert. Vierundzwanzig Stunden am Tag hab ich meine Familie abfotografiert.«

Sascha begann wieder zu lachen. Es klang ein wenig irrsinnig.

»Ich hab solche Massen an Fotos im Keller, da hast du keine Vorstellung von!«

»Zeigst du sie mir mal?«

Sascha schüttelte den Kopf. »Auf keinen Fall, die sind total tabu.«

Sie gingen langsam zurück zur Pension. Obwohl es schon spät war, waren die Strandcafés noch voll, und aus jedem Lokal kam andere Musik, die sich mit dem Rauschen der Wellen und dem Stimmengewirr auf der Promenade mischte.

Lynn atmete tief ein und hatte das Gefühl, dass das, was sie sein wollte, und das, was sie war, zum ersten Mal wirklich eins waren. Das ist Leben, dachte sie und griff nach Saschas Hand.

»Alles okay?«, fragte Sascha lächelnd.

»Mir ging's nie besser«, antwortete Lynn.

Um einen Pavillon hatte sich eine Menschenmenge gebildet und verstopfte den Spazierweg. Sie kamen nicht weiter und mussten in der Menge stehenbleiben. In dem Pavillon gaben Musiker in weißen Anzügen und Hawaiihemden ein Konzert. Lynn biss sich auf die Lippen, um nicht loszulachen. Die weißen Anzüge sahen absurd aus, und die Musik klang eigenartig. Als seien die Instrumente aus Blech.

»Hast du früher auch *Augsburger Puppenkiste* geguckt?«, fragte Sascha nach ein paar Minuten leise. Ihre Stimme zitterte – auch sie versuchte, sich das Lachen zu verkneifen.

Lynn hielt sich die Hand vor den Mund. »Das Lummerlandlied!«, stieß sie hervor.

Das war es. Die Musik klang ganz genauso. Aber niemand sonst schien es zu bemerken. Lynn sah sich um – alle machten fröhliche Gesichter und wippten im Takt. Das steigerte ihre Erheiterung ins Unerträgliche. Sie sah Sascha an – die wischte sich die Augen. Als sich ihre Blicke trafen, musste Lynn schnell wegsehen.

Sie bahnten sich eilig einen Weg durch die Menge. »Eine Insel mit zwei Bergen und dem schönen blauen Meer ...«, schepperte es in Lynns Kopf, und sie konnte nicht aufhören zu lachen. Sascha auch nicht. Immer wenn sie sich ansahen, ging es von vorn los. Lynn wusste nicht, wann sie zum letzten Mal so gelacht hatte.

»Hast du auch so einen Heißhunger?«, fragte Sascha auf dem Weg zurück in den Ort.

Lynn nickte. Sie war heißhungrig. Wie bei prämenstruellem Schokoladenjieper, nur hundertmal schlimmer.

In der Ortsmitte fanden sie einen Supermarkt, der rund um die Uhr geöffnet hatte. Sie betraten den Laden und fielen über das Süßigkeitenregal her.

»Willst du die?« Sascha hielt Lynn eine Tüte *Caramel covered Marshmallows* unter die Nase.

»O mein Gott!«, stöhnte Lynn und nickte. »Das ist ja pervers!« Dann schaufelte sie Gummibärchen und Piña-Colada-Bonbons von der Pick & Mix-Theke in eine riesige Zellophantüte. Sascha wollte Salmiakdrops und gefülltes Gebäck. Sie kauften noch Weingummilollis, Schokoriegel, Wein und ein paar Flaschen Wasser.

Lynn schloss die weiße Kassettentür auf und öffnete sie langsam, damit sie nicht quietschte. Es war spät geworden.

Sascha warf die Sachen, die sie gekauft hatten, aufs Bett und sah sich um. »Eigentümliches Ambiente hier«, sagte sie kopfschüttelnd. »Wie in einer Low-Budget-Produktion.«

Sie knipste die kleine rote Nachttischlampe an. Ihre Schatten wurden riesengroß an die Rosentapeten geworfen. Beide ließen sich erschöpft aufs Bett fallen, und Lynn riss die Tüte mit den Marshmallows auf und aß gleich drei. Dann futterten sie alle Süßigkeiten durcheinander und tranken Wein aus Wassergläsern.

»Mach doch mal ein Foto von mir«, sagte Lynn. »Damit ich ein Beweisfoto hab und nicht irgendwann glaube, ich hätte mir alles nur eingebildet.«

»Ich hab meine Kamera nicht dabei.«

»Dann mit dem Handy.«

»Mit dem Handy?«

Lynn nickte.

Sascha sah sie an. Sie schien zu überlegen.

»Ziehst du dich aus?«

»Bitte was?«

»Ob du dich ausziehst, hab ich gefragt.« Sascha sagte es ganz ernst. Es schien kein Witz zu sein.

»Wie kommst du denn darauf?«

»Ich will einfach wissen, ob du es machst.« Sascha nahm grinsend ihr Glas und trank einen Schluck Wein.

»Wieso?«

»Ich will's halt wissen. Machst du es oder nicht?«

Lynn stopfte sich zwei Marshmallows auf einmal in den Mund. Sie schluckte und spülte mit Wein hinterher. Das ergab einen eigenartigen Geschmack. Ein bisschen wie Penicillin. Sie war verlegen. Ihr ganzer Körper steif und ungelenk. Dann zog sie ihr T-Shirt aus. Danach den Rock. BH und Slip behielt sie an.

Sascha sah ihr zu und zündete sich lächelnd eine Zigarette an. »Du machst es also ...«

Lynn saß in Unterwäsche auf der Kante des Bettes und sah auf ihre Oberschenkel. Sie fand sie zu dick. Immer schon. Jedenfalls hatte ihre Mutter das immer gesagt. Sie würde nirgendwo zunehmen, nur immer an den Oberschenkeln.

Sascha machte ein Foto.

»Den BH auch«, sagte sie dann.

Lynn öffnete zögernd den Verschluss. Es war Saschas Blick, der sie zwang, weiterzumachen, sich ganz preiszugeben, mit ihren dicken Oberschenkeln und ihrer viel zu weißen Haut, jetzt noch betont durch Sonnenbrandrot im Gesicht und an Armen und Waden. Sie musste wissen, wie es sich anfühlen würde, alles zu tun – ob Sascha sie halten würde, wenn ihre Würde einstürzte. Vor Jonas hätte sie sich niemals ausziehen können. Aber er hätte sich auch nicht getraut, danach zu fragen.

Lynn beobachtete Sascha, während sie den BH auszog, versuchte jede Regung in ihrem Gesicht aufzuspüren wie ein Bewegungsmelder.

Doch Sascha zog nur blinzelnd an ihrer Zigarette, der Qualm brannte ihr in den Augen. Sie sah auf Lynns Brüste und machte noch ein Foto.

»Warum tust du das?«, fragte sie.

Lynn zog ihren Slip aus. Auf einmal ging es leichter.

»Weil du das willst.«

»Und wenn ich sage, spring aus dem Fenster, dann springst du aus dem Fenster?«

»Ja«, sagte Lynn, »wenn du dafür mit mir schläfst.«

»Cool«, sagte Sascha und machte noch ein Foto.

Das war es. Mehr nicht. Sascha fing sie also nicht auf, starrte sie nur an wie ein Teenager, der zum ersten Mal eine nackte Frau sah, und klopfte dumme Sprüche. Trotzdem fühlte Lynn sich auf einmal irgendwie glücklich. Sie sah Sascha an und begriff in diesem Moment, dass sie schön war und welche Macht darin lag. Und dass Sascha sich nur deshalb so pubertierend benahm. Sie begann zu lachen, warf ihre Haare zurück, stand auf und setzte sich auf Saschas Schoß.

»Weißt du eigentlich, was ich von dir will?«, fragte sie und fuhr mit dem Finger sanft über Saschas Lippen.

Sascha schüttelte den Kopf.

»Dass du anfängst, zu dem zu stehen, was du wirklich fühlst.«

In Saschas Augen glänzte so etwas wie Furcht, als ihre Blicke sich trafen, obwohl ihr fester Griff um Lynns Hüften das Gegenteil behauptete.

Auch wenn sie eigentlich viel zu müde waren – in dieser Nacht schliefen sie miteinander, als sei das ihre letzte Gelegenheit.

Der Vorhang bauschte sich im Wind vor dem offenen Fenster. Sascha sah in die Morgendämmerung und hörte dem Meer zu. Sie balancierte vorsichtig die Zigarette zu ihren Lippen. Die kleine Aschesäule an der Spitze wurde länger und länger – sie musste aufpassen, dass sie nicht ins Bett fiel.

Lynns Atem war jetzt ruhig und tief. Sie schlief. Sascha lag so weit wie möglich von ihr entfernt, damit Lynn sich nicht an sie drücken konnte. Die Intimität des Schlafes ertrug sie mit ihr nicht.

Sie hielt die Zigarette vorsichtig senkrecht und tastete auf dem Nachttisch nach einem Aschenbecher, fand aber nur den Schraubverschluss einer Wasserflasche.

Ihr Handy brummte leise. Sie warf einen Blick aufs Display. *Katja.*

Sascha war schlagartig stocknüchtern.

Sie stand langsam auf, um kein Geräusch zu machen. Das alte Metallbett quietschte erbärmlich. Lynn stieß einen kleinen Seufzer aus und drehte sich um.

Sascha öffnete leise die Tür und verschwand auf den Gang.

Katja heulte. »Ich hab solche Schmerzen! Irgendwas drückt mir auf den Brustkorb. Ich kann nicht atmen. Ich hab Angst, dass ich keine Luft mehr kriege, und mein Herz rast so … Ich hab Angst, dass ich sterbe.«

Saschas Mund wurde trocken. Sie lehnte sich gegen die Wand.

»Okay.« Sie versuchte ruhig zu klingen. »Ruf den Notarzt. Ich komme, so schnell ich kann.«

»Ist gut«, wimmerte Katja.

»Machst du das? Ich ruf in fünf Minuten noch mal an.«

»Ja«, sagte Katja.

Sascha blieb einen Moment an die Wand gelehnt stehen. Was ist, wenn sie wirklich stirbt? Ihr Magen krampfte sich zusammen bei diesem Gedanken, und ihr wurde schlecht und schwindelig zugleich.

Sie kehrte ins Zimmer zurück und zog sich leise an, rannte dann los, nahm zwei Treppenstufen auf einmal. Unten stand die Wirtin im Flur, in ihrer komischen Strickjacke. Sascha drückte ihr hundert Euro in die Hand, das würde wohl reichen für die Absteige. Rannte an ihr vorbei zum Auto.

Ihre Hand zitterte, als sie den Wagen startete. Sie rief Katja noch mal an. Bei ihr konnte man nicht sicher sein, dass sie wirklich einen Arzt rief. Sie wäre imstande und würde erst versuchen aufzuräumen oder sich die Haare zu waschen.

»Hast du den Notarzt gerufen?«

Katja klang jetzt etwas ruhiger. »Ja«, sagte sie.

Sascha trat aufs Gas. Sie brauchte mindestens fünfzig Minuten, wenn alles glattging.

Sie wäre mit Arne übers Wochenende in Zandvoort hatte sie Katja am Morgen vorgelogen. Hatte sich geärgert, wie die in ihrem himmelblauen Bademantel am Frühstückstisch saß und nichts merkte. Ihren löslichen Kaffee trank, halb Kaffee, halb Dosenmilch – ekelhaft – und nichts merkte. Seit einem halben Jahr. Sie konnte machen, was sie wollte – Katja merkte nichts. War immer gleich.

Aber jetzt hatte Sascha es zu weit getrieben. Wenn Katja was passierte, wäre das ihre Schuld. Sie war nicht da. Sie hatte Katja allein gelassen.

Sie steuerte auf Verdacht die Uni-Klinik an, die lag ihrer Wohnung am nächsten. Fragte nach der Notaufnahme. Der Nachtportier las die Bildzeitung und trank Kaffee. Hatte ein Gesicht wie ein alter Boxer. Sah sie mit entzündet triefenden Augen an. War langsam, langsam, langsam. Wie es sich gehörte, wenn jemand nach der Notaufnahme fragte. Sie hätte ihm gern eine reingehauen.

In den Gängen weißes Neonlicht und grüner Fußboden, auf dem jeder Schritt quietschte. Der Geruch von Krankheit und Desinfektionsmitteln. Menschenleere. Sie ging eilig der Beschilderung nach. Sie hasste Krankenhäuser.

Im Wartebereich der Notaufnahme saß Katja. Lebendig, klein und traurig. Wie ein Kind, das niemand abgeholt hat. Ihre Schultern hingen erschöpft. Sie hatte Schatten unter den Augen. Sah irgendwie schmaler aus als am Morgen. Außer ihr war niemand da. Nur die Lampen brummten, und eine Spinne lief quer über den Fußboden.

»Hi, Kleines.« Sascha setzte sich neben sie und griff nach ihrer Hand.

So hatte sie sie schon ewig nicht mehr genannt. Katja sah sie an.

»Ich hab auf dich gewartet.«

Sascha nickte. »Ich weiß.«

Katja lächelte matt. »Woher wusstest du, dass ich hier bin?«

Sascha zuckte mit den Schultern. »Wusste es halt.« Sie ließ Katjas Hand wieder los. »Also, was ist?«

»Alles in Ordnung«, antwortete Katja. »Nur das Herz.«

»Was ist mit dem Herz?«

Gebrochen ist es!, zuckte es Sascha durch den Kopf. *So ist das, wenn ein Herz bricht. Das tut beschissen weh.*

»Nichts«, sagte Katja. »Also – nicht wirklich. Das Herz ist gesund.« Sie hielt einen Moment inne und suchte nach Worten. »Es ist …« Sie sah Sascha hilflos an und hob die Schultern. »Panik, sagt der Arzt. Nur Panik. Sonst nichts.«

Sascha fuhr sich durchs Gesicht und atmete tief durch. »Und was kann man dagegen machen?«

Katja zeigte ihr eine Tablettenschachtel. »Die soll ich nehmen.«

»Komm, wir fahren nach Hause.« Sie strich Katja über den Rücken.

Später lag sie hinter Katja und hielt sie fest. Drückte ihre Nase in Katjas Haar. Der warme Geruch war so vertraut, dass es im ganzen Körper stach. Katjas Atemzüge wurden lang und tief. Mit Katja ging das. Katja konnte sie schlafend ertragen. Schlafend, schnarchend, mit zerzaustem Haar, im Schlafanzug, mit verquollenen Augen. Wann ist man sich näher? Beim Sex oder im Schlaf? Im Schlaf entschied sie.

Wenn Schlaf mehr Nähe bedeutete als Sex, würde sie Katja nicht wirklich betrügen. Der Gedanke hatte was Beruhigendes, und Sascha Langner schlief ein.

Als sie wach wurde, lag Katja nicht mehr neben ihr. Es war schon hell. Sie sah auf die Uhr – nach elf, die Vormittagshitze kroch durch das heruntergelassene Rollo ins Zimmer. Sie setzte sich auf die Bettkante. Ihr Kopf schmerzte, ihre Lunge brannte. Aus der Küche kam Geklapper, Katja hantierte schon mit der Kaffeemaschine.

Sie versuchte den Gedanken, dass Lynn vielleicht genau in diesem Moment allein aufwachte, wegzuschieben. So wie sie es in den letzten Monaten mit jedem unangenehmen Gedanken gemacht hatte. Ihn einfach gestoppt und nicht weitergedacht. Das hatte erstaunlich gut funktioniert. Seit einem halben Jahr schien die eine Hälfte von ihr nicht mehr zu wissen, was die andere tat. Doch allmählich geriet sie ins Schleudern. Sie hatte immer häufiger das Gefühl, dass sie so nicht weitermachen durfte. Es war ein beunruhigendes Gefühl, als würde das Eis, auf dem sie lief, mit jedem Schritt dünner.

Sie stand auf und ging in die Küche. Der Geruch von Gebratenem schlug ihr entgegen, und Übelkeit stieg in ihr hoch. Katja stand am Herd und briet Spiegeleier mit Schinken. Peppels saß am Küchentisch und trank Kaffee.

»Schinken?«, fragte Katja.

Sascha reagierte nicht. Katja wusste genau, dass sie solche Cholesterinbomben nicht mochte. Schon gar nicht morgens. Sie setzte sich, schenkte sich ein Glas Wasser ein und nahm zwei Aspirin.

»Ich hab dich gefragt, ob du Schinken willst!«

Sascha spülte die Kopfschmerztabletten hinunter.

»Die kriegt die Zähne wieder nicht auseinander!« Katja stellte ihr einen Teller mit Spiegeleiern und Schinken vor die Nase.

Sascha schob ihn weg. Und mit einem Mal war ihr klar, warum sie fremdging. Weil hier längst alles den Bach runtergegangen war. Darum. Ganz einfach. Sie gab dem Drang, die Kamera zu holen und all das zu fotografieren, nicht nach. Aber er war wieder da – wie ein Seismograf, der ausschlug, wenn nichts mehr stimmte. Sie hatte gedacht, sie sei fertig damit, sie sei nicht mehr der Zombie, der die Welt nur noch als eine Ansammlung schräger Motive wahrnahm. Aber sie hatte sich geirrt. Alles fühlte sich genauso an wie früher. Und es hatte sich eigentlich nie anders angefühlt. Überleben konnte sie nur, wenn sie sich ausklinkte und alles abfotografierte. Katja, wie sie am Morgen aussah. Ihren stumpfen Gesichtsausdruck, die fettigen Eier.

»Lass mich in Ruhe mit deinen Fettbomben. Meinst du, ich will 'ne Wampe kriegen wie Elvis?«, sagte Sascha.

Peppels sah Sascha ungläubig an.

»Jetzt komm aber mal wieder runter! Elvis hat keine Wampe!« Sie tätschelte zärtlich Elvis' Kopf und gab ihm ein Stück Spiegelei.

»Ich meine nicht deinen Elvis, ich meine den Graceland-Elvis, der an Fettsucht gestorben ist.«

Peppels machte trotzdem ein beleidigtes Gesicht.

»Was machst du überhaupt hier?«

Peppels kaute erst fertig, bevor sie antwortete.

»Hab hier übernachtet.«

Sascha nahm Peppels' Tabak und drehte sich eine Zigarette. Es war Jahre her, dass sie zum letzten Mal eine Selbstgedrehte geraucht hatte.

Katja stand immer noch am Herd und briet ein Spiegelei

nach dem anderen. Wer sollte die alle essen? Schließlich setzte sie sich und begann zu frühstücken. Sascha ärgerte die vorsichtige Art, wie Katja ihr Ei auf dem Teller zerschnitt und sich die Gabel in den Mund schob. Als wollte sie vermeiden, beim Essen auch nur das kleinste Geräusch zu machen.

Ihr gemeinsames Verfallsdatum war überschritten, dachte Sascha. Es war Zeit zu gehen. Sie waren im Kreis gelaufen. Immer wieder. Und wenn sie ehrlich war, hatte sie es schon vor langer Zeit bemerkt. Wenn sie Katja ansah, wenn sie Katja berührte, wenn ihre Stimme sie nervte oder wenn sie wie Kai den Drang verspürte, nicht mehr zu sprechen.

»Wieso hast du denn hier übernachtet?«, fragte sie Peppels und leckte über das Blättchen.

»Wir haben doch gestern Abend die neue Bar von Monski und Beate eingeweiht«, erwiderte Peppels.

»Dann warst du also hier, als Katja die Herzattacke hatte?«

Peppels nickte und strich Butter auf eine Schnitte Toast.

»Und wieso bist du nicht mit in die Klinik gefahren?«

»Bin ich doch.«

»Bitte?«

Peppels betrachtete prüfend die Butterverteilung auf ihrem Toast. Nun kam die Marmelade.

»Du warst also auch im Krankenhaus – hab ich dich jetzt richtig verstanden?« In Saschas linker Schläfe hämmerte der Kopfschmerz. Hier stimmte etwas nicht, dachte sie.

»Ich hab Katja hingefahren. Danach bin ich hierher zurück. Ich dachte, sie müsste dableiben.«

»Du hast doch gestern gesagt, dass du den Notarzt rufst«, sagte Sascha zu Katja und kämpfte um eine ruhige Stimmlage. Sie beobachtete Katja, wie sie sich mit starrem Gesicht einen Bissen Spiegelei nach dem anderen in den Mund schob. Sie hätte sich ebenso gut die Ohren zuhalten und »Lalala …« singen können.

»Katja!«

Katja antwortete nicht. Es war sinnlos. Mehr würde sie aus den beiden nicht herausbekommen. Das war wieder dieser merkwürdige Nebel, der Katja und ihre Aktionen umgab. Irgendwo gab es einen Kern Wahrheit, um den dramatische Geschichten rankten, die Sascha zur irgendetwas veranlassen sollten. Lebensgefahr hatte letzte Nacht jedenfalls nicht bestanden – so viel war klar.

Sascha sah Peppels düster an. Sie nervte. Wieso ging sie nicht? Sascha brauchte keine Zeugen bei ihrem privaten Waterloo. Aber Peppels schien an ihrem Stuhl festgewachsen zu sein.

Katja begann den Tisch abzuräumen.

»Was macht denn dein Herz jetzt?«, fragte Sascha.

»Geht.«

»Was heißt geht?« Sie steckte die selbstgedrehte Zigarette an. Der Tabak war beißend und scharf ohne Filter. Sie hustete. Die Kopfschmerzen wurden stärker.

»Merk nichts mehr.«

»Wenn man nichts mehr merkt, ist man tot!«

»Hm. Nimm dir 'n Toast«, sagte Katja.

»Wie kannst du nur so ein Kraut rauchen?« Sascha drückte die Zigarette angeekelt wieder aus.

Peppels zuckte mit den Schultern. »Ist 'ne Kostenfrage.«

Sascha ging duschen. Lehnte sich gegen die Kacheln und ließ heißes Wasser auf ihren Kopf prasseln, bis das Badezimmer unter Dampfschwaden verschwunden und die Wut abgespült war. Manchmal hatte sie Angst. Angst vor sich selbst, Angst, die Kontrolle zu verlieren und handgreiflich zu werden.

Sie stand da und sah an sich herunter – dieser Frauenkörper irritierte sie jedes Mal aufs Neue, kam ihr fremd und zusammenhanglos vor wie ein abstraktes Bild, als würde sie immer, wenn sie sich ansah, mit etwas anderem rechnen. Womit, wusste sie allerdings auch nicht genau. Jedenfalls nicht damit. Sie machte viel Sport; besonders weiblich war ihr Körper eigentlich nicht. Ihre Schultern waren breiter als ihre Hüften. Trotzdem. Manchmal war ihre Haut ihr zu eng.

Katja öffnete die Badezimmertür. »Ich muss pinkeln.«

Das war so ein Moment, in dem ihre Wut ihr Angst machte. Sie kochte sofort hoch. Am besten sie reagierte gar nicht. Sie schloss die Augen. Die Kopfschmerzen ließen langsam nach.

Katja zog ab und wusch sich die Hände.

Hau endlich ab, dachte Sascha, verzieh dich. Es schien Stunden zu dauern, bis Katja die Badezimmertür wieder hinter sich zuzog.

Sie dachte daran, wie sie mit Lynn gelacht hatte. Lynns Lachen war ihr ultimatives Ziel. Davon konnte sie gar nicht genug kriegen.

Sascha verteilte Shampoo auf ihrem Kopf, spülte den Schaum ab.

Sie musste aufhören, sich vorzumachen, dass es nur um Sex ging. Es ging um mehr. Es war, als würde Lynn einen Teil von ihr aus dem Schatten holen, als würde sie die Tür eines verbotenen Raumes öffnen, in dem etwas eingesperrt war, für das es bis jetzt keinen Platz in der Welt gegeben hatte. Lynn war die Hoffnung, dass es vielleicht doch einen Ort dafür geben könnte.

»Tschüs«, hörte sie Peppels rufen, dann fiel die Haustür zu.

»Bin bei meinen Eltern!« Katja klopfte an die Badezimmertür, dann fiel die Haustür zum zweiten Mal ins Schloss. Sascha atmete auf. Sie war allein.

Sie drehte das Wasser zu und trocknete sich ab. Fuhr sich durchs nasse Haar und betrachtete sich im Spiegel. Stand sich selbst ratlos gegenüber. Diesem Jungengesicht, das sie immer so fragend ansah, als wüsste sie eine Antwort. Aber sie wusste keine.

Sie zog sich an und ging Zigaretten holen. Die Mittagssonne stach vom Himmel, und sie hatte keine Ahnung, wie sie diesen Sommertag herumkriegen sollte.

Es war ein Tag, an dem man am Meer sein sollte, dachte Sascha, am besten auf einem Surfbrett oder einfach nur träge auf einem Badelaken; ein Tag, der nach Sonnencreme roch und einen lachend zum Leben aufforderte. Den man völlig blödsinnig nach außen gerichtet verbringen sollte, an dem man mit Lynn Cabrio fahren sollte, das Haar vom Fahrtwind zerzaust und abends einen Sonnenbrand.

Ein Sommertag, der einfach nur »Selbst schuld!« zu ihr sagte, wenn sie stattdessen schwitzend durch den überhitzten Stadtteil irrte und versuchte, den Scherbenhaufen ihres Lebens zusammenzukehren.

»Ey – ey, du!« Eine Kleinjungenstimme riss sie aus ihren Gedanken. Vor ihr baute sich ein sechsjähriger Türke mit einem viel zu großen Fahrrad auf.

»Ey, guckst du, das ist *mein* Fahrrad!«, schrie er mit sich überschlagender Stimme und platzte fast vor Stolz. Er konnte das große Rad kaum halten.

»Super!«, sagte Sascha. Es war offensichtlich, dass es nicht sein Rad war. Doch sie nickte ihm zu, als glaube sie ihm. Er strahlte.

So einfach ging das. Hätte doch nur mal einer »Super!« zu ihr gesagt, dachte sie. Dann wäre vielleicht nicht so ein

Bestätigungsjunkie aus ihr geworden, der den Hals nicht voll davon kriegte, fragwürdige Spiele zu spielen.

»Ey – ey, du! Das ist *mein* Fahrrad!«, schrie der Junge gerade dem nächsten Passanten entgegen. Sie musste grinsen. Ein »Super!« reichte bei manchen anscheinend nicht.

Sie kaufte eine Schachtel West und schlenderte weiter bis zum Park. Der Tag war unwirklich grell und heiß. Sie war müde. Nichts passte an diesem Tag. Ihre Stimmung nicht zum Wetter, die Sommerhitze nicht zu ihren brennenden Augen. Sie suchte sich eine schattige Bank und zündete sich eine Zigarette an. Eigentlich wollte sie gar nicht rauchen. Sie streckte sich und schloss die Augen.

»Hi!« Jemand tippte ihr von hinten auf die Schulter. Sie drehte sich um.

»Tatjana«, sagte sie matt. »Ausgerechnet du.«

Wieso musste immer alles auf einmal kommen? Immer wenn sie Tatjana Tietz am wenigsten brauchen konnte, tauchte sie wie Phönix aus der Asche vor ihr auf.

»Kann ich mich setzen?«

»Wenn's unbedingt sein muss.«

»Jaja, lass nur gleich wieder die coole Sau raushängen, anscheinend brauchst du das.«

Sascha sagte nichts. Tatjana setzte sich neben sie. Ihre Haare waren inzwischen wieder gewachsen und begannen sich zu locken. Sie trug eine Nahkampfhose und ein pinkfarbenes Top.

»Ich mache jetzt eine Therapie«, verkündete sie.

»Soso.«

»Ich weiß jetzt, dass du nicht anders kannst, als zynisch und kalt zu sein.«

»Das ist doch schon mal was«, sagte Sascha.

Hätte sie Tatjana Tietz an diesem verhängnisvollen Abend im vergangenen Jahr doch nur nicht nach Hause gefahren. Die Tietz hatte sich besinnungslos betrunken und stand kotzend vor dem ZAKK. Es hatte irgendeine Auseinandersetzung gegeben – worum es ging, wusste niemand genau. Jedenfalls war Tatjana wohl schuld, und alle waren angeätzt. Nur Trottel-Sascha hatte Mitleid gehabt und sie nach Hause gebracht. Das war eine nette Geste gewesen, mehr nicht. Doch jemand wie Tatjana hatte das gründlich falsch verstanden und klebte seitdem an ihren Hacken wie Kaugummi. Auf jeder Party stand sie irgendwann vor ihr und machte eine Szene, als hätten sie sich gerade getrennt. Es war einfach nur peinlich. Sascha hatte versucht, vernünftig mit ihr zu reden, hatte sie ignoriert, war grob und beleidigend geworden – nichts hatte geholfen. Die Frau war wie eine Klette.

»Es ist nämlich so …« Tatjana kramte eine Bonbontüte aus ihrer Tasche und bot Sascha eines an. Sascha schüttelte den Kopf.

»Ich hatte eine Mutter, die sich gefühlsmäßig total ausgeklinkt hat und nicht erreichbar für mich war, hat meine Therapeutin festgestellt. Emotional total shutdown.« Sie sah Sascha an, als hätte sie die Weltformel entdeckt und zermalmte das Bonbon mit den Backenzähnen wie ein Nussknacker.

»Tatsächlich!?« Sascha saugte den letzten Rest aus ihrer Zigarette, drückte sie aus und warf sie ins Gras. Sie verspürte den Drang, Tatjana anzubrüllen, sie solle sich verpissen. Aber es war besser, sich nicht aus der Reserve locken zu lassen.

»Hast du Feuer?« Tatjana steckte sich eine Zigarette in den Mund und reckte den Kopf in Saschas Richtung. Sascha zeigte auf das Feuerzeug, das neben ihr auf der Bank lag.

Tatjana nahm es.

»Um damit fertigzuwerden, lasse ich mich immer wieder auf Menschen ein, die erst nett zu mir sind und mich dann emotional in die Wüste schicken. Leute wie dich.«

»Wirklich!?«

»Ja. Meine Therapeutin hat mir geraten, dir das zu sagen.«

»Das ist ja ein Ding.«

Tatjana nickte.

»Und? Bist du zufriedener jetzt?«

Sie überlegte. »Irgendwie nicht. Deine Reaktion gefällt mir nicht.«

»Kann sein, aber das musst du schon mir überlassen.«

»Ich hatte damit gerechnet, dass es dir nahegeht, dass du betroffener bist irgendwie.«

Sascha lachte auf und schüttelte den Kopf. »Wie kommst du denn darauf? Ich will nur eines, Tatjana: dich wieder loswerden.«

»Siehst du, da haben wir es wieder! Genau das meine ich.«

Sascha stand auf. »Hör zu, ich muss jetzt gehen.«

»Warte, ich komme mit.«

Sascha blieb stehen und überlegte, was am besten funktionieren würde, um Tatjana Tietz loszuwerden. Sie musste irgendwas sagen, womit sie nicht rechnete, worauf ihr nichts einfallen würde.

»Nein«, sagte Sascha. »Du kommst nicht mit. Du hast mir jetzt alles gesagt, und jetzt trennen sich unsere Wege, und ich wünsche dir alles Gute und dass du ab jetzt nicht mehr auf so Leute wie mich triffst. Das kannst du ja auch deiner Therapeutin sagen, dass ich das gesagt habe, ja? Du warst richtig erfolgreich, hast schwer an dir gearbeitet.«

Tatjana sah sie verdattert an, aber was Sascha gesagt hatte, schien ihr zu gefallen. Sie nickte.

Sascha winkte ihr zu und floh aus dem Park.

Auf dem Rückweg überlegte sie, ob sie Lynn anrufen sollte. Aber sie schaffte es nicht. Wenn sie es sich selbst gerade eben noch eingestehen konnte, dass etwas schiefgelaufen war – Lynn gegenüber konnte sie es nicht. Es wäre nicht viel von ihr übriggeblieben, wenn sie das gemacht hätte. Nicht viel mehr als ein ziemlich uncooles Häufchen Elend. War am Ende vielleicht was dran an Tatjanas Geschwätz? Schickte sie Menschen emotional in die Wüste? Dieser blöde Satz ging ihr nicht mehr aus dem Kopf.

Sie ging nach Hause, zog sich um und schwang sich aufs Fahrrad, um sich bei dreißig Grad die Hügel des Ruhrtals entlangzukämpfen. Dabei hörte wenigstens das Grübeln auf.

Als sie am Abend nach Hause kam, lag ein Zettel von Katja auf dem Tisch. »Pia hat heute Geburtstag«, stand darauf. »Ich erwarte dich um acht.« Daneben stand ein Blumenstrauß; den hatte Katja gekauft, und Sascha sollte ihn mitbringen. So machten sie es immer. Sascha kaufte nie Blumen. Sie war vollständig blind für so etwas, konnte kaum künstliche von echten Blumen unterscheiden.

Sie sah auf die Uhr. Es war halb neun. Sie hatte keine Lust mehr wegzugehen, war todmüde. Aber es würde sie ablenken. Also duschte sie und fuhr los.

»Schön, dass du es doch noch geschafft hast.« Pia tätschelte zur Begrüßung Saschas Oberarm. Sascha hasste das, ließ es aber über sich ergehen. Sie gab Pia den Blumenstrauß.

»Oh, wie lieb«, sagte Pia.

»Wie süß von dir! Zeig mal, was steht denn da?« Fleur machte das Post-it ab, das an der Zellophanfolie klebte.

»*Wenn du die Blumen diesmal wieder vergisst, lynche ich dich! Und komm bloß pünktlich!*«, las sie vor.

Sascha schloss die Augen. Mist! Sie hatte den Zettel nicht gesehen.

Als sie die Augen langsam wieder öffnete, fiel ihr Blick auf die Fotos von Pia und Fleur, die in einem Ikea-Rahmen an der Dielenwand hingen. Pärchenfotos. Sie selbst hatte die Bilder gemacht. Was für grottenschlechte Fotos, dachte sie. Pia trug eine rote Daunenweste und ein blaues T-Shirt, Fleur hatte die Farben umgekehrt. Dazu zwei hellblonde Kurzhaarschnitte, blitzsauber, antiseptisch. Sie strahlten wie in einer Werbung für Colorwaschmittel. Bei ihnen wurden keine Drohbriefchen an Blumensträuße geklebt – das sah man sofort.

»Was soll ich dazu sagen?« Sie hob ratlos die Arme. Dann riss sie Fleur den Zettel aus der Hand, zerknüllte ihn und steckte ihn in die Hosentasche, bevor Katja ihn zu sehen bekam.

»Das ist jetzt einfach nur noch peinlich. Aber wenigstens habe ich an die Blumen gedacht und pünktlich bin ich –« sie sah auf die Uhr – »fast!« Es war halb zehn.

Pia lachte. »Das sind ja rührende Liebesbriefe, die du von deiner Freundin kriegst!«

»Tut mir leid«, sagte Sascha. »Ich weiß echt nicht mehr, wo mir der Kopf steht, seit ich das Geschäft übernommen habe.«

Fleur nickte verständnisvoll. Sie schien für alles Verständnis zu haben. Oder sie schaffte es wenigstens, so auszusehen. »Du hast an die Blumen gedacht und bist hier. Das rechnen wir dir hoch an.« Sie lachten alle drei etwas hilflos.

»Komm erst mal rein«, sagte Pia. »Du hast bestimmt Hunger.«

Das Fischgrätenparkett knarzte leise, als Sascha ins Wohnzimmer trat. In einer Ecke standen einige Frauen um Stehtische, ein weißes Rattanecksofa war voll besetzt. Sascha stieß aus Versehen gegen eine riesige Vase mit Dekozweigen, die an der Wand stand. Es hätte nicht viel gefehlt und die Vase wäre umgefallen und hätte den Paravent, der zur Zierde dahinter stand, gleich mit umgerissen. Es war zu warm hier; in der Luft lag ein Gemisch aus Parfüm, Knoblauch und Sekt. Sascha fühlte sich fehl am Platz, wie ein Pitbull auf einer Pudelparty. Sie sah sich um und fing den wütenden Blick einer zierlichen Blonden mit randloser Brille auf. Sie kannte diese Art von Blick – auf jeder Frauenparty begegnete er ihr früher oder später. Sie vergrub die Hände in den Hosentaschen und stellte sich ein wenig breitbeiniger hin. Die Augenbrauen der Blonden zogen sich unwirsch zusammen.

Katja saß auf dem weißen Rattansofa und hatte rote Backen. Sie knabberte Salzgebäck und nippte an einem Sektglas. Ihre nächsten Anschaffungen würden wahrscheinlich künstliche Zweige und eine riesige Vase sein, dachte Sascha. Katja bewunderte alles, was Pia und Fleur taten.

Sie nickte Katja zu, die mit einer Frau sprach, die Sascha nicht kannte. Katja winkte zurück. Sascha hatte keine Lust, zu ihr zu gehen und bekannt gemacht zu werden.

Sie ging in die Küche, dort gab es wenigstens jede Menge zu essen. Eines musste sie Pia und Fleur lassen – sie kochten wirklich überwältigend gut.

»Hier ist Käse-Lauch-Suppe mit Gehacktem, hat Fleur gemacht – da drüben Baguette und Salate.«

Pia gab ihr einen Teller Suppe, und Sascha setzte sich zu

ihnen an den Küchentisch, in dessen Mitte eine Dekolandschaft aus Sand, Muscheln und Dünengräsern lag. Dazwischen Teelichter und ein kleiner Holzleuchtturm. Die Wohnung von Pia und Fleur war die reinste Dekohölle, fand Sascha. Aber die warme Suppe tat gut.

Pia und Fleur erzählten von ihrem Dänemark-Urlaub. Sie waren auf Fanö gewesen und erst vor ein paar Tagen zurückgekommen. Sascha überlegte, dass sie es keinen Tag mit Katja auf einer Insel aushalten würde. Pia und Fleur waren *drei Wochen* dort gewesen. Ob sie es mit Lynn auf einer Insel aushalten würde, wusste sie nicht. Schon eher, hatte sie das Gefühl. Aber sicher auch nicht drei Wochen.

»War das nicht – ein bisschen beklemmend?« Sie brach ein Stück Baguette ab und tunkte es in die Suppe.

»Beklemmend? Wieso?«

»Na ja, weil man nicht weg kann.«

»Wir wollten doch gar nicht weg! Es war einfach nur schön, kein bisschen beklemmend.« Pia und Fleur sahen sich verliebt an. »Mal nur Zeit füreinander zu haben, jeden Tag.« Pia streichelte Fleurs Hand.

Sascha unterdrückte den Drang, mit den Fingern zu trommeln, auf die Uhr zu sehen, sinnlos ihre Handyeinstellungen zu ändern oder einfach aufzustehen und zu gehen. Das Geturtel der beiden machte sie nervös.

»Rutsch mal!« Katja boxte Sascha mit dem Ellenbogen in die Rippen. Sie war aus dem Wohnzimmer gekommen und setzte sich zu ihnen. »Du bist schon wieder über eine Stunde zu spät!«

Sascha nickte ergeben.

»Wir haben jeden Morgen auf dem Balkon mit Nordseeblick gefrühstückt – es war herrlich«, schwärmten Pia und Fleur und warfen sich zärtliche Blicke zu.

Katja hörte ihnen aufmerksam zu und beobachtete diese Blicke genau. Zu genau, fand Sascha, das verhieß nichts Gutes. Die beiden lagen ganz weit vorn in Katjas Pärchen-Ranking. Sie und Katja dagegen ganz weit hinten.

»Wir machen auch noch Urlaub dieses Jahr«, sagte Katja.

Sascha traute ihren Ohren nicht.

»In Südfrankreich.«

Sie hatten keinen Urlaub geplant. Sascha hatte keine Zeit dazu und erst recht keine Lust. Katjas Gerede war reines Wunschdenken, das sie in diesem Moment selbst zu glauben schien.

»Am Atlantik«, sagte Katja. »Wir fahren mit dem Wohnmobil die Küste entlang. Nur Sascha und ich.«

»O wie schön«, sagte Fleur.

»Traumhaft«, sagte Pia. »Da müsst ihr aber Fotos machen!«

Alle drei sahen Sascha an und erwarteten, dass auch sie etwas sagte. Sascha verspürte eine unangenehme Enge in der Brust. Sie hustete. »Hast du mal einen Schluck Wasser?«

Pia reichte ihr ein Glas und eine Flasche Mineralwasser.

Katja trat ihr unter dem Tisch gegen das Schienbein. »Oh, Frauke, setz dich doch zu uns«, sagte sie gleichzeitig und lächelte über das ganze Gesicht. Die Frau, mit der sich Katja im Wohnzimmer unterhalten hatte, stand in der Küchentür. Sie trug Outdoor-Sandalen und ein Jack-Wolfskin-T-Shirt zu Dreiviertelhosen.

»Womit fahrt ihr denn?«, fragte sie Sascha.

Sascha sah schweigend in die Runde. Das wurde ja immer absurder.

»Wahrscheinlich mit so ’nem alten VW-Bus, was?« Frauke lachte. Und Katja, das dumme Huhn, lachte mit. Fleur und Pia lachten auch.

Sascha verspürte ein ungutes Pochen in den Schläfen. Sie lächelte gereizt. Wieso hatte sie bloß die Zigaretten auf dem Wohnzimmertisch liegenlassen? Sie hatte sie in die Hand genommen, dann aber wieder hingelegt und war in die Küche gegangen. Nicht zu rauchen war wirklich eine Herausforderung. Ihre Hände lagen sinnlos herum. Sie fühlte sich nackt ohne Zigaretten. Das ist lächerlich, dachte sie, komplett lächerlich. Doch ihr fehlte die Rauchsäule vor ihrem Gesicht, das Schnacken des Feuerzeugs, das Inhalieren und Ausatmen und dann erst antworten. Ohne Zigarette kam alles so direkt und brutal frontal. Fraukes pummeliges Gesicht gegenüber am Tisch. Viel zu scharf gestellt, viel zu real.

»VW-Busse sind solide. Damit kannst du um die Welt reisen, wenn es sein muss. Aber was empfiehlst du denn als alte Globetrotterin?«, sagte sie.

Frauke stützte wichtig eine Hand auf ihr Knie. »Kommt drauf an, welche Art Trip du machen willst.«

»Tja«, sagte Sascha. »Das steht wohl noch in den Sternen.«

»Dann bist du aber schlecht vorbereitet, würde ich sagen.« Frauke musterte sie mit zusammengekniffenen Augen.

Sascha nickte. »Schon möglich.« Sie war müde. Zu müde für einen Schlagabtausch.

Frauke grinste jetzt in Katjas Richtung, und Katja fühlte sich geschmeichelt. Das sah Sascha an der Art, wie sie lächelte. Frauke begann über Wohnmobile zu fachsimpeln. Das war anscheinend ihr Lieblingsthema. Was hatte Katja eigentlich für einen schlechten Geschmack? Oder war ihr inzwischen jede recht? Sascha gähnte und merkte, dass Katja sich ärgerte, weil sie nicht zuhörte.

Pia schenkte Fleur ein Glas Sekt ein, sagte »Schatz« zu ihr

und kniff sie in die glücksrote Backe. Liebe war hier wie ein duftendes warmes Schaumbad. Völlig gefahrlos – die beiden schienen sich absolut sicher zu sein. Warum erschien Sascha selbst jedes Gefühl so riskant? Warum war Liebe für sie ein Bungee-Sprung mit verbundenen Augen, marodem Seil und unbekanntem Untergrund? Sie dachte an Lynns wasserblaue Augen, die immer etwas erschrocken aussahen, als sei sie mitten in der Nacht aus dem Schlaf gerissen worden, und an ihren Mund. Ihre Vorderzähne standen ein ganz kleines bisschen vor. Man sah es nur, wenn sie lächelte, und es gab ihrem Lächeln einen ganz eigenen Ausdruck. Saschas Magen zog sich zusammen, als sie daran dachte. Ihre Art zu lächeln war eine warme Einladung, ein Versprechen und stand für alles, was Sascha von einer Frau wollte. Sie versuchte tief durchzuatmen, aber sie spürte wieder diese Enge in der Brust. Konnte man in ihrem Alter schon einen Herzinfarkt kriegen? Frauke äugte misstrauisch zu ihr hinüber, dann grinste sie Katja wieder an.

Du kannst sie haben, dachte Sascha. Es war ihr vollkommen egal. Es hatte keinen Zweck, länger vor Lynn – und vor sich selbst – wegzurennen, als sei der Teufel hinter ihr her. Gib auf!, dachte sie. Gib endlich auf und lass die Waffen fallen.

»Ich muss mal an die Luft«, sagte sie, und Frauke machte ein zufriedenes Gesicht. Wahrscheinlich glaubte sie, dass Sascha ihretwegen an die Luft musste. Es war ihr egal.

Sie lief die Treppen hinunter und suchte einen Kiosk. Sie brauchte Zigaretten, ganz dringend. Ein paar Straßen weiter fand sie einen. Der indische Budenbesitzer bewegte sich wie in Zeitlupe. Sascha klimperte ungeduldig mit dem Autoschlüssel und vergaß auf das Wechselgeld zu warten, als sie das Päckchen endlich in der Hand hielt. Er rief hinter ihr her, aber sie hatte keine Lust zurückzugehen. Sie ging zu ihrem Auto, setzte sich hinein und rauchte. Die Zigarette schmeckte nicht. Sie rauchte trotzdem weiter und zündete sich danach gleich noch eine an. Die schmeckte noch weniger. Vielleicht würde Katja ihr hinterherkommen, schoss ihr plötzlich durch den Kopf.

Sie stieg wieder aus und schlenderte ziellos die Straße entlang. Im Stadtpark war ein Feuerwerk. Sie ging langsam in die Richtung und rauchte die dritte Zigarette hintereinander. Am liebsten wäre sie zu Lynn gefahren, um in ihr Bett zu kriechen und zu spüren, wie ihr warmer Körper nachgab – sich mit ihr die Bettdecke über den Kopf zu ziehen und da nie wieder rauszumüssen.

Sie musste reinen Tisch machen.

Sascha sah auf die Uhr. Als die vierte Zigarette aufgeraucht war, warf sie die Packung weg und wählte Lynns Nummer.

Um halb neun klingelte es. Lynn sprang aus der Dusche und zog sich eilig an. Sie waren um neun verabredet, nicht um halb neun, dachte sie ärgerlich und öffnete die Tür.

Jonas zog eine Flasche Sekt hinter dem Rücken hervor und dunkelgelbe Freilandröschen – nett, nicht zu verbindlich. Er drückte Lynn kurz und küsste sie auf die Wange. Er trug ein bedrucktes T-Shirt und Jeans und sah dadurch anders aus, als sie ihn in Erinnerung hatte.

Lynn nahm ihm den Sekt und die Blumen ab, ging in die Küche und schnitt die Rosen an, bevor sie sie in eine Vase stellte.

Jonas folgte ihr.

»Du hast dich verändert!«, sagte er.

»Du dich aber auch!«

»Das ist nur mein Freizeitlook.«

Lynn lachte. Das hätte sie sich gleich denken können, dass es zu seinem Look gehörte. Jonas zog nicht einfach irgendein T-Shirt an. Ein bedrucktes T-Shirt hieß bei ihm, hey, ich bin zwar im Business schwer erfolgreich, aber in meiner Freizeit ein echt lockerer Typ.

Sie spürte, wie er sie verstohlen beobachtete, während sie den Tisch deckte. Sie waren zum Essen verabredet. Danach wollten sie zum Feuerwerk in den Stadtpark gehen.

Seine Nachricht war auf dem Anrufbeantworter gewesen, als sie am Tag zuvor enttäuscht und traurig aus Holland zurückgekehrt war, mit Sand in den Schuhen und Sonnenbrand und zerfetztem Herzen. Seine Stimme klang so tröstlich in der Leere ihrer Wohnung, als hätte er auf sie gewartet. Zuverlässig und vertraut. Er sagte, dass er sie gern sehen würde. Sie hatte ihn sofort zurückgerufen.

»Melzer will mich als Doktoranden – was sagst du dazu?«

»Wow«, sagte Lynn und nickte anerkennend. Dass Jonas immer pünktlich war und sie niemals hängenließ, bedeutete nicht, dass sie ihm wirklich etwas zu sagen hatte, stellte sie fest.

Sie setzten sich und begannen zu essen.

»Letzte Woche war ich mit Melzer nach dem Kolloquium noch was trinken, und da hat er mir gesagt, dass er mein Vorhaben für hochinteressant hält.«

Jonas redete über ihr Unbehagen und ihre Fremdheit hinweg, plauderte, als sei nichts vorgefallen zwischen ihnen, als hätte sie gar nicht Schluss gemacht im Januar in Berchtesgaden. Als hätte sich nichts verändert. Hatte sich auch irgendwie nicht – ihn zu sehen fühlte sich an wie immer.

Plötzlich griff er nach ihrer Hand.

»Lynn, an meinen Gefühlen für dich hat sich nichts geändert. Ich möchte nur, dass du das weißt.«

Lynn nickte. Sie sah auf die Uhr. »Wir sollten langsam aufbrechen.« Sie zog ihre Hand weg.

In diesem Augenblick klingelte das Telefon. Lynn stand auf, froh, seinem Blick zu entkommen.

Es war Sascha.

Lynn schluckte beklommen.

»Hi.« Sascha räusperte sich. »Ich denke, ich hab dir was zu erklären.«

Sie sprach leise, der Klang ihrer Stimme war so nah und gleichzeitig so fremd, als würden sie sich gar nicht kennen.

»Können wir uns treffen?«

»Ja«, sagte Lynn. »Wann?«

»Ich mach mal den Sekt auf, Schatz!«, rief Jonas in diesem Moment, als legte er großen Wert darauf, dass der Anrufer von seiner Anwesenheit erfuhr.

Ein Knall aus der Küche. Die Sektflasche war offen.

Schweigen am anderen Ende der Leitung.

»Das ist nur Jonas«, sagte Lynn.

Dann hörte sie ein Knacken und schließlich das Freizeichen.

Als sie benommen auflegte, stand Jonas in der Küchentür und sah sie an.

»Und? Wer war das?«

»Sascha«, sagte Lynn.

»Schön.« Er lächelte. »Und wer ist Sascha? Jemand aus dem Büro?«

Lynn schüttelte den Kopf.

Er sah sie fragend an, aber sie sagte nichts mehr.

»Ich bin einfach an deinen Küchenschrank gegangen.«

Jonas stellte zwei Sektgläser auf den Tisch und schenkte ein. Er prostete ihr zu und redete und griff zwischendurch nach ihrer Hand, aber Lynn hörte nicht, was er sagte, seine Worte rauschten über sie hinweg, ohne Sinn und Zusammenhang.

»Jonas, entschuldige«, sagte sie nach einer Weile. »Das wird nichts mehr mit uns. Ich kann nicht mit dir zum Feuerwerk gehen.«

Er sah sie erstaunt an, fing sich aber sofort wieder.

»Lass dir Zeit. Denk darüber nach. Überleg es dir und ruf mich an, wenn du dich entschieden hast.« Er klang wie ihr Berater.

»Es gibt nichts mehr zu überlegen. Ich habe mich schon lange entschieden.«

Jonas nickte. Dann ging er.

Sie fragte sich, wieso er ein so guter Verlierer war. Wahrscheinlich weil er nichts zu verlieren hatte, dachte sie.

Die Septembersonne schien matt auf Lynns Schreibtischplatte. Der Sommer wurde langsam müde und verlor an Farbe. Lynn räumte auf, zerriss alte Tagebuchaufzeichnungen, sortierte Fotos und mistete aus. Sie musste in Bewegung bleiben, ständig irgendetwas tun, immer beschäftigt sein. Sie durfte nicht nachdenken. Immer wenn sie ins Nachdenken geriet, erschien ihr Leben ihr wie Makulatur.

Wenigstens hatte sie einen Makler gefunden. Vielleicht würde sie Theresas Haus bald los sein. Sie rückte den Schreibtisch von der Wand ab, um dahinter zu saugen. Da entdeckte sie Saschas Schlüssel, der ihr im Januar hinter den Tisch gerutscht war. Sie hatte ihn ganz vergessen. Komischerweise hatte Sascha sie auch nie danach gefragt.

Sie müsste auch damit aufräumen, dachte sie. Es war

sinnlos. Sie beschloss, Sascha den Schlüssel zurückzubringen.

Gegen Abend fuhr sie zu ihr. Sie klingelte, aber es öffnete niemand, die Wohnung blieb dunkel.

Sie klingelte noch einmal, aber nichts geschah.

Jetzt drehst du komplett durch, dachte sie, als sie den Schlüssel lautlos ins Schloss steckte und vorsichtig die Haustür öffnete. Aber sie konnte nicht anders. Sie stieg auf Zehenspitzen die Treppen hoch, ohne Licht zu machen, und schloss leise die Wohnungstür auf.

Alles sah aus wie an dem ersten Abend, an dem sie mit Sascha hier gewesen war. Leer und unbewohnt. Es roch nur anders. Die Wohnungstür fiel mit einem Knacken hinter ihr ins Schloss. Sie hielt den Atem an.

In diesem Moment öffnete jemand die Schlafzimmertür und schaltete das Dielenlicht an.

Vor ihr stand Franko in Boxershorts mit wirrem Haar, einen Baseballschläger in den Händen und blinzelte entrüstet.

Lynn sah ihn entgeistert an.

»Ich möchte zu Sascha«, erklärte sie.

»Und dafür brichst du in meine Wohnung ein? Mann, ich hab gepennt, hatte mich gerade hingelegt. Du kannst froh sein, dass ich dir nicht den Schläger über die Rübe gezogen hab!«

»Was soll das heißen – deine Wohnung?«

»Meine Wohnung eben.« Franko stellte den Baseballschläger in die Ecke. »Ganz normal – willst du den Mietvertrag sehen?«

»Wohnst du hier mit Sascha zusammen?«

Er lachte. »Gott bewahre! Wie kommst du denn darauf?«

»Sie hat behauptet, dass sie hier wohnt.«

»Dass *sie* hier wohnt?«

Lynn nickte.

Er ging kopfschüttelnd ins Wohnzimmer und setzte sich auf das rote Sofa.

»*Ich* wohne hier, glaub's mir. Aber meistens nur am Wochenende. Bin ja fast immer auf der Plattform. Sascha hat die Schlüssel. Guckt manchmal nach dem Rechten.«

Lynn hielt sich am Türrahmen fest, um das Drehgefühl in ihrem Kopf unter Kontrolle zu bekommen. »Das gibt der Sache ja eine ganz neue Wendung.«

»Sieht ganz so aus.« Franko lachte verlegen.

Sie legte seinen Wohnungsschlüssel auf den Wohnzimmertisch. »Entschuldige, dass ich hier einfach reingekommen bin. Wo finde ich Sascha?«

Franko zögerte. »Ist ihr sicher nicht so recht.« Er verteilte Tabak auf einem Blättchen, drehte sich eine Zigarette und leckte langsam den Rand.

Lynn sah ihm zu.

Er zündete die Zigarette an, inhalierte tief und zupfte sich ein Tabakfädchen von der Lippe.

Lynn wartete.

Er sagte nichts. Rauchte schweigend weiter. Irgendwann sah er sie fragend an, als wundere er sich, dass sie noch da war.

»Ich habe dich gefragt ...« Lynns Stimme wurde mit jedem Wort schriller. »Ich habe dich gefragt«, jetzt schrie sie, »wo ich Sascha finde!«

»Okay, okay.« Er machte eine beschwichtigende Handbewegung. »Aber dann lasst mich bloß in Ruhe mit eurem Scheiß.«

Er nannte ihr Saschas richtige Adresse.

»Danke«, sagte Lynn. »Wohnt sie da alleine?«

»Jo, ganz alleine«, murmelte Franko, ohne sie anzusehen. Sie hatte das Gefühl, dass er log.

»Nicht zufällig mit Katja?«

»Ach so – ja, kann auch sein. Ja, stimmt, mit Katja, so WG-mäßig.« Er lachte hölzern.

Mehr brauchte er nicht zu sagen. Den Rest konnte Lynn sich denken.

Die Clemensstraße lag an einem kleinen Park. Oder war es ein Friedhof? In der Dämmerung war es schlecht zu erkennen. Eine verkehrsberuhigte Straße mit Altbauten. Die Wärme des Spätsommertages staute sich über dem Asphalt; die Leute hatten die Fenster geöffnet, aus irgendeiner Wohnung kam türkische Musik. Es war drückend, als würde es ein Gewitter geben. Lynn suchte die Hausnummer 14. Im Erdgeschoss unten rechts. Langner/Saarbach stand auf dem Türschild. Drinnen brannte Licht.

Als sie klingelte, bellte ein Hund. Eine kleine Frau mit rundem Gesicht und Stupsnase öffnete. Sie hatte eine kleine Lücke zwischen den Schneidezähnen. Das musste Katja sein.

»Ja?« Sie sah Lynn unfreundlich an.

Lynn starrte sie an. Ihre Hände waren nass, eben abgewaschen, sie kochte wohl gerade – der Geruch von Frikadellen quoll aus der Wohnung.

Ein Dackel kam zur Tür gelaufen und kläffte.

»Tiffi, aus!«, befahl die Frau harsch und gab dem Hund einen Klaps. Tiffi bellte trotzdem weiter.

Ein Radio lief.

An der Garderobe Saschas Jacke.

Eine Waschmaschine legte den Schleudergang ein.

Lynn bekam keine Luft.

»Was wollen Sie?«, fragte die Frau ungeduldig. Lynn stahl ihr die Zeit. Die Frikadellen brannten an.

»Ich glaube«, sagte Lynn leise, und ihre Stimme klang weit entfernt, in ihren Ohren rauschte etwas wie ein schlechteingestellter Sender. »Ich glaube, ich habe mich in der Hausnummer geirrt.« Sie drehte sich um und lief davon.

Weit entfernt begann es leise zu donnern. Sie rannte die Straße entlang, das Geräusch kam immer näher. Regen klatschte auf ihr heißes Gesicht, erst einzelne Tropfen, dann immer mehr, bis ihre Sachen völlig durchnässt waren und Wasser ihren Nacken hinunterlief. Aber der Regen tat gut. Er spülte einen dumpfen Schmerz frei, der sich steigerte und schließlich grell und unerträglich wurde. Lynn wusste nicht, was mehr weh tat – alles zu verlieren, was jemals Sinn ergeben hatte, oder dass Sascha sie so belogen hatte.

Am nächsten Tag ging sie zum Arzt. Das Wartezimmer war voll. Sie hatte keinen Termin.

»Dann müssen Sie aber warten«, sagte die Sprechstundenhelferin an der Rezeption drohend.

Lynn nickte und fühlte sich wie eine Simulantin.

Die Luft im Wartezimmer war abgestanden und roch nach verwelkten Blumen. Doch es standen nirgendwo Blumen. Lynn wurde leicht übel. Sie setzte sich in die Nähe des Fensters. Irgendwann würde sie es öffnen. Nur nicht jetzt gleich, wo sie das Wartezimmer gerade erst betreten hatte. Die anderen Patienten kamen ihr feindselig vor. Sie fühlte sich wie vom Leben ausgespuckt. Sie nahm eine Zeitschrift von dem kleinen Tisch in der Mitte des Warteraumes und blätterte darin, ohne etwas zu lesen. Der ältere Mann neben ihr räusperte sich die ganze Zeit. Das Geräusch schien von Mal zu Mal lauter zu werden und alles andere zu übertönen.

Lynn verkrampfte sich und versuchte es zu überhören. Aber es ging nicht. Wieso musste er neben ihr sitzen?

Sie sprang auf und öffnete das Fenster. Vielleicht würde der Straßenlärm ihn übertönen. Lynn versuchte sich auf die vorbeifahrenden Autos zu konzentrieren. Erst gelang es ihr ganz gut, aber nicht lange. Dann übertönte das Räuspern wieder alles. Ein gurgelndes Räuspern.

»Könnten Sie bitte damit aufhören?«, fuhr sie den Mann an.

Er sah sie erstaunt an. Alle im Wartezimmer sahen sie plötzlich an.

»Womit denn?«, fragte der Mann.

Lynn bekam einen heißen Kopf. »Sie räuspern sich die ganze Zeit!«

Ein empörtes Murmeln erhob sich. Der Mann tauschte entrüstete Blicke mit der Frau gegenüber. Die schüttelte den Kopf und musterte Lynn frostig.

»Das ist eine Unverschämtheit!«, sagte sie.

»Also, man glaubt es ja nicht!«, sagte der Mann und bekam einen roten Kopf. Wahrscheinlich hatte er auch noch erhöhten Blutdruck.

Lynn tat es schon leid, so aus der Haut gefahren zu sein. Aber fast mehr noch war es ihr peinlich. Sie starrte in ihre Zeitschrift.

Der ältere Herr schüttelte noch etwa zehn Minuten lang den Kopf und murmelte immer wieder: »Man glaubt es ja nicht …«

Dann wurde er aufgerufen.

Zwei Stunden später kam Lynn endlich an die Reihe.

Sie habe private Probleme und ständigen Druck auf dem Magen, mehr brauchte sie dem Arzt nicht zu sagen. Er war gutmütig und wollte auf keinen Fall mit ihren privaten

Problemen behelligt werden. Er nickte und gab ihre Symptome in den Computer ein.

Mit dem gelben Schein in der Hand trat sie aus der Praxis in den farblosen Vormittag. Der Himmel war schmutzig und hing mit fahlgrauen Luftschichten tief in die Straßen. Nur wenige Menschen waren unterwegs.

Zu Hause machte sie sich eine Wärmeflasche und legte sich ins Bett. Aber sie schlief nicht ein. Lag nur da, atmete flach und sah die Decke an.

Am späten Nachmittag machte sie sich zum zweiten Mal auf den Weg in die Clemensstraße.

Erst nach dem dritten Klingeln ging der Türdrücker. Vor der Wohnungstür stand ein Crossrad. Das hatte am Tag zuvor nicht da gestanden.

Sascha wurde ein wenig blass, als sie Lynn sah. Blieb mit verschränkten Armen in den Türrahmen gelehnt stehen, wie bei ihrem ersten Treffen, sah Lynn an und versuchte ein Lächeln, aber nur der Mund, die Augen machten nicht mit. Ihr Haar war strubbelig, und sie trug ein zerknittertes T-Shirt.

»Hier wohnst du also wirklich«, sagte Lynn leise. »Mit Katja, nehme ich an.«

Sascha nickte, ohne sie anzusehen. »Was willst du?«

»Ich war gestern bei Franko. Er hat mir gesagt, wo ich dich finde.«

»Ich weiß.«

Vom ersten Stock kamen schwerfällige Schritte die Treppe herunter. Eine alte Frau mit Lockenwicklern im Haar blieb auf dem Treppenabsatz stehen.

»Schon wieder das Fahrrad im Hausflur!«, keifte sie. »So was gibt es nur hier, das gibt es nirgendwo sonst. Das dürfen Sie gar nicht! Ich rufe den Vermieter an, endgültig. Ich habe es Ihnen schon dreimal gesagt, und die Treppe wurde auch wieder nicht geputzt!«

Sascha sah ihre Nachbarin gleichgültig an.

»Komm rein«, sagte sie zu Lynn und schloss die Wohnungstür hinter ihr.

»Das ist eine Unverschämtheit! Das dürfen Sie gar nicht«, zeterte es vor der Tür weiter.

Sascha ging vor Lynn her durch eine hellblau gestrichene Diele. Ging vor ihr her in ihr echtes Leben. Im Flur stand eine halbgeöffnete Sporttasche an der Wand, ein Sweatshirt lag darauf. Der Dackel, den sie am Tag zuvor schon gesehen hatte, sprang bellend auf Lynn zu.

Sascha und Katja hatten ein gemeinsames Wohnzimmer. Im Türrahmen war eine Reckstange befestigt. In der Ecke des Raumes stand eine Hantelbank. Darüber hing eine große Schwarzweiß-Fotografie von einem leeren Schwimmbecken in einem maroden Freibad. Äste und Blätter lagen auf dem Grund. Die Beckenbeschichtung bröckelte. Ein Rabe saß auf dem Einmeterbrett.

Der Fernseher lief. Auf dem Tisch standen ein voller Aschenbecher und einige leere Bierflaschen. Ein leerer Pizzakarton lag im Weg. Sascha kickte ihn zur Seite, ließ sich auf das gestreifte Sofa in der Mitte des Raumes fallen und zündete sich eine Zigarette an. Lynn blieb einen Moment unschlüssig stehen. Dann setzte sie sich auch.

»Das war es, was ich dir am Samstag am Telefon sagen wollte«, sagte Sascha, nahm die Fernbedienung vom Tisch und zappte durch das Programm.

»Wo ist deine Freundin? Weiß sie etwas?«

Sascha schüttelte den Kopf. »Auf einer Schulung. Kommt erst nächste Woche zurück.«

»Warum hast du es mir nicht gesagt? Warum hast du einfach aufgelegt?«

Sascha schnaubte verächtlich. Angewidert drückte sie ihre Zigarette aus, sah Lynn kurz an und blickte dann wieder in den Fernseher. Eine Gerichtsshow. Der Staatsanwalt verlas gerade die Anklage.

»Hatte sich ja wohl erledigt.«

»Was hatte sich erledigt?«

»Das weißt du so gut wie ich, denke ich.«

»Du meinst das mit Jonas?«

»Ich war so naiv zu glauben, dass du so ehrlich bist, wie du aussiehst«, sagte Sascha mit einem kühlen Lächeln.

»Mit Jonas habe ich schon im Januar Schluss gemacht.«

Sascha antwortete nicht.

»Ich habe ihn am Samstag zum ersten Mal wiedergesehen. Er hatte auf den AB gesprochen, als ich aus Holland kam.«

»Aber er nennt dich weiterhin *Schatz*. Komisch.«

Lynn fragte sich, wie Sascha es anstellte, dass sie plötzlich das Gefühl hatte, sich vor ihr rechtfertigen zu müssen. Hätte Sascha nicht selbst einiges zu erklären gehabt? Aber Sascha Langner mischte die Karten einfach neu.

»Das war nämlich das blöde Gefühl, das ich von Anfang an hatte. Und das bekommt mir nicht so gut, verstehst du?«

»Was bekommt dir nicht?«

»Deine Testlesbe zu sein.«

»Bitte was? Meine Testlesbe?«

»Und? Wie war es so für dich? Interessante Erfahrung?«

»Verdammt noch mal, hast *du* mir nicht was zu erklären? Lenk doch nicht so ab! Was spielst du nur für ein unfaires Spiel?«, rief Lynn. »Was ist mit Katja? Warum hast du mir nie von ihr erzählt?«

»Muss ich mich *dir* gegenüber irgendwie rechtfertigen?«, fragte Sascha ruhig. Je mehr Lynn sich aufregte, desto entspannter schien Sascha zu werden. Sie gähnte. Gelangweilte Müdigkeit als Selbstschutz.

»Stimmt«, sagte Lynn. »Wer bin *ich* denn schon?«

Sascha nahm dem Dackel den Pizzakarton ab, den er gerade in seine Einzelteile zerlegen wollte. »Dein Problem ist, dass du glaubst – ich weiß nicht weshalb –, es gäbe was Verbindliches zwischen uns.« Sie warf den Karton in den Papierkorb. »Ich hab dir von Anfang an gesagt, dass ich dafür keine großen Chancen sehe. Dein emotionaler Input ist viel zu hoch.«

Lynn sah sie ungläubig an. Leeres Geschwätz, Wortblasen – als sei nicht mehr zwischen ihnen gewesen als der Abschluss eines Mobilfunkvertrags. Als hätte sie nicht Saschas Haut geschmeckt, als hätte sie nicht gehört, wie ihr Atem schneller wurde.

Lynn lachte auf. »Mein emotionaler Input ist viel zu hoch!?«

Sascha machte ein Gesicht, als sei sie mit dem Gesprächsverlauf sehr zufrieden. Sie lehnte sich zurück und verschränkte die Arme hinter dem Kopf.

»Genau. Du hast Erwartungen, die ich nie versprochen habe zu erfüllen.«

»Dein verbaler Output ist unglaublich«, sagte Lynn. »Ich hab noch nie gehört, dass jemand so einen Mist zusammenfaselt.«

Sascha antwortete nicht, sondern lächelte sie nur sonderbar an. Spöttisch, gemischt mit Mitleid. Hatte Lynn diesen Blick nicht schon einmal an ihr gesehen? Sie wusste nicht mehr wann. Dann wurde ihr klar, dass es nichts bringen würde. Saschas Gefühle waren abgeschirmt durch einen streng überwachten Grenzstreifen, ein mit Tretminen gespicktes Niemandsland aus zynischer Arroganz. Keiner kam da so einfach hindurch. Wer das versuchte, riskierte schwerste Verluste. Zu Sascha konnte sie nicht vordringen. Das hatte schon die ganze Zeit eigentlich nicht richtig funktioniert. Sascha stellte nur eine einzige unausgesprochene Forderung: Lynns absolutes, bedingungsloses Ja, um das sie nicht bitten musste und das sie zu nichts verpflichtete. Alles andere war ihr zu wenig – oder eben zu viel –, und sie zuckte die Schultern und ließ Lynn fallen wie eine aufgerauchte Zigarettenkippe.

Sascha Langner ließ lieben.

Lynn stand auf und ging.

»Wieso schon wieder eine Frau?« Elena sah Lynn verständnislos an.

Sie hatte es befürchtet. Es war sinnlos, mit Elena zu reden. Ihre Frage machte alles noch schlimmer. Lynn trank einen Schluck Kaffee. Er brannte im Magen. Sie hätte besser Kamillentee bestellen sollen, dachte sie. Seit Sonntag hatte sie dieses Brennen im Magen. Eigentlich durfte sie gar nicht hier im Café sitzen. Sie war noch krankgeschrieben.

»Meinst du nicht, es hat vielleicht damit zu tun, dass du so viel alleine bist?«, fragte Elena.

»Bitte?«

»Na ja, dass du da irgendwas überinterpretierst, mehr daraus machst, als es ist?«

»So ein Quatsch.«

Lynn rührte langsam ihren Kaffee um, und ihre Gedanken schweiften ab. Sie hatte es eigentlich die ganze Zeit geahnt oder vielleicht sogar gewusst, dass etwas nicht stimmte. Aber sie war darüber hinweggegangen. Hatte sich geweigert, eins und eins zusammenzuzählen, und gehofft, dass es gutgehen würde. Inzwischen war klar, dass es schiefgegangen war. Sie hätte genauer hinsehen sollen. Hätte Sascha mehr Fragen stellen sollen. Hätte sich nicht zufriedengeben dürfen.

»Sie hat die ganze Zeit mit ihrer Freundin zusammengelebt«, sagte Lynn. »Das musst du dir mal vorstellen! Wie muss man da drauf sein?«

Sie fragte sich, ob Sascha mit Katja geschlafen hatte in diesem letzten Jahr, in dem sie beide sich immer wieder getroffen hatten. Das Magenbrennen wurde schlimmer. Die Kellnerin kam und fragte, ob sie noch etwas wollten. Lynn bestellte einen zweiten Kaffee.

»Das passt nicht zu dir, finde ich. Du bist doch keine Lesbe«, sagte Elena. »Lass besser die Finger von so was. Das hat doch damals mit Alex schon nicht funktioniert. Außerdem – zwischen uns hat es doch auch noch nie gefunkt.«

»Zwischen uns?« Lynn sah sie irritiert an. Es ist sinnlos, dachte sie, vollkommen sinnlos. Sie hätte besser gar nicht davon angefangen.

Elena nickte.

Lynn begann zu lachen. »Und das besagt bitte was?«

»Na, dass du keine Lesbe sein kannst.«

»Du meinst, wenn ich eine Lesbe wäre, würde ich was von dir wollen, und wenn ich nichts von dir will, kann ich im Umkehrschluss keine Lesbe sein, folglich habe ich mir alles nur eingeredet, weil ich so einsam bin?«

Elena sah sie unsicher an.

»Verschon mich bitte mit deinen haarsträubenden Theorien. Ich hab im Moment echt andere Sorgen.«

»Und wieso würdest du nichts von mir wollen, wenn du eine Lesbe wärst?«

Lynn betrachtete ratlos Elenas Pausbacken und ihren gelockten Pagenschnitt. Sie zögerte einen Moment.

»Wenn du Sascha kennen würdest, würdest du es vielleicht verstehen«, antwortete sie dann.

»Du willst damit also sagen, dass du mich unattraktiv findest?«

»Nein!«, stöhnte Lynn. »So als Freundin nicht – aber eben, um mit dir ins Bett zu gehen, meine ich.«

Sie schwiegen. Jede sah in eine andere Ecke.

»Und wieso? Wieso würdest du nicht mit mir schlafen wollen?«, fragte Elena nach einer Weile.

»Meine Güte, was stellst du mir für absurde Fragen. Du bist eben nicht mein Typ. Du wolltest doch auch noch nie mit mir schlafen, oder?«

»Ich bin ja auch keine Lesbe«, sagte Elena.

»Stimmt.« Lynn lächelte resigniert. »Das hatte ich vergessen.«

Sie sollte dieses Gespräch schnellstmöglich beenden, nach Hause fahren, sich Haferflockensuppe kochen und sich hinlegen, dachte sie. Diesem Tag war nichts mehr abzutrotzen. Lynn bezahlte und verabschiedete sich. Dann ging sie in den nächsten Supermarkt, um Kamillentee und Haferflocken zu kaufen.

Vor dem Regal mit den Teesorten versuchte sie auszurechnen, ob 100 Gramm Kamillentee für 1,75 oder 185 Gramm für 3,75 billiger waren. Sie bekam es nicht raus. Wieso musste alles so krumme Preise haben? Wieso konnte nicht einmal etwas einfach sein? Du musst einen Dreisatz rechnen, sagte sie sich, einen Dreisatz im Kopf rechnen. Aber in ihrem Kopf war nur Leere. Leere und Sascha, Sascha und Leere, mehr nicht. Sie ließ ihren Blick durch den Laden schweifen. 1,75 = 100 Gramm, wiederholte sie wie ein Mantra. 1,75 = 100 Gramm. Aber weiter ging es einfach nicht.

Und dann sah sie Sascha einige Meter entfernt vor dem Zeitschriftenregal stehen. Wie ein böser Geist, der sie verfolgte. Oder hatte sie schon Halluzinationen? Nein, es war tatsächlich und leibhaftig Sascha Langner. Sie stand mit dem Rücken zu Lynn und las in einer Zeitschrift. Neben sich einen halbvollen Einkaufswagen. Lynn nahm beide Packungen Kamillentee. Die würde sie brauchen.

Katja kam von der Obsttheke und legte eine Ananas in den Wagen. Sascha sah nicht auf. Katja sagte etwas, und Sascha legte die Zeitschrift weg und schob den Einkaufswagen hinter ihr her. Ihre Schultern hingen leicht, und ihr Gang war nicht federnd wie sonst, hatte nichts von seinem üblichen Übermut. Lynn hätte niemals geglaubt, dass Sascha Langner so gewöhnlich sein konnte.

Am Gefrierregal sah Katja auf einen Einkaufszettel, nahm eine Packung heraus und hielt sie Sascha unter die Nase. Lynn versuchte zu erkennen, was es war. Es sah aus wie Eis. Sie fühlte sich, als würde Sascha sie mit Katja betrügen und nicht umgekehrt.

Sascha aß also Eis. Auch das war wie eine Art Betrug. Als hätte sie bewusst vor ihr verheimlicht, dass sie alltägliche, kindische Gewohnheiten hatte, Kompromisse machte, Bequemlichkeiten pflegte. Sascha war gar kein Freibeuter. Lynn sah sie auf einmal nur noch als Teil eines anderen Ganzen, als Hälfte von etwas, alles an ihr schien mit Katja Saarbach verbunden. Ihr Name stand auf dem Türschild direkt neben Katjas, jedes ihrer Kleidungsstücke hatte Katja schon einmal in der Hand gehalten.

Katja legte die Packung in den Wagen. Sascha stand daneben, als würde sie der gemeinsame Einkauf nichts angehen. Katja sah müde aus, dachte Lynn. Hatte dunkle Schatten unter den Augen. Vielleicht brannte ihr Magen auch.

Sie legte den Tee ins Regal zurück und verließ den Supermarkt.

»Na, wieder fit?« Frau Klein aus der Abteilung Komponenten und Greifsysteme lächelte falscher denn je. Lynn fuhr zusammen und goss sich beim Teeaufgießen heißes Wasser über die Finger.

»Autsch!«, schrie sie und stürzte zum Wasserhahn. Immer genau dann, wenn sie die Klein am wenigsten gebrauchen konnte, steckte sie ihr neugieriges Gesicht um die Ecke.

»Kein Kaffee heute, Frau Jakobs?«, fragte sie honigsüß.

»Wie Sie sehen, heute nicht.«

Lynn ließ kaltes Wasser über ihre Finger laufen. Das Brennen ließ langsam nach.

»Das ist die Sekretärin vom Chef – unsere Frau Jakobs«, erklärte Frau Klein der Neuen von der Rezeption. Lynn kannte sie nicht, sie musste neu bei Meyer & Meyer angefangen haben, während Lynn krankgeschrieben war.

»Etwas nervös heute, unsere Frau Jakobs, aber sie war ja auch krank! Was hatte sie denn?« Die Klein sprach am liebsten in der dritten Person mit Lynn, interessierte sich für alles und kannte keine Hemmungen. Ihr Blick flackerte vor Neugier.

»Eine ansteckende Hautkrankheit«, sagte Lynn und trat dicht neben Frau Klein. »Ganz abgeheilt ist sie leider noch nicht. Es juckt noch überall. Schlimm. Ganz schlimm.«

Die Klein musterte Lynn misstrauisch. Die Neue biss sich auf die Lippen und versuchte sich das Lachen zu verkneifen.

»Wenn Sie sich nicht anstecken wollen, halten Sie sich besser nicht in meiner Nähe auf – man weiß ja nie«, sagte Lynn zu Frau Klein, die die Teeküche jetzt lieber schnell verließ.

Lynn lächelte zufrieden, nickte der Neuen zu und ging mit ihrem Kamillentee zurück in ihr Büro.

Später in der Kantine setzte sich die Neue einfach zu ihr.

»Ich bin Pia«, sagte sie vergnügt und stellte ihr Tablett Lynn gegenüber auf den Tisch. Sie schien sich auf ein nettes Pausengespräch zu freuen. Wahrscheinlich kam sie sich etwas verloren vor in der Altherrenwelt von Meyer & Meyer und wollte gern über die Klein lästern.

Doch Lynn war nicht in der Verfassung zu Kantinen-Smalltalk. Sie zwang sich, wenigstens kurz zu lächeln. Dann stocherte sie weiter in ihren Königsberger Klopsen herum. Am liebsten wäre sie aufgestanden und hätte sich woanders hingesetzt.

»Und du? Wie heißt du?«

Die Neue duzte sie einfach. Das machte man nicht in der Meyer-Welt. Aber es hatte etwas Erfrischendes.

»Lynn. Lynn Jakobs.«

Pia setzte sich.

»Schmeckt's nicht?« Sie schien sich um jeden Preis unterhalten zu wollen.

»Nicht wirklich.«

»Was ist dir denn über die Leber gelaufen?«

»Nichts.« Lynn versuchte noch mal ihr professionelles Meyer-Lächeln, stach hektisch in einen Klops und schob ihn in den Mund. Sie tupfte ihre Lippen mit der Serviette ab, zerknüllte sie und warf sie auf ihr Tablett. Und dann liefen ihr die Tränen übers Gesicht, ausgerechnet in der Kantine und ausgerechnet vor der Neuen.

»Was ist los?«, fragte Pia und klang aufrichtig besorgt.

Lynn schniefte und winkte ab. »Privat«, sagte sie und versuchte sich zu fangen, aber es ging nicht. Sie konnte einfach nicht mehr aufhören zu heulen. Hätte das nicht gestern Abend im Bett passieren können, wie bei anderen Leuten auch?, dachte sie wütend.

»Meine Güte, was ist passiert? Willst du darüber reden?«

Lynn schüttelte nachdrücklich den Kopf. »Ich hab gerade eine ziemlich blöde Affäre hinter mir.«

Und dann brach der Damm vollständig, und sie redete ohne Punkt und Komma, erzählte Pia, die sie gar nicht kannte, von Sascha, davon, wie sie in Holland allein aufgewacht war, wie sie mit Jonas Schluss gemacht hatte wegen Sascha und wie sie in der letzten Woche festgestellt hatte, dass Sascha in einer festen Beziehung lebte. Vielleicht war es einfacher, all das einer Wildfremden zu erzählen. Vielleicht ging von Pia etwas aus, das ihr Vertrauen einflößte. Lynn wusste es nicht genau. Als sie fertig war, ging es ihr besser. Doch sie hatte den Eindruck, dass Pia verlegen auf ihrem Stuhl herumrutschte, und ihr wurde klar, was sie da eben alles erzählt hatte.

»Die Sekretärin vom Chef!«, sagte Pia und grinste schief. »Wer hätte das gedacht?«

»Ist das irgendwie ein Problem für dich? Ich meine, tut mir leid, ich wollte dich nicht mit meinem Privatleben überschütten.«

Pia schüttelte lächelnd den Kopf. »Überhaupt kein Problem! Willkommen im Klub!«

»Ach so!« Lynn lachte erleichtert. Da hätte sie auch von selbst drauf kommen können, wenn sie etwas genauer hingesehen hätte.

»Dann kennst du so was ja sicher.«

Pia schüttelte den Kopf. »So was kenne ich eigentlich nicht. Und möchte ich ehrlich gesagt auch nicht kennenlernen. Ich lebe seit drei Jahren glücklich mit meiner Freundin zusammen.«

Lynn beobachtete eine Fliege, die eilig über den Kantinenboden lief. Wie kam die hier rein? Die Fenster ließen sich nicht öffnen. Wie schön musste es sein, von sich sagen zu können, so was kenne ich nicht.

»Wahrscheinlich passiert das auch nur mir«, sagte sie.

»Ich glaube, das passiert vielen. Sag mal, hast du vorhin ... hast du gesagt, dass sie Sascha heißt? Hatte ich das richtig verstanden?«

Lynn nickte.

»Nicht zufällig auch noch Langner?«

Lynn sah Pia erstaunt an. »Du kennst sie?«

Pia zögerte. »Ja. Wir sind mit ihrer Freundin befreundet. Mit Katja.«

Sie schwiegen.

Lynn fiel dazu nichts Sinnvolles ein. »Ähm«, sagte sie schließlich.

»Aber das hätte man sich auch an fünf Fingern abzählen können«, meinte Pia nach einer Weile leise. »Katja ist so ein Herzchen. Ich kenne sie von meinem vorherigen Job. Sie war da an der Poststelle.«

Nachdenklich rührte sie ihren Kaffee um.

»Ich hab nie so richtig begriffen, was die beiden eigentlich verbindet, schon so rein – wie soll ich sagen – so rein geistig, weißt du?«

»Ich kenne Katja nicht.«

»Sie ist lieb, wirklich eine ganz Liebe. Aber ich hatte manchmal das Gefühl, dass sie Sascha falsch einschätzt. Die ist anders, glaube ich, ganz anders. Aus der bin ich nie richtig schlau geworden. Aber das hätte ich dann doch nicht gedacht. Die beiden waren letzte Woche noch zusammen auf Fleurs Geburtstag. Krass. Echt krass.«

»Kennst du Sascha schon lange?« Lynn musste sich beherrschen, Pia nicht über sie auszufragen.

»Ein paar Jahre, aber eigentlich eher Katja. Sascha kommt selten mit. Ich kenne sie eigentlich nicht richtig, sie ist ziemlich distanziert, finde ich, fühlt sich, glaube ich, auch nicht ganz so wohl unter Frauen. Ich halte sie ehrlich gesagt auch für trans.«

»Trans …«, wiederholte Lynn leise. Das schien der Begriff zu sein, der ihr gefehlt hatte, der möglicherweise alles zusammenfasste, was sie gefühlt hatte, aber nicht benennen konnte.

»Wie gehe ich denn jetzt damit um?«, überlegte Pia und kratzte sich am Kopf.

»Es ist ja vorbei«, sagte Lynn.

»Ja, aber davon zu wissen – und Katja weiß es nicht.«

Lynn sah Pia ratlos an. Darauf hatte sie keine Antwort.

»Und du?«, sagte Pia. »Was mache ich mit dir? Du kommst mir auch ziemlich durcheinander vor.«

Lynn wünschte sich, sie hätte Pia zeigen können, wie gut ihre Worte taten. Aber sie konnte nur die Schultern zucken.

»Kennst du die Frauenparty in der Turbinenhalle?«, fragte Pia ganz unvermittelt. »Wie wäre es, wenn wir zusammen ein wenig Ablenkung für dich suchen würden?«

Es war heiß. Die Luft war von Rauch gesättigt und brannte in der Lunge. Pia und Fleur lotsten sie durch die Menge, an den Rand der Tanzfläche, wo Stehtische standen. Hier fand man Halt. Pia beugte sich vor und hielt tuschelnd die Hand vor den Mund.

»Wie wär's mit der da?« Sie zeigte auf eine Frau in der Menge.

»Oder mit der?«, fragte Fleur.

Lynn wusste nicht, wen sie meinten. Es fühlte sich falsch an. Sie wollte nicht unhöflich sein, versuchte ein Lächeln, das alles und nichts sagte.

Pia ließ den Blick über die Tanzfläche wandern, suchte nach bekannten Gesichtern. Wenn sie eines fand, erzählte sie die passende Anekdote. Affären, Verstrickungen, peinliche Auftritte, unglückliche Lieben. Immer mit der Hand vor dem Mund, direkt in Lynns Gehörgang.

Lynn verstand nur Bruchstücke, die Musik war zu laut. Sie stellte ihr Glas ab und bahnte sich den Weg durch die Menge zu den Toiletten. Vor den Waschbecken drückte sich ein knutschendes Paar herum. Junge Frauen mit zweifarbigen Frisuren und gepiercten Gesichtern. Lynn blieb vor dem Spiegel stehen und zog sich die Lippen nach. Sie versuchte sich vorzustellen, mit einer dieser Frauen ins Bett zu gehen; oder mit Pia oder Fleur oder Elena. Es ging nicht.

Als sie zurückkehrte, stand Sascha neben Pia und Fleur, lachte und sah aus wie aus der Sommerfrische. Ihr Anblick traf Lynn unvorbereitet. Direkt in den Magen. Sie spürte, wie ihr Herz klopfte, aber an der falschen Stelle; im Hals und im Kopf. Wieso musste das jetzt passieren?

Sie ging zurück zur Bar, bestellte Wodka Lemon und beschloss, Sascha zu zeigen, wie gleichgültig sie ihr war. Sie trank ihr Glas aus. Danach fühlte sich ihr Kopf gut wattiert an, und sie war ruhig und sachlich. So schaffte sie den Weg zurück zu den anderen am Tisch.

Sascha stand da, eine Hand in der Tasche, in der anderen eine Bierflasche. Herbe Koketterie in ihrer Bewegung. Verschanzte sich hinter einem unverschämten Grinsen, als sei nichts gewesen.

»Hi«, sagte Lynn und fand, dass es vollkommen gelassen klang. So wie es klingen sollte, wenn einem jemand egal war. Ein wenig müde, ohne Tonhöhe, ohne Erwartung.

Sascha trank gemächlich einen Schluck Bier, bevor sie antwortete.

»Was machst du denn hier?«

So standen sie sich gegenüber. Sie berührten sich nicht.

»Das musste ja passieren«, sagte Pia betreten. »Die Welt ist eben klein.«

Lynn lachte nervös. Sascha ließ ihren Blick unbeteiligt über die Menge schweifen.

»Was treibt dich denn hier her?«, fragte sie, ohne Lynn anzusehen. Ihr zur Schau getragenes Desinteresse war geradezu lächerlich, dachte Lynn.

»Ich seh mich mal um.«

»Soso. Wonach denn?«

»Einfach nur so. Ich war hier noch nie.«

»Alleine?«

»Mit Pia und Fleur, wie du siehst.«

»Woher kennt ihr euch denn?«

»Wird das ein Verhör?«

»Schnepfe«, sagte Sascha, und da war etwas in ihrer Stimme, das Lynn sofort wieder butterweich machte – es klang fast wie eine Liebkosung.

»Wir haben uns bei meinem neuen Job kennengelernt«, antwortete Pia an Lynns Stelle.

Sascha nickte, und das Gespräch brach ab. Keiner von ihnen schien noch etwas Unverfängliches einzufallen. Angespannt beobachteten sie das Geschehen auf der Tanzfläche.

Nach einer Weile entdeckte Lynn Katja auf der anderen Seite der Halle. Daneben Peppels. Katja gestikulierte, zeigte in ihre Richtung und sagte etwas zur Peppels. Schließlich bahnten sie sich einen Weg über die Tanzfläche und steuerten auf die Stehtische zu. Lynn sah sie näher kommen und konnte sich nicht rühren. Sie wollte zur Bar, blieb aber wie festgewachsen neben Pia stehen. Wie unter Zwang, wie ein Gaffer bei einem schlimmen Unfall. Sie musste die beiden zusammen sehen, musste sehen, wie sie miteinander sprachen, wie sie miteinander umgingen. Gebannt beobachtete sie Saschas Gesichtsausdruck, als Katja an den Tisch kam und Pia und Fleur begrüßte. Für einen Moment glaubte sie einen Anflug von Unruhe zu erkennen. Saschas Blick flackerte unkonzentriert, als Katja sagte, dass sie die ganze Zeit nach ihr gesucht habe. Peppels starrte betreten auf den Boden, Fleur sah sich konzentriert in der Halle um, als suche sie jemanden.

»Lass uns noch was zu trinken holen«, sagte Pia zu Lynn und zog sie hinter sich her zur Bar.

Als sie zurückkamen, war Sascha weg. Pia sah erleichtert aus. Aber Katja und Peppels standen immer noch neben Fleur.

»Jetzt weiß ich, warum du mir so bekannt vorkommst«, sagte Katja.

Lynn trank in großen Schlucken. Sie brauchte die Schutzschicht aus Watte um ihr Inneres.

»Hast du nicht vor kurzem bei uns geklingelt?«

Lynn kratzte sich am Kopf, als würde sie nachdenken. »Ich hab mich vor einiger Zeit mal vertan, aber ich weiß nicht mehr, bei wem ich da geklingelt habe.«

Was wäre, wenn sie Katja jetzt alles sagen würde?, schoss ihr durch den Kopf. Aber das war Saschas Sache, nicht ihre.

»Zufälle gibt es!« Katja lachte kopfschüttelnd. Ihr Lachen wirkte aufgesetzt. Sie knuffte Peppels mit dem Ellenbogen in die Seite.

Peppels schwieg und studierte die Tischplatte.

»Nicht?«

»Tja«, brummte Peppels.

»In der Tat.« Lynn lächelte und sah sich um, ob sie Sascha irgendwo entdeckte.

Was hast du nur für ein feiges Herz, dachte sie.

Später traf sie Sascha auf dem Gang zu den Toiletten. Im Vorbeigehen sagte sie, dass sie im Auto warten würde. Lynn lehnte sich an die kühle gekachelte Wand und sah ihr hinterher, wie sie langsam auf den Ausgang zuging.

Sie ließ einige Minuten verstreichen und folgte ihr. Es war noch warm draußen. Für Ende September noch sehr warm. Der schwere Geruch von vergorenem Obst hing in der Luft. Kies knirschte unter ihren Schritten. Sternenklarer Himmel. Als sie noch klein war, sah er genauso aus, dachte sie. Und die Luft roch auch so, nachts im Spätsommer. Süßer Marmeladengeruch in der ganzen Wohnung vermischt mit der naiven Zuversicht, dass alles so war, wie es schien. Und der feste Glaube daran, dass es so blieb.

Sie ließ ihren Blick suchend über den Parkplatz schweifen. Weit hinten blinkte eine Lichthupe.

Sascha hatte ihr alles über ihr Leben verschwiegen und sie vorsätzlich getäuscht. Lynn ging schneller. Nichts war, wie es zu sein schien.

Sie öffnete die Autotür.

Sascha drückte die Zigarette aus und schluckte den Qualm. Lynn stieg ein. Sie saßen eine Weile in der Dunkelheit. Die Lichter eines vorbeifahrenden Autos erhellten den

Innenraum des Wagens. Rauchschwaden tanzten kurz im Scheinwerferlicht. Unter ihrer Sommerbräune wirkte Sascha müde.

Die Musik war bis hierhin zu hören. *I will survive.* Wie der Abspann eines Films, der noch aus dem Kinosaal nachklingt.

Eine Gruppe Frauen lief einige Meter entfernt über den Parkplatz, schwankend und schunkelnd, den Refrain mitjohlend.

Sascha beugte sich über sie. Ihr Gesicht war heiß; sie küsste Lynn, wie sie es noch nie getan hatte, ein bedürftiger Kuss, verzweifelt und voller Zärtlichkeit.

Danach saßen sie benommen nebeneinander. Lynn schluckte und schluckte, um das traurige Gefühl, das sich als dicker Kloß in ihrem Hals verdichtete, loszuwerden. Es half nichts. Sie legte den Kopf in den Nacken, in der Hoffnung, dass die Tränen wieder zurück in die Augen fließen würden. Aber es waren zu viele. Als es erst einmal angefangen hatte, war es nicht mehr zu stoppen. Ihr ganzer Körper zuckte, und Rotz lief ihr aus der Nase.

»He …« Sascha berührte scheu ihre Schulter. »He, was ist los?«

Sie kramte im Handschuhfach nach einem Päckchen Taschentücher und hielt es Lynn hin, als sei das die Rettung.

Lynn schnäuzte sich.

Sascha strich vorsichtig mit einem Finger über ihre Wange. »Komm, bitte nicht heulen, Prinzessin.«

»Du hast Nerven.« Lynn versuchte mühsam ihre Stimme unter Kontrolle zu bringen.

»Nein.« Sascha schüttelte müde den Kopf. »Glaub mir, ich hab auch keine Nerven mehr.«

»Warum machst du das alles? Warum hast du mir nie erzählt, dass du mit jemandem zusammen bist?«

»Hast du es mir erzählt?«

»Ich bin mit niemandem zusammen.«

Sascha lachte verächtlich auf.

»Du glaubst mir nicht.«

»Nein.«

»Weil du selbst die ganze Zeit gelogen hast.«

Sascha sah aus dem Fenster, als hätte Lynn nichts gesagt.

»Sascha!«

»Mmhh. Ist angekommen.«

»Warum?«

Sie reagierte nicht.

»Warum hast du mir die ganze Zeit was vorgelogen? Warum hast du mir nie von Katja erzählt? Warum?«

Sascha stellte das Radio an, suchte schweigend nach einem Sender. Lynn wollte gerade aussteigen und wütend die Autotür hinter sich zuwerfen, als Sascha leise sagte: »Weil es eine neue Möglichkeit war. Wenn ich es dir gesagt hätte, hätten wir uns nicht mehr getroffen.«

»Eine neue Möglichkeit?«

Lynn schaltete das Radio wieder aus.

Sascha strich gedankenverloren über das Display. »Ich weiß auch nicht.« Sie schwieg kurz. »Mit dir habe ich eine Ahnung bekommen, wer ich sein *könnte*. Wenn ich dir von meinem langweiligen, banalen Alltag erzählt hätte, dann hätte er mich eingeholt und alles erstickt. Außerdem hatte ich Angst, dass du nur rumprobierst. Ich wollte nicht, dass du weißt, was ich aufs Spiel setze.«

»Ich habe nicht rumprobiert, Sascha. Das war kein Zufall im letzten Jahr. Ich wollte dich kennenlernen. Ich habe dein Buch damals abgeholt, um an deine Telefonnummer zu kommen. Die Buchhändlerin hatte sich nicht vertan.«

Sascha sah sie einen Moment verdutzt an. Dann schnackte ihr Feuerzeug, und gleich darauf verbreitete sich beißender Qualm im Auto. Der halbe Filter verschwand zwischen ihren Lippen, wenn sie zog, und sie sog den Rauch tief in sich hinein, wie um etwas zu betäuben.

»Und was war das da letztens mit deinem Jonathan?«

»Jonas.«

»Wie auch immer.«

»Ich hab mich Anfang des Jahres von ihm getrennt. Er war mein Kompromiss – mein Versuch, normal zu sein.«

»Aber Schatz durfte er dich letzte Woche immer noch nennen?«

»Nein. Das hat er sonst nie gemacht. Nur dieses eine Mal, als du angerufen hast. Ich weiß auch nicht warum.«

Sie schwiegen.

»Und warum hast du mich in Holland einfach alleingelassen?«

Sascha winkte müde ab. »Ich bin ins Krankenhaus gefahren, Katja hat 'ne Panikattacke. Sie dachte, sie hätte 'nen Herzanfall.«

Lynn sah schweigend vor sich hin. Es war im Grunde auch egal.

Vor dem Gebäude standen ein paar Frauen und rauchten. Pia war dabei und sah sich suchend um. Lynn wollte jetzt niemanden mehr sehen.

»Fährst du mich nach Hause?«, fragte sie Sascha.

Sascha nickte.

An einer Kreuzung standen zwei Anhalterinnen. Sascha hielt. Sie wollten zur Turbinenhalle.

Lynn deutete hinter sich. »Genau die entgegengesetzte –«

»Ich kann euch mitnehmen. Ich fahr da gleich hin zurück«, fiel Sascha ihr ins Wort und ließ sie einsteigen. Wie um sich vor weiteren Gesprächen zu schützen.

»Das war's dann wohl«, sagte Lynn, als sie vor ihrer Haustür hielten.

Sascha nickte.

»Mach's gut.« Lynn stieg aus.

»Mach's besser.« Sascha warf ihr einen kurzen Blick zu und startete den Motor.

Lynn ging langsam auf ihre Haustür zu und lauschte dem Klang ihrer eigenen Schritte auf dem Asphalt. Das Motorengeräusch entfernte sich schnell.

Als Sascha zurückkam, war Katja nicht mehr da.

»Wo ist sie?«, fragte sie Peppels.

»Pia hat sie heimgefahren. Sie hatte keinen Bock mehr.«

»Weiß sie …?« Sascha schaffte es nicht, den Satz zu beenden.

Peppels schüttelte missmutig den Kopf. »Du weißt schon, dass ich das so richtig schön scheiße finde, was du hier abziehst, oder?«

»Das war ein ganz dummer Zufall«, sagte Sascha.

»Ach, schau an – ein Zufall. Weiter nichts. Alles Zufall, wenn man ein halbes Jahr ganz gepflegt und ohne zu Zucken seine Freundin nach Strich und Faden bescheißt«, sagte Peppels.

Sascha antwortete nicht.

»Genau – reagier am besten einfach gar nicht. Tu so, als würde dich das nichts angehen. Dann kannst du ganz ungestört weitermachen wie bisher.«

Sascha schwieg weiter. Sie konnte es Peppels sowieso nicht erklären.

»Weißt du was? Du gehst mir mit deiner ganzen Art tierisch auf die Nerven«, sagte Peppels, nachdem sie eine Weile stumm nebeneinandergestanden hatten.

»Was willst du denn hören? Jaaaa, du hast recht, war scheiße, hätte ich nicht machen dürfen – hätte ich dich besser mal gefragt, oder was?«

Peppels schnaufte und schüttelte den Kopf. »Ich mein was ganz anderes.«

»Was anderes? Wie lang ist mein Sündenregister denn noch?«

»Du findest es total normal, dass ich die ganze Zeit hier stehe und mir dein verunglücktes Liebesleben reinziehe, stimmt's?«

Sascha stutzte einen Moment, dann nickte sie.

»Und dass ich nächste Woche in den Laden komme, um deine Wände zu streichen auch, oder?«

»Klar«, sagte Sascha.

»Dämmert dir was?«

Sascha sah Peppels irritiert an.

»Was weißt du denn eigentlich von meinem Liebesleben?«, frage Peppels.

»Du hast keins.«

»Genau. Und weißt du auch warum?«

Sascha schüttelte den Kopf.

»Weil ich mich ständig um deinen Kram kümmere, anstatt um meinen eigenen.«

»Ich sag dir ja schon seit Jahren, dass das nervt«, entgegnete Sascha müde.

»War klar, dass du das sagen würdest. Ich hab jedenfalls keinen Bock mehr. Mach deinen Scheiß alleine.«

Peppels warf ihr noch einen wütenden Blick zu, dann verschwand sie in Richtung Theke.

Sascha sah ihr hinterher. Heute war der Tag Wahrheit, dachte sie. Der Tag der Wandlung. Sie nahm die Zigarettenschachtel, die vor ihr auf dem Tisch lag, und legte sie dann langsam wieder hin, ohne eine Zigarette herauszunehmen. Es war vorbei.

»Hey, Peppels!«

Peppels drehte sich noch mal um.

»Hilfst du mir trotzdem beim Streichen?«

Peppels zog ein genervtes Gesicht, aber ihre Augen triumphierten.

»Wieso sollte ich?«

»Macht am meisten Spaß mit dir«, sagte Sascha.

»Vielleicht«, sagte Peppels.

Katja saß im Wohnzimmer, als Sascha nach Hause kam. Sie guckte in Saschas Handy, das sie auf dem Tisch liegenlassen hatte. Sascha sah ihr über die Schulter. Lynn im BH auf dem alten Messingbett. Das schreckliche Ölbild mit der Zigeunerin war auch zu sehen.

Wie gelähmt blieb Sascha hinter Katja stehen. Wie blöde muss man sein, seinen Seitensprung auch noch fotografisch zu dokumentieren?, fragte sie sich.

Sie wusste nicht, was mehr weh tat, das Bild von Lynn oder Katjas hilfloser Hinterkopf, der über den Rand des Sessels ragte, erstarrt, bewegungslos. Sie genauso, ihr Mund staubtrocken, hämmernder Puls bis in die Fingerspitzen.

Endlich schaltete Katja das Handy aus. Ihr Weihnachtsgeschenk vom letzten Jahr. Wie blöde muss man sein, einer Fotografin ein Fotohandy zu schenken? Aber Sascha hatte doch was damit anfangen können, es war schließlich zum Einsatz gekommen. Sie wunderte sich über die komischen Gedanken, die ihr jetzt durch den Kopf rauschten.

Katja kam schweigend auf sie zu, sah sie mit ernsten dunklen Augen an und ging wortlos an ihr vorbei ins Badezimmer. Sie hörte ein krachendes Geräusch, dann sah sie, wie

Katja auf dem Handy herumsprang, Plastiksplitter flogen über die Kacheln.

»Ich hab's gewusst, ich hab's gewusst, ich hab's gewusst«, murmelte Katja mit tränenerstickter Stimme im Rhythmus ihrer Sprünge. Als sie mit dem Handy fertig war, kam sie zurück und begann mit den Fäusten auf Sascha einzuhämmern. Wie mit Trommelstöcken. Sascha blieb regungslos stehen, Katja begann zu schluchzen, ihr Gesicht wurde dunkelrot, ersticktes Wimmern, zusammengebissene Zähne, tränenblinde tote Augen. »Du Arschloch!«, stieß sie hervor, »Du gottverdammtes gemeines Arschloch!« Der Wirbel wurde heftiger, verzweifelter, unkontrollierter – Katjas harte kleine Fäuste trafen sie ins Gesicht; sie versuchte sie festzuhalten, doch Katja entwickelte eine ungeahnte Energie; es kostete Sascha einige Mühe, bis sie endlich ihre Handgelenke zu packen bekam, dann brach Katja weinend zusammen. Sascha hielt sie fest, und Katja heulte in ihr T-Shirt, krallte sich an ihr fest. »Es tut mir leid, Katja«, flüsterte Sascha und streichelte wieder und wieder Katjas Rücken, als könne sie so alles wegstreicheln. »Es tut mir so leid«, und ihre Stimme kippte, und sie heulte wie zum letzten Mal mit sechzehn, als ihr Hund gestorben war.

Sie sahen sich an. Dicke Nasen, fleckige rote Gesichter, verquollene Augen. Sonst gab es an dieser Stelle immer Pfefferminztee und die traditionelle Friedenszigarette. Diesmal nicht, sie waren am Ende.

Katja stand auf und ging in ihr Zimmer, Sascha folgte ihr.

»Was tust du?«, fragte sie ruhig, und Katja antwortete genauso ruhig: »Packen!«

»Wo gehst du hin?«

»Zu Peppels«, sagte Katja.

Sascha ging ins Bad, um sich mit kaltem Wasser das Gesicht zu waschen. Das kaputte Handy knirschte unter ihren Füßen. Ihre Lippe war aufgeplatzt, und sie hatte ein Veilchen.

Fünfundvierzig Minuten später fiel die Tür ins Schloss und Katja hatte ihr Leben verlassen.

Es ist Januar. Seit ein paar Tagen schneit es wie schon seit Jahren nicht mehr. Lynn Jakobs geht im Bademantel zum Briefkasten, um die Post zu holen. Der Hausflur ist eiskalt, sie ist barfuß. Sie beeilt sich, um keine Nachbarn zu treffen. Paula streicht um ihre Beine. Sie will nicht raus heute. Viel zu kalt und viel zu viel Schnee.

Auf dem Weg zurück in die Wohnung sieht Lynn die Post durch. Nichts als Werbung und ein paar Rechnungen – die Rechnung vom Makler ist auch dabei. Theresas Haus ist verkauft. Endlich. Und eine Karte von Pia. Sie macht Urlaub mit Fleur auf Sardinien. »Traumhaft schön«, schreibt sie. Lynn steckt die Karte hinter den Dielenspiegel.

Die Kisten mit den Büchern sind noch nicht ausgepackt. Sie hat den Dreh noch nicht gekriegt. Aber das könnte sie heute endlich mal machen. Sie öffnet die Vorhänge und kriecht wieder ins Bett. Sie liebt das fahle Licht, das ins Zimmer fällt, wenn draußen alles weiß ist. Paula schmiegt sich schnurrend an ihren Bauch. Lynn schlürft den Schaum von ihrem Milchkaffee und überlegt, ob sie heute zur Uni fahren oder lieber im Bett bleiben sollte. Mit öffentlichen Verkehrsmitteln wird sie wahrscheinlich nicht bis Hamburg kommen. Reinbek liegt zu weit außerhalb. Keine Vorlesung heute, beschließt sie und geht in die Küche, um sich ein zweites Butterhörnchen zu machen.

Die kleine Wohnung in Reinbek hat ihr von allen, die sie sich im Hamburger Raum angesehen hatte, am besten gefallen. Eine ebenerdige Einzimmerwohnung mit riesigen Fenstern in einem alten Backsteingebäude. Von der Küche aus kann sie direkt in den Garten. Wo du neu anfängst, ist egal, hatte sie sich gedacht und war aufs flache Land gezogen. Weg von Sascha und allem, was sie an sie erinnerte. Hier konnte sie sicher sein, sie nicht zu treffen.

Mr. Big kratzt mit seiner Pfote an ihrem Bein. Er ist ein Pinschermischling, der Backwaren über alles liebt. Er will auch ein Butterhörnchen. Er ist ihr zugelaufen, vor zwei Wochen. Sie hat Zettel ausgehängt, aber niemand scheint ihn zu vermissen. Sie hat ihn Mr. Big getauft. Am Tag zuvor hat sie alle Zettel wiedereingesammelt.

»Aber nur damit Ruhe ist«, sagt sie und gibt ihm ein Stück ab. Mr. Big schmatzt zufrieden. Danach will er mehr.

Als das Telefon klingelt, zuckt sie zusammen. Sie muss es unbedingt leiser stellen und eine andere Melodie auswählen, es klingt wie ein Warnton, viel zu schrill und durchdringend. Damit der Lärm aufhört, geht sie ran.

»Hi«, sagt jemand mit verschnupfter Stimme. »Hier Langner, Sascha Langner. Vielleicht erinnerst du dich noch.«

Es fällt Lynn schwer, sich zu fassen. Alles, alles ist sofort wieder da. Sie hat wochenlang Rio Reiser gehört, *Junimond* rauf und runter, hat Sascha verwünscht, verflucht und dann wieder verzweifelt herbeigesehnt. Hat aufgehört zu essen, zu schlafen, zu reden, bis Pia kam und sagte, das müsse jetzt ein Ende haben, für sie kochte und sie drängte, ihr Leben wieder in die Hand zu nehmen. Jeden Tag rief sie an und fragte Lynn, was sie geändert habe an ihrem Zustand. Über Wochen. Bis sie endlich langsam wieder gehen konnte.

»Was für ein lächerliches Understatement«, sagt Lynn leise. »Du glaubst nicht wirklich, dass ich mich nicht erinnere.«

»Stimmt«, sagt Sascha. »Ich erinnere mich ja auch noch ganz gut. Aber ich muss sofort zur Sache kommen – du musst mir dringend helfen.«

Sie niest und sagt, dass sie vier Stunden auf der Autobahn in Richtung Hamburg festgesessen habe. Erst jetzt sei der Räumdienst endlich durchgekommen, und es gehe weiter.

Sie könne ihre Finger kaum noch bewegen, sagt sie und klingt erkältet.

»Was machst du in Hamburg?«

»Kann ich dir das gleich im Warmen erzählen?«, fragt Sascha nasal und schnäuzt sich.

Und dann ist sie da, verfroren und mit bläulichen Lippen. Sie sieht gut aus, wie sie da vor Lynn steht in Jeans und Stiefeln und dicker Winterjacke. Lynn versucht, es nicht zu bemerken, aber es ist nicht zu übersehen. Einfach hübscher als jeder Kerl, denkt sie. Die Lachfältchen um Saschas Mundwinkel scheinen ein ganz kleines bisschen markanter geworden zu sein und ihr Blick irgendwie ernster. Aber noch genauso unverschämt.

»Na?«, sagt Sascha und lächelt. »Wie sieht's aus? Rettest du mich vor dem Kältetod? Kann ich reinkommen? Krieg ich 'nen heißen Kaffee?« Mit eiskalten Händen umfasst sie Lynns Gesicht und drückt sie kurz an sich.

»Du rauchst nicht mehr!«, stellt Lynn fest.

Sascha nickt. »Seit fast einem Jahr.«

»Respekt«, sagt Lynn.

Mr. Big jault und kläfft.

»Was ist das denn?« Sascha hockt sich hin und lässt sich beschnuppern, streckt ihre Hand aus und nimmt Mr. Big vorsichtig hoch. Er hat keine Einwände. Sie lacht. »Doch kein Hund, oder?«

»Behauptet er zumindest.«

»Sieht aus, als wäre da 'ne Fledermaus mit Basedowscher Krankheit eingekreuzt.«

Mr. Big zerrt an Saschas Schal.

Sie sehen sich an. Sascha scheint mehr in sich zu ruhen als vor einem Jahr, in ihrem Blick eine seltsame Mischung aus

Fremdheit und Vertrautheit, aus Schmerz und Verlangen und – das ist neu – Zärtlichkeit und Wärme.

»Hi, Prinzessin«, sagt sie leise und setzt Mr. Big vorsichtig wieder auf den Boden.

Lynn sieht auf ihre Füße. »Ich mach Kaffee.« Sie geht in die Küche.

Sascha folgt ihr und sieht sich um. »Hier lebst du jetzt also.«

»Woher weißt du davon?«

Sascha zieht ihre Jacke aus und reibt ihre Hände. »Ich hab Pia gefragt.« Sie bläst zwischen ihre Handflächen.

»Warum?«

»Weil ich es wissen wollte.«

Lynn schmiert ein paar Butterhörnchen. Mr. Big macht Männchen. Sie gibt ihm ein Stück.

»Lass uns rübergehen, da ist es wärmer.«

Dann sitzt Sascha auf der Couch ihres Wohn-, Schlaf- und Arbeitszimmers und wärmt ihre Hände am Kaffeebecher.

»Was machst du in Hamburg?«, fragt Lynn.

»Ich muss für einen Auftrag da hin. Ein Kreuzfahrtschiff am Hafen fotografieren, für einen Reiseveranstalter. Spannend, was?«

»Aber doch sicher ganz lukrativ, oder?«

»Geht.« Sascha lacht. »Könnte immer mehr sein.«

»Hast du einen Termin, wann du da sein musst?«

»Hab ich schon verschoben. Ich hätte genau jetzt da sein müssen.«

Draußen geht das Schneetreiben weiter. Die Linden vor der Haustür sind bis in die Astspitzen weiß. Auf der Fensterbank zanken sich Drosseln um die Haferflocken, die Lynn dort ausgestreut hat.

»Ich hab gedacht, das kann einfach kein Zufall sein, dass ich fünfzig Meter vor der Abfahrt Reinbek zum Liegen komme«, Sascha räuspert sich, »und dann vier Stunden da stehe und Zeit zum Nachdenken habe. Ich – na ja, ich sollte dir nämlich was sagen, denke ich.«

»Ja?«

Sascha nickt. Sie sitzt vornübergebeugt, die Ellenbogen auf die Knie gestützt und schaut in ihren Kaffeebecher, den sie zwischen den Händen hin und her dreht.

»Ich bin zu dem Schluss gekommen«, beginnt sie umständlich und sieht Lynn kurz von unten an, ohne den Kopf zu heben, zögert einen Moment, scheint sich einen Ruck geben zu müssen, »dass dich kennenzulernen das Beste war, was mir passiert ist.«

Lynn wird rot.

»Und ich wollte mich entschuldigen für alles, was dir weh getan hat.«

Sascha hat jetzt auch einen roten Kopf. »Uff«, sagt sie. »Jetzt ist mir warm.« Sie räuspert sich. »Ich muss dir noch viel mehr sagen, aber im Moment ...«

Lynn nickt.

Sie sehen sich an.

Lynn dreht eine Haarsträhne um ihren Finger und untersucht die Spitzen.

»Hat ja nicht alles weh getan«, sagt sie.

Sascha lächelt und sieht auf den Boden.

»Das ist ja wenigstens etwas.«

»Was ist denn aus Katja geworden?«, fragt Lynn.

»Pfff«, macht Sascha. »Die hat jetzt geheiratet.«

»Oh«, sagt Lynn.

»Kann ich noch was Kaffee kriegen?«

»Klar.« Lynn geht in die Küche und setzt neuen Kaffee

auf. Sie wischt über die beschlagene Fensterscheibe, um nach draußen zu sehen. Das Schneetreiben lässt nicht nach, und sie überlegt, dass es komplett sinnlos ist, sich heute noch ins Auto zu setzen.

Als sie mit dem frischen Kaffee aus der Küche kommt, ist Sascha in ihrem Bett eingeschlafen. Mr. Big liegt zusammengerollt in ihrem Arm.

Becker, Antonia: *Vielleicht fühlt sich Liebe so an / Roman*
ISBN 978-3-930041-83-1

Satz und Gestaltung: Grafikbüro Schadenberg, Berlin
Umschlagfoto: © Ava Nebel / bobsairport.com
Druck: CPI – Clausen & Bosse, Leck